KB260894

이장님 아들

이장님 아들

초판 1쇄 인쇄 | 2013년 10월 30일
초판 1쇄 발행 | 2013년 11월 8일

지은이 | 김연식
발행인 | 황인욱
발행처 | 도서출판 오래

총괄기획 | 우성흠
기   획 | 김정태
아트디렉터 | 채기석
표지디자인 | CWA

주 소 | 서울특별시 용산구 한강로2가 156-13
이메일 | ore@orebook.com
전 화 | (02)797-8786~7, 070-4109-9966
팩 스 | (02)797-9911
홈페이지 | www.orebook.com
출판신고번호 | 제302-2010-000029호

ISBN 978-89-94707-87-7 (03810)

김연식 지음

이강섶아들

선함과 진실함 그리고 아름다운 동행

오래

하늘이 맑다.

오늘은 아침에 일어나 음악을 틀어 본다. 토요일인데 행사가 없어 조금 늦잠을 자고 싶었지만 잠이 안 온다. 10년 전 산 낡은 오디오에서 알아듣지 못할 음악이 흐른다.

"……"

어디서 들어본 것 같은 클래식 음악인데 도통 모르겠다. 아마도 몇 달 전 넣어 둔 CD가 그대로 잠자고 있다가 이제야 깨어난 것 같다.

오늘은 프롤로그를 써야 하는데 어떻게 쓸까. 고민을 하다가 그냥 간단하게 서술하기로 하고 노트북을 열었다. 그러나 마우스는 '한글 2007'로 가는 것이 아니라 인터넷으로 간다. 어제 열린 프로야구 결과가 궁금해서이다. 야구경기 결과와 국내외 소식, 스포츠 소식, 연예계 소식 등을 1시간 이상 둘러보니 배가 고프다. 라면을 하나 삶아 먹고 다시 노트북을 열었다.

이제는 써야 하는데…

나는 이 글을 쓰면서 당초 책 제목을 '청강려인(淸江麗人)'으로 정했다. '청강려인(淸江麗人)'은 말 그대로 맑은 강, 아름다운 사람들이라는 뜻이다. 내 삶의 철학과 비슷하기 때문이다.

강원도의 아름다운 자연과, 순박한 강원도 사람들과도 딱 맞게 떨어졌다. 몇 달을 고민하다가 정한 책 제목인데 나름대로 괜찮다고 생각했다. 그러나 어젯밤 가만히 생각해보니 책 이름이 너무 어렵다. 처음 보는 사람은 아마도 무협지 제목이라고 오해할 수 있겠다는 생각이 들었다. 난 태어나서 무협지 한 페이지를 읽지 않았다. 언뜻 보면 내가 무협지를 엄청나게 좋아하는 것처럼 보일 수 있다. 책 제목만 보면 말이다.

그래서 책 제목을 갑자기 바꿨다. 어젯밤 잠들기 전 문득 떠오르는 말이 '이장님 아들'이었다. '이장님 아들'도 순박한 강원도의 정서를 대변할 수 있다는 생각이 들었다.

불을 끄고 잠을 청했던 나는 혹시 잊어버릴지도 모른다는 생각에 다시 불을 켜고, 메모지에 '이장님 아들'이라고 씨 놓고 잠을 청했나. 잠을 청하면서 "책 이름이 괜찮은데…" 혼자 그렇게 생각했다. 난 지금도 책상위에 연필로 써 놓은 메모지를 보면서 만족하고 있다. 시간이 되면 '이장님 아들'이라는 제목으로 소설도 쓰고 싶다는 생각이 든다.

이번에 발간되는 '이장님 아들'은 틈틈이 쓴 글들을 엮은 것이다. 너무나 시간이 없어 주말에 주로 썼다. 주로 행사가 없는 날이면 나는 책을 읽거나 글을 쓰는 습관이 있다. 그래서 이번에 두 번째 책을 발간할 수 있게 됐다.

'이장님 아들'은 2009년 내가 쓴 '비탈길 그 사람'이라는 정치 에세이집을 일부 활용한 부분도 있다. 시간이 너무 부족해 일부분을 현 시점에 맞게 보완하고 구색도 맞추었다. 그리고 내 상식이 많은 것이 아니라 인터넷을 통해 많은 정보를 얻었다.

비록 부족한 글이지만 내가 정치를 시작하면서 느낀 점, 우리시대가 풀어 가야할 문제점, 삶의 철학, 개인과 지역 국가발전에 대한 해법 등을 나름대로 정리해 봤다.

중요한 것은 이 책에 나오는 모든 글들이 나의 손에 의해 직접 작성 됐다는데 있다. 어느 한 글자도 다른 사람의 손을 빌리지 않았다는 데서 나름 자부심을 느낀다. 그림은 우리지역 출신으로 현재 서울미술고등학교에 재학 중인 전현지 학생의 작품이다.

깊은 감사를 드린다.

이 책 마지막에 나오는 단편소설 '발톱을 드러낸 여자'는 다소 교훈적인 측면도 있다. 내가 감히 후배들에게 이런 글을 통해 교훈적 측면을 보여주고 싶은 것은 더 큰 강원도, 선진 대한민국을 이끌어 갈 희망의 새 시대 주역이기 때문이다.

맑고 푸른 강원도, 아름다운 사람들.
'이장님 아들'을 읽는 독자 모두 평화와 행복이 가득하고, 모든 사람들이 더불어 사는 아름다운 동행을 했으면 한다.
그리고 나를 있게 해 준 아버지 어머니께 진심으로 감사드리고 싶다.

2013년 가을

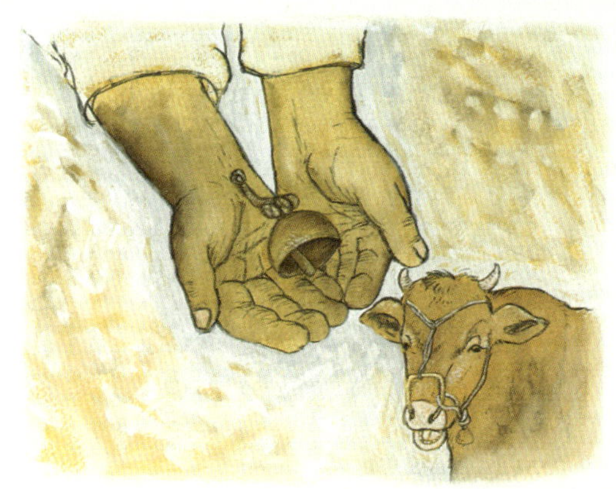

고개 숙인 남자

난 고개 숙인 남자가 좋다.

고개를 뻣뻣하게 쳐들고 있는 사람은 별로 만나고 싶지 않다. 지금도 그렇지만 과거 언론사 기자로 활동할 당시에도 고개에 힘들어간 사람을 좋아하지 않았다. 거만하고 잘난 척 하고 남들보다 유식한척 하는 사람은 정말 꼴불견이다.

말솜씨가 좀 부족하고, 뭔가 모자라고, 잘나도 못난 척, 알아도 모르는 척, 내 얘기보다 남의 얘기를 들어주는 사람이 더 멋있어 보인다. 나 스스로도 그렇게 살려고 노력한다. 하지만 직업이 선출직이기 때문에 내가 한 일들은 남들이 알아주길 바라는 솔직한 마음도 있다.

간혹 내가 시작한 일을 다른 사람이 자신의 공적으로 가로채는 경우도 있다. 조금 불쾌하지만 따지고 싶지는 않다. 왜냐하면 진실은 언젠가 가려지기 때문이다.

어떤 이는 왜 가만히 있냐고 나에게 질타를 하지만, 난 굳이 내가 했다고 자랑할 필요는 없지 않느냐고 반문한다. 사람들의 눈과 귀가 막히지 않았기 때문에 결코 나설 필요가 없다.

내가 언론사 정치부 기자로 활동할 당시 평소 잘 알고 지내던 3선 국회의원과 식사를 하는 자리에서 참 인상 깊은 얘기를 그에게 들었다. 그는 국회의원에 출마하기 전 지방검찰청의 차장검사로 재직하면서 막강한 힘을 가지고 있었다. 그랬던 그가 검찰 청사를 떠나 고향에서 선거준비를 하면서 당한 에피소드는 지금도 잊혀지지 않는다.

그는 안전벨트 미착용으로 의경에게 적발돼 면허증 제시를 요구받고 만감이 교차했다고 한다. 검찰청 차장검사 출신이면 한번 봐달라고 요청할 수 있지만 그는 순수하게 의경의 요구에 응했다. 그리고 차에서 내려 나이 어린 의경에게 고생한다는 말과 함께 고개 숙여 인사를 하고 떠났다고 했다. 그는 결과적으로 "내가 국회의원에 당선되려면 저렇게 나이 어린 의경에게도 고개를 숙여야 한다. 난 더 이상 차장검사가 아니다."라는 생각을 다시 한번 굳게 했다고 한다.

그러한 마음가짐이 그를 3선 국회의원으로 만들었고, 지금도 그는 많은 활동을 하고 있다.

얼마 전 고등학교 동창생이 의미 있는 메일을 한통 보내왔다.

내용이 인상적이어서 소개해 본다.

호남지방의 중추도시 광주에서의 일이다.

말로는 누구에게 져 본 적이 없는 할머니가 있었다. 이를테면 말발이 아주 센 초로의 할머니였다.

그런데 그 집에 똑똑한 며느리가 들어가게 된다. 그래서 많은 사람들이 '저 며느리는 이제 죽었다.' 라며 걱정을 했다. 그런데 어쩐 일인지 시어머니가 조용했다. 그럴 분이 아닌데 이상했다.

그러나 이유가 있었다.

시어머니는 며느리가 들어올 때 벼르고 벼렸다. 며느리를 처음에 꽉 잡아 놓지 않으면 나중에 큰일 난다는 생각이었다. 그래서 처음부터 시집살이를 시켰다. 생트집을 잡고 일부러 모욕도 주었다. 그러나 며느리는 전혀 잡히지 않았다. 왜냐하면 며느리는 그때마다 시어머니의 발밑으로 내려갔기 때문이다.

한번은 시어머니가 느닷없이 "친정에서 그런 것도 안 배워왔냐."며 트집을 잡았지만 며느리는 공손하게 대답했다. "저는 친정에서 배워 온다고 했어도 시집와서 어머니께 배우는 것이 더 많아요. 모르는 것은 자꾸 나무라시고 가르쳐 주세요."하고 머리를 조아리니 시어머니는 할 말이 없었다.

또 한번은 "그런 것도 모르면서 대학 나왔다고 하느냐."며 며느리에게 모욕을 주었다. 그렇지만 며느리는 도리어 웃으며 "요즘 대학 나왔다고 해 봐야 옛날 초등학교 나온 것만도 못해요. 어머니."

매사에 이런 식으로 시어머니가 아무리 찔러도 소리가 나지 않았다. 무슨 말대꾸라도 해야 큰소리를 치며 나무라겠는데 이건 어떻게 된 것인지 뭐라고 한마디 하면 그저 시어머니 발밑으로 기어 들어가니 불안하고 피곤한 것은 오히려 시어머니 쪽이었다.

그렇다. 사람의 심리는 한쪽에서 내려가면 다른 쪽에서 불안하게 된다. 다시 말해 먼저 내려가는 사람이 결국은 이기는 것이다. 사람들은 먼저 올라가려고 하니까 서로 피곤하게 되는 것이다.

결과적으로 시어머니는 "너에게 졌으니 집안 모든 일은 네가 알아서 해라."고 말하며 며느리의 겸손함에 두 손을 들었다고 한다. 시어머니는 권위와 힘으로 며느리를 잡으려고 했지만 며느리의 겸손 앞에서 아무리 어른이라 해도 이길 수 없었던 것이다.

내려간다는 것은 쉬운 일이 아니다. 어떤 때는 죽는 것 만큼이나 어려울 때도 있다. 그러나 겸손보다 더 큰 덕은 없다. 내려갈 수 있다면 그것은 이미 올라간 것이다.

내 남편과 아이는 일류대학을 나와 대기업에 근무하고, 내가 사는 아파트는 50평이 넘고, 주말에는 골프장을 다니고, 고급 음식점에 고가의 브랜드로 치장한 사람들이 얼마나 많은가. 스스로 상류층을 지향하며 있는 척하는 자들의 허영심을 많이 보아왔다.

가진 자들의 존경은 겸손에서 시작되고, 힘 있는 자들의 권력은 고개 숙이며 내려감에서 시작된다는 것을 잊지 말아야 할 것이다. 나 스스로도 내려가려고 많이 노력한다.

강원도의 작은 도시에서 시장을 하고 있지만 늘 겸손하는 마음을 잊지 않고 있다. 600여명의 공직자들에게도 늘 겸손함을 강조해 왔다.

민원인과 싸울 생각을 하지 말아라. 안 되는 일이 있으면 이해를 시켜

라. 지는 것이 이기는 것이다. 등등…

그렇다고 주체성이 없어서는 안된다. 무조건 지라는 것이 아니라 주체성을 가지고 지는 것이 현명하다. 난 앞으로도 그렇게 살 생각이다. 그리고 내 주변에 있는 모든 사람들에게 고개 숙인 사람이 되길 권유해 본다.

공무원 VS 정치인

공무원과 정치인이 싸우면 누가 이길까.

자세히 생각해 보면 공무원이 이길 것 같다. 이유는 간단하다. 공무원은 정년이 보장되고 정치인은 계약직이기 때문이다. 정치인은 보통 임기가 4년이기 때문에 임기 동안 맘에 들지 않은 공무원을 아무리 한직으로 내 쫓고 괴롭혀도 그 직마저 버리게 할 수 없다. 그렇기 때문에 공무원이 더 세다고 볼 수 있다.

한 가지 예를 든다면, 서울에 사는 한 국회의원이 눈에 가시처럼 미워하는 중앙부처 간부 공무원을 쫓아내기 위해 별의별 방법을 다 동원했다. 그는 장관에게 압력을 넣어 보직을 박탈하고 한직으로 물러나게 해 달라고 주문했다.

그러나 장관은 보직을 박탈할 수 있는 근거가 없어 그를 사람들의 눈에 잘 띄지 않는 다른 부서로 옮겨 주었다. 그는 사업부서가 아니기 때문에 국회의원과 부딪칠 이유도 없고, 오히려 시간적 여유가 많아 운동도 하며 주말이면 가족과 여행도 다녔다. 그는 국회의원에게 감사하는 마음을 갖기 시작했다. 그동안 요직을 차지하기 위해 가정과 휴일을 뒤로한 채 오로지 윗사람에게만 잘 보이려고 노력한 자신이 얼마나 바보였는지 깨달았기 때문이다.

반면 그 국회의원은 본인의 입맛에 드는 간부공무원을 배치시켜 놓고 청탁과 함께 잦은 술자리로 건강을 잃어가는 시간을 보냈다. 시간이 지나면 어떻게 될까. 굳이 설명할 필요조차 없는 일이다.

진정한 힘은 누구에게 있을까. 바로 양보하고 져 주는 사람에게 있다. 우리는 감정에 의해서 또는 힘에 의해서 상대를 이기려고만 한다. 없는 흠집도 만들어 내고, 작은 것은 더 크게 부풀려서 상대방을 공격한다. 그렇게 해서 이기면 뭘 하겠느냐는 생각이 든다. 결코 마음이 편하지 않고 오래가지도 못할 것이다.

진실해야 한다. 진정한 승자는 힘이 센 사람도 아니고, 권력의 힘이 막강한 사람도 아니다. 바로 진실한 사람, 상대방의 약점을 이해해 주고 양보해 주는 사람이 진정으로 힘이 센 사람이다.

2013년 7월8일. 강원도민의 날을 맞아 춘천에 갈 일이 있었다. 난 그곳에서 예전 근무하던 언론사 사장님을 만났다. 여러 가지 대화를 나누던 중 사장님은 나와 똑 같은 생각의 말을 했다.

"지는 것이 이기는 것이다. 같이 싸우면 화가 된다. 정의와 원칙을 비켜가서는 안 되겠지만 사소한 것은 지는 것이 이기는 것이니 정치도 그렇게 하는 것이 좋다."라는 말을 했다. 백번 공감이 갔다.

그러나 일선에서 일을 하다 보면 내 감정을 조절하지 못할 때가 있다. 상식을 벗어나 무리한 요구를 하는 민원은 어떻게 처리해야 하는가. 아무리 설명해도 막무가내 식으로 몰아 부친다. 이는 나뿐만 아니라 공무원이라면 대부분 경험했을 것이다. 그래서 난 원칙을 강조한다. 안 되는 것이 있으면 왜 안 되는지 설명을 하고 이해를 시키라는 것이다.

그것도 안 되면 법령과 규정을 찾아 직접 보여주고 이해를 시켜야 한다고 강조했다.

자치단체장실을 찾는 민원은 최후의 보루이다. 법적으로 안 되는 일인지 알면서도 혹시 시장에게 가면 뭔가 되는 게 아닌가 하는 기대감 때문에 찾아오는 민원인이 많다. 간혹 문제가 복잡해지면 "시장한데 가 봐라."라는 식의 민원도 있다.

그렇다고 법적으로 안 되는 문제를 시장이 해결할 수 있는 것은 아니다. 다만 갈등으로 인해 조정이 필요한 사안은 적당하게 조절할 수 있지만, 법적인 문제는 단체장의 권한이 아니다. 법은 국회의원 지방의원이 만들고

개정한다. 단체장을 비롯한 공무원은 그 법을 집행하는 역할을 할 뿐이다. 힘의 논리가 지배하는 사회는 이제 끝났다.

법과 원칙이 바로 선 사회가 됐는데도, 우리는 아직 과거의 방식에서 벗어나지 못하는 사례를 종종 본다.

한 발짝만 양보하면 세상이 편해진다. 욕심을 한 가지만 내려놔도 세상이 편해진다. 우리는 예전보다 좋은 옷 입고, 좋은 집에서 살고, 좋은 것을 먹고 산다. 또한 자동차에 휴대전화에 월급도 더 많이 받는다.

그럼에도 불구하고 우리는 늘 어렵다고 한다. 사람의 욕심은 끝이 없기 때문에 빚어지는 현상이라고 생각된다. 다만 교육비 휴대전화요금 자동차 유지비 등 과거에 불필요했던 생활비가 추가 발생하는 원인도 있다.

난 아들에게 스마트폰을 고등학교 졸업 후에 사 줬다. 그것도 중고로 개통시켰다. 몇 년 전부터 스마트폰을 사 달라고 조르는 아들에게 난 묵묵부답으로 안 된다고 일관했다.

한번은 아들이 "아버지는 새로 나 온 스마트폰을 사면서 나에게는 왜 안 사 주세요? 요즘은 초등학생노 스마트폰 다 가지고 다니잖아요."라면서 항의했다. 얼마나 갖고 싶었으면 그랬을까 하는 생각을 했지만, 그렇게 말하는 아들이 극히 불량해 보였다.

그날 저녁 난 아들을 무척이나 혼내줬다. 덩치가 나보다 큰 아들은 울면서 잘못했다고 말했다. 이후 아들은 스마트폰을 사 달라는 얘기를 하지 않았다. 고등학교 졸업을 하고 반년이 지날 무렵 아들은 막 노동을 하기 시작했다. 하루 일당 9만원을 버는 곳에서 하루 이틀 하고 그만둘 줄 알았는데 벌써 20일이 되어 간다.

난 그런 아들이 기특해서 중고 스마트폰을 선물했다. 물론 대학에 입학한 조건도 달았지만, 이제야 돈의 소중함을 알 것이라는 생각에서였다.

사람의 욕심은 끝이 없다. 이젠 욕심을 조금만 내려놓아 보자. 부부관계에도 그렇고, 부모자식 간에도 그렇다. 너무 바라지만 말고 상대에게 뭔가를 해 줘 보자. 연필 한 자루라도 이쁜 것이 있으면 상대에게 선물하는 습관을 가져보길 권하고 싶다. 그렇게 하면 분명 좋아질 것이다.

공무원과 정치인. 힘의 논리를 계산하기에 앞서 상생하는 동반자적 관계가 너무 중요하다. 그것이야 말로 지역과 국가발전의 초석이 되기 때문이다.

얼마 전 카카오 톡을 통해 좋은 말들을 보고나서 지면에 옮겨 보고 싶다. 이런 말들이 어떻게 생성되고, 근거지가 어딘지 모르지만 참 좋은 말들이 많다. 사진과 아름다운 동영상을 통해 음악이 흐르는 것을 보면 마음이 편안해 지기도 한다. 얼마 전 친구가 보낸 내용 중에 너무 괜찮은 내용이 있어 글로 옮겨 보았다.

근심걱정 없는 사람 누가 있겠습니까.
출세하기 싫은 사람 누가 있겠습니까.
시기질투 없는 사람 누가 있겠습니까.

흉허물 없는 사람 어디 있겠습니까.

가난하다 서러워 말고
장애를 가졌다고 기죽지 말고
못 배웠다고 주눅들지 말고
세상살이 모두가 거기서 거기입니다.

가진 것 많다 유세떨지 말고
건강하다 큰 소리 치지 말고
명예 얻었다 목에 힘주지 말고
세상에 영원한 것은 없답니다.

잠시 잠깐 다니러 온 이 세상
있고 없음에 편 가르지 말고
잘나고 못남을 평가하지 말고
얼기설기 어우러져 살다가 가야 합니다.

다 바람 같은 것입니다.
뭘 그렇게 고민합니까.
만남의 기쁨이건, 이별의 슬픔이건
다 한순간입니다.

사랑이 아무리 깊어도
산들바람이고
오해가 아무리 커도
비바람입니다.
외로움이 지독해도 눈보라일 뿐 입니다.

폭풍이 아무리 세도 지난 뒤에 고요하듯
아무리 지극한 자연도
지난 뒤엔 쓸쓸한 바람만 맴돕니다.

버릴 것은 버려야지.
내 것 아닌 것을 가지고 있으면 무엇합니까.
줄게 있으면 주어야 합니다.
가지고 있으면 무엇 하겠습니까.
내 것도 아닌데
삶도 내 것이라 하지마세요.
잠시 머물다 가는 것 뿐인데
묶어 둔다고 그냥 있겠습니까.

흐르는 세월 붙잡는다고
아니 가겠습니까.
그저 부질없는 욕심일 뿐

삶에 억눌려 허리 한번 못 펴고
인생 계급장 이마에 붙이고
뭐 그리 잘 났다고 남의 것 탐 내시겠습니까.

훤한 대낮이 있으면
까만 밤하늘도 있지 않겠습니까.
낮과 밤이 바뀐다고 뭐가 다르겠습니까.

살다보면 기쁜 일도 슬픈 일도 다 있는 것
잠시 대역 연기하는 것일 뿐
슬픈 표정 짓는다 하여
뭐가 달라지는 게 있겠습니까.
기쁜 표정 짓는다 하여
모든 게 기쁜 것만은 아니랍니다.

내 인생에, 네 인생에
바람처럼 구름처럼 흐르고 불다 보면
멈추기도 하는 것처럼 그렇게 사는 겁니다.

삶이란 한조각 구름이 일어남이요
죽음이란
한조각 구름이 스러짐입니다.

구름은 본시 실체가 없는 것

죽고 살고 오고 감이 모두 구름과 같은 것이랍니다.

'꽃과 열매는 같이 주지 않는다.' 라는 말이 있다.

권력과 돈을 함께 가질 수 없다는 논리다. 진정한 권력은 시민의 힘에서
나오고, 진정한 부는 욕심을 버리는 데서 시작된다는 의미로 생각된다.

땅전 한 푼

매년 12월은 돈과의 전쟁이 시작되는 달이다.

국회와 지방의회는 매년 12월 다음해 정부와 자치단체의 예산승인을 위해 집행부가 제출한 예산안을 최종적으로 심의한다. 예산은 국회의원 도의원 시·군의원 등 선출직 의원에게는 매우 중요한 의미를 갖는다.

내 지역에 많은 예산이 책정돼야 많은 사업을 할 수 있고, 더불어 지역발전이 동반되기 때문이다. 선출직 의원들의 보이지 않는 능력은 12월을 기점으로 확연하게 드러난다.

국회와 도의회는 매년 연말 각 상임위원회별로 예산안 예비심사와 예산결산특별위원회의 심사를 거쳐 다음해 당초예산을 최종 확정한다. 국회의원과 도의원은 예산심사 중 지역 발전을 위해 예산의 균형적 배분과 적재

적소에 편성됐는지를 집중 분석한다.

하지만 지역구 출신 의원들은 내 지역에 얼마만큼의 예산이 배정되고, 어떤 사업이 펼쳐지는가가 관심의 대상이다. 지역구 예산이 부족하면 집행부를 대상으로 로비전도 펼치고, 때로는 협상 아닌 협상도 한다. 이 과정에서 학연과 혈연을 따지며 내 지역에 더 많은 예산이 배정될 수 있도록 요청하는 진풍경도 펼쳐진다.

국회의원과 도의원의 경우 매년 12월에는 지역에 상주하는 기간이 짧다. 예산확보가 그만큼 중요하기에 의사당에 머무는 기간이 길다.

예산확보는 의원 뿐만 아니라 자치단체장도 치열하게 뛰어든다. 연초부터 정부 부처를 돌아다니며 사업의 당위성을 설명하고 한 푼이라도 더 많이 확보하려는 노력이 치열하다. 정부 과천 청사에는 이러한 노력을 기울이는 자치단체장을 종종 볼 수 있다.

때로는 국회의원을 찾아 예산확보를 위한 로비전을 펼친다. 나도 이러한 활동을 통해 국회의원이나 호남지방 영남지방 충청권 등 여러 곳의 자치단체장을 만나 인사를 나눈 적이 있다.

예산심사 과정에서 일부는 '땡전 한 푼'이라도 지역에 더 가져가야 한다며 막바지 로비전을 펼치는 모습을 여기저기서 볼 수 있다. '땡전 한 푼'은 우리 사회에서 가진 돈이 전혀 없을 때 흔히 사용하는 말이다.

과거 3공화국 시절에는 저축의 중요성을 홍보할 때 '푼 돈 모아 목돈 마련'이라는 표어를 사용했다.

‘땡전’ 은 조선시대 고종 3년(1866년) 흥선대원군이 경복궁을 재건할 때 통용시킨 당백전에서 유래를 찾을 수 있다. 당백전의 화폐가치는 상평통보의 5, 6배에 불과한 반면 그 명목적 가치는 20배에 달했다고 한다. 발행초기에 쌀값을 6배로 폭등케 하는 등 국민들의 생활을 극도로 피폐하게 만들었다.

때문에 백성들은 당백전으로 부르지 않고 ‘당전’ 으로 불렀으며, 이것이 나중에 ‘땅전’ 으로 됐다가 ‘땡전’ 으로 변했다는 말이 있다. 땡전 한 푼도 바로 여기에서 유래됐다는 것이 화폐학자들의 주장이다.

‘푼’ 은 우리나라에 근대화폐가 등장하기 이전에 사용됐던 조선통보 · 상평통보 등을 일컫는 엽전 한 장을 의미하는 것이다. 엽전 한 장의 무게는 10푼 가량 된다고 한다. ‘한 푼만 줍쇼.’ 라는 걸인들의 해학적인 말에서 알 수 있듯이 푼은 우리나라의 전통적인 화폐단위다.

돈과 언어는 공통점이 있다. 언어가 있기에 서로의 생각과 감정을 공유할 수 있어 쉽게 협조적 관계로 발전할 수 있다. 돈의 가치도 안심하고 주고받을 수 있기에 거래가 단순화 되어 누구든지 교환의 변익을 쉽게 누릴 수 있다.

때문에 돈은 ‘경제적 언어’ 라고 한다. 돈은 사물의 가치를 나타내며 상품교환과 재산축적의 대상으로도 사용 된다. 과거에는 짐승의 가죽 보석 옷감 농산물 등을 돈으로 이용했다. 그러나 요즘에는 금 은 동의 금속이나 종이를 이용해 만들며 크기나 모양 액수는 일정한 법률에 의해 정한다.

우리나라는 은행권 3종(천원, 오천원, 만원), 주화 6종(일원, 오원, 십원, 오십원, 백원, 오백원) 등 모두 9종이 많이 통용된다. 하지만 법적으로 통용력을 가지고 있는 화폐는 생각보다 훨씬 종류가 많다.

새로운 화폐를 발행해 기존의 화폐발행을 정지하는 경우에도 종전에 발행된 화폐의 운명은 유지된다. 1962년에 발행된 오백원, 백원, 오십원, 십원, 오원, 일원, 오십전, 십전짜리도 지금은 발행이 정지되어 있지만 법적으로는 엄연히 돈이다.

현재 우리나라는 만원짜리가 4종류, 오천원 오백원 백원짜리가 각각 3종류씩 있다. 이렇게 볼 때 현재 법적인 통용력을 가지고 있는 우리나라 화폐는 모두 106가지라고 한다. 은행권이 23종, 일반주화가 14종, 기념주화가 69종이다.

세상 사람들은 돈이 인생의 전부라고 말하지는 않는다. 다만 돈이 중요한 것은 사실이다.

국회와 지방의회의 예산심사가 막바지에 접어들고 있다. 예산을 심사하는 것도 중요하지만 예산을 올바로 편성하는 것도 중요하다. 선거를 겨냥한 선심성 사업은 관례처럼 편성되어 왔으나 이제는 지역민들도 보고만 있지 않는다. 정직하게 예산을 편성하고, 내 집안의 살림처럼, 내 돈처럼 아끼고 잘 살펴서 예산을 편성하는 것이 무엇보다 중요하다.

난 예산을 편성할 시즌이면 항목 하나하나 체크한다. 아무리 결재가 많아도 예산 편성만큼은 꼼꼼히 따지는 경향이 있다. 지방의회는 소외된 이웃을 위한 복지예산과 낙후된 지역을 위한 지역개발사업비 등이 올바로 편성됐는지 심층 분석해야 한다.

낙후된 강원도, 소외된 폐광촌과 농어촌. 더 이상 변방의 그늘에서 소외된 삶을 살지 않고, 다른 국민들과 똑 같이 대접 받을 수 있도록 하는 것은 바로 선출직 지도자들의 몫이다.

마지막 말은 하지 말라

사람들은 생활하면서 많이 싸운다. 친구 부부 이성 회사동료 형제자매 부모자식 등 수많은 인연과 싸우는 일이 많다. 인류 역사가 싸움이다. 싸움은 승자와 패자로 결론 나는 경우도 많지만 그렇지 않은 경우도 있다.

싸움의 시작은 말에서 시작되고, 말로서 끝나기도 한다. 하지만 그 말이 확대되면 폭력 살인 등으로 이어지고 때로는 국가 간 전쟁으로 치닫기도 한다. 그래서 말이라는 것이 참 중요하다.

난 이런 분쟁과 갈등을 최소화하기 위해 사람들에게 늘 하는 말이 있다. '마지막 말은 하지 말라.' 갈등이 심화되면 결국 말은 거칠어지게 마련이고 욕설과 비방 등으로 얼룩진다.

급기야는 돌이킬 수 없는 말까지 쏟아져 나온다. 그 말이 상대방에게는 큰 상처가 되고 지울 수 없는 아픔으로 남게 된다. 다시는 안 볼 것 같은 사람도 언젠가는 다시 만난다. 그래서 마지막 하고 싶은 말은 남겨두라고 한다. 언젠가 다시 만나면 좋은 관계로 재회할 수 있기 때문이다.

그렇지만 치유할 수 없는 마지막 말까지 했더라면 더 이상 좋은 관계는 기대하기 힘들 것이다. 이미 최악의 모습까지 보여줬기 때문에 더 이상 다가선다는 것은 아무리 세월이 지나도 쉽지 않다. 그래서 말이란 너무나 중요하고 조심스러운 것이다. 이성과 부부관계는 더더욱 조심해야 한다.

하지만 이런 말들이 정치권에서는 아주 쉽게 일어난다. 막말만 안 하면 아무 말 안한다. 지난번 대통령 선거를 앞두고 정치권에서 흘러나온 말이다. 상대편을 비하하거나 깎아 내리지 않는다면 굳이 공격하지 않겠다는 의미이다.

그러나 이러한 약속은 정치판에 통하지 않는다. 선거에서는 온갖 가지 악성루머가 판을 치고, 상대방을 폄하해야 살아남기라도 하듯이 네거티브가 만연하다. 당내 경선은 물론 본선에서도 상대 후보들을 집요하게 공격한다. 공격의 수위가 높아질수록 막말로 이어지는 느낌이다.

상대편을 짓밟아야 살아남을 수 있다는 정치판의 낡은 생각들이 21세기 선진국을 향하는 대한민국 선거에 그대로 통용되고 있다. 올바른 정책과 비전은 없고 신문과 방송에 보도되는 선거관련 내용은 대부분 상대편을 비하하거나 의혹을 제기하는 것들이다. 국민들도 자연스럽게 물들어 간다.

정치판에서 나오는 의혹과 말들이 짜증스럽지만 그래도 한편의 드라마를 보는 느낌마저 든다. 오늘은 또 무슨 말들이 오가고, 어떤 일들이 벌어지는 것일까. 재미없는 연속극이지만 텔레비전 뉴스와 신문에서는 매일같이 의혹과 비방이 쏟아진다.

각 후보의 캠프에서는 마치 시청률이라도 올려 보려는 듯이 이상야릇한 말로 국민들을 현혹 시킨다. 한국어가 이렇게 잘 포장될 수 있는가 하는 생각마저 든다.

지난 대선에서 출마를 선언한 한 후보의 발언이 재미있다. 물론 그 후보는 본선에 오르지 못했다. 그는 "상대 당 후보는 라이트급이라 나라를 이끌 수 없다. 우리가 잽을 많이 맞았지만 한방이 있다."라고 말했다.

그의 발언에 공격당한 당이 가만이 있을 리 없다. 당직자들은 "국민의 전폭적인 지지를 받고 있는 대선 후보에게 라이트급이라 한다면 당사자나 상대 당 후보는 국민의 여론을 모두 합쳐봐야 두 자리 수도 안 되니 급도 없는 후보들"이라며 "국정실패 세력은 덩치도 무급, 체력도 무급, 머리도 무급"이라고 반박했다.

이어 "하룻강아지 범 무서운 줄 모른다는 말이 있다"며 "아무리 쓸데없는 호기를 부려봤자 국민들에게는 미꾸라지도 아닌 잔챙이 후보일 뿐"이라고 공격했다.

잔챙이는 영어로 small fry라고 표현한다. fry가 치어(막 태어난 물고기)란 의미라고 본다면 잔챙이라 불리는 small fry는 얼마나 작은가를 짐작할 수 있다. 우리나라에서는 조무래기들, 잡고기, 시시한 사람들로 사용

STOP
STOP

되기도 한다. 정치인의 말 한마디가 얼마나 무서운 매로 돌아오는가를 대변하고 있다.

대선 후보를 잔챙이에 비교했지만, 공당의 후보들도 과거를 제대로 밝히지 못하고 오로지 권력을 위해 빠져나갈 궁리만 하는 미꾸라지 식의 대선가도는 자제해야 한다.

미꾸라지와 잔챙이를 후보에게 비교하는 것은 적절하지 못하다. 각 선거캠프는 물론 당에서도 이 같은 논쟁은 피해야 할 것 같다.

2006년에는 여당과 일부 야당이 매춘과 포주 논쟁을 벌인 사례도 있다. 여당의 한 국회의원은 헌법재판소장 임명처리안과 관련해 일부 야당이 정치적인 매춘행위를 한다고 비난했다.

일부 야당은 즉각 반격에 나서 "여당은 약자인 소수 야당에게 불법 행위를 강요하는 악덕 포주"라고 비난했다. 일부 야당은 더 나아가 당시 이 같은 발언을 한 여당 의원에게 정치 도의적으로 해서는 안 될 막말이라면서 당직 박탈과 대국민 사과를 요구했다.

정치권에서 통용되는 말들은 가끔 시장 뒷골목에서 들을 수 있는 삼류 저질언어로 분류되기도 한다. 정당 대변인과 각 후보의 캠프에서는 그럴듯한 단어를 포장해 국민들에게 선보이고 있지만 우리국민들은 이제 '짝퉁' 상품에 속지 않는다.

정책으로 승부를 걸고 오해가 될 만한 부분은 해명을 통해 진실을 밝히는 그런 모습을 기대할 것이다. 네거티브 전략이 판을 친다면 저질 선거로 전락될 수 밖에 없다.

　그렇다면 네거티브(negative)와 검증의 의미는 어떻게 다를까. 네거티브를 우리말로 번역하면 '어떤 일의 좋은 측면이 아닌 오로지 나쁜 측면만 고려하는 것'을 의미한다.

　네거티브에 정치적인 의미를 부여하면 그 정도가 얼마나 심한지 알 수 있다. 네거티브는 없는 사실을 만들거나, 조그마한 사실을 크게 부풀려서 악의적으로 상대방을 해치려는 모든 행위라고 볼 수 있다.

　그렇다면 검증의 의미는 어떤가. 검증은 어떤 사안에 대해 검사하여 증명하는 것을 말한다. 한마디로 네거티브와 검증은 완전히 별개의 문제다.

　즉 네거티브가 상대를 해치려는 나쁜 행위라고 한다면, 검증은 상대를 의혹에서 구원해주는 선한 행위이다. 서로가 극과 극의 관계, 즉 상반된 의미를 가지고 있다.

　분명하게 차이가 나는데도 불구하고 일부에서는 검증과 네거티브를 마치 동일개념인 듯 착각하고 있다. 긍정적인 의미의 검증을 왜 자꾸 네거티브라는 부정의 개념으로 몰아세우는지 이해할 수 없다.

　아버지가 자식을 속이고, 자식이 아버지를 믿지 못하는 가정이 있다면 그야말로 불행한 가정이다. 가족이 행복한 가정, 국민이 행복한 나라는 누구나 바란다.

　그런 가정과 나라는 구성원들의 신뢰가 바탕이 돼야 한다. 신뢰는 의혹과 의심 없는 관계에서만 가능하기 때문에 말 한 마디라도 아름답게 해야한다.

내가 마지막 말은 하지 말아야 된다고 하는 것은, 말 자체가 신뢰구축의 기본이기 때문이다. 자신이 맺고 있는 모든 인간관계인 친구 연인 부부 부모자식 회사동료 이웃 등에게 전하는 따뜻한 말 한마디가 행복의 기본이다. 이런 기본을 정치권에서는 왜 실천하지 않고 있는 것일까.

국가와 사회, 가정과 직장이 행복할 수 있도록 정치권에서 먼저 아름다운 말을 실천해보길 권하고 싶다.

배부른 돼지

철학자 소크라테스는 배부른 돼지 보다 배고픈 사람이 낫다고 했다.

한 마디로 아무것도 모르고 탐욕만 하는 짐승보다 배고프더라고 생각할 줄 아는 사람이 좋다는 의미다.

소크라테스는 기원전 469년에 태어나 32세에 죽었다. 그의 아버지는 조각기였고, 어머니는 조산원이었다. 소크라테스 자신도 처음에는 조각가였으며 추남 중에 추남이라고 한다. 저서를 남기지 않았던 소크라테스는 그의 제자였던 플라톤을 통해 사상과 가치가 후세에 조명되기 시작했다.

'너 자신을 알라' 는 말로 유명해진 소크라테스의 철학은 그가 죽은 지 2400년이 지나도 여전히 세인의 입에 오르내리고 있다.

요즘 세상에는 배부른 돼지가 너무 많다. 배가 불러서 돼지가 아니라 권력의 맛에 취해 생각하지 못하는 돼지가 많다. 한마디로 노 브레인이다. 뇌가 없다. 벼는 익을수록 고개를 숙인다는 속담도 있지만 잊고 사는 것 같다. 아무 곳에서나 튀길 바라고, 설치고, 나서는 등 도대체 갈피를 잡을 수 없는 사람이 있다. 권력에 배가 불러 정신을 못 차리는 것 같다.

남편이 장관이면 부인도 장관이 된다. 거꾸로 부인이 대통령이면 남편도 대통령이 된다. 그렇다면 내조라는 말은 왜 생겼을까. 한 사람이 왕성한 사회활동을 할 경우 다른 한 사람은 내조를 하라는 의미에서 생긴 말이다. 그러나 이러한 의미는 찾아보기 힘들다.

남편의 지위에 따라 부인의 지위도 변하는 게 요즘 세상이다. 물론 이해할 수 있는 일이지만 너무나 많이 튀게 되면 오히려 부작용이 생길 수 있다. 과거 고위 공무원의 부인들이 대표적인 사례다. 위장전입과 정당하지 못한 방법으로 재테크를 축적한 고위 공직자의 부인이 얼마나 많은가. 그들의 남편은 결국 청문회를 통해 사실이 밝혀지면서 고위 공직에서 낙마하게 된다.

얼마 전 국회 청문회에서도 이 같은 일이 발생했다. 겸손의 미덕은 찾아볼 수 없다. 힘을 이용해 재산을 축적하고 그 힘을 남에게 보이려고 한다. 그런 사람들의 종말은 비참해지고, 주변에서는 늘 비판의 대상이 된다. 정신 차려야 한다. 무엇이 중요하고, 무엇을 위해, 왜 바르게 살아야 하는지 스스로 알아야 하는 것이다. 그것을 알지 못하면 끝은 너무나 비참하다.

권력은 늘 옆에 따라 다니지 않는다. 권력을 잃고 다시 배고픈 돼지로 돌아갈 때 그는 정말 아무것도 먹지 못하는 돼지가 될 것이다.

누구 하나 가까이 하지 않는다. 그래서 많은 사람들은 현직에 있을 때 잘하라고 한다. 현직에서 벗어나면 그를 찾아주는 사람이 그만큼 줄기 때문이다. 더군다나 현직에 있을 때 배부른 돼지처럼 권력에 취해 설치고 나서면 더욱 추한 꼴에서 벗어날 수 없다.

현대인들의 경우 영양과잉으로 각종 질환이 급속히 늘고 있다. 비만과 당뇨 고지혈증 심장병 등 오늘날 성인병으로 지칭되는 질환은 모두 너무 많이 먹어서 생긴 병이다. 전문의들은 세 끼를 꼭 먹되 약간 배고프게 먹으라고 권한다. 식사시간을 충분히 확보하고 술은 적당히, 담배는 끊으라고 권한다. 과거 제대로 먹지 못했던 시절에는 성인병 걱정이 없었다. 배가 부를수록 겸손하고 초심을 잃지 말아야 한다. 권력의 배가 부르면 더더욱 겸손해야 한다.

몇 년 전 이탈리아 로마에서 열린 세계수영선수권 대회에 출전한 박태환 선수를 두고 말들이 많았다. 많은 국민들이 박 선수의 부진을 보며 안타까워 했다. 그러나 운동선수가 언제나 최고의 기량을 발휘할 수는 없다. 슬럼프 등 좌절의 시기도 찾아올 수 있는 만큼 언제나 최고의 컨디션을 유지할 수 있는 것은 아니다.

문제는 박 선수의 훈련량이 부족했다거나, 아니면 배가 불러서 정신상태가 해이해 졌다는 비판이 너무 많다는 것이다. 올림픽 금메달과 은메달을 따서 기쁨을 안겨 줬을 때는 언제고, 예선탈락을 거듭하자 거세게 몰아

세우고 있다.

당시 가장 힘들고 고통스러운 시간을 보낸 사람은 지켜보는 국민이 아닌 바로 박태환 선수였을 것이다. 비판은 필요하지만 사람에겐 깊은 마음의 상처를 주거나 또는 좌절을 안겨 줄 수 있는 비판은 자제해야 한다. 비판 자체가 양날의 칼과 같은 것이기 때문이다.

비판은 필요하다. 그러나 인신공격성 비판은 피해야 한다. 박 선수는 그런 비판을 거울삼아 다시 국민의 영웅으로 태어나고, 지금도 건실하게 잘 생활하고 있다.

정치권에서도 권력의 맛에 흠뻑 취해 있지만 말고 건전한 비판을 받아들여 암울한 터널을 빠져 나가야 한다. 주변의 말에 귀 기울이며 고개를 숙이는 모습을 보인다면 세상은 그를 더더욱 존경하고 따를 것이다.

새벽 4시 50분

새벽 4시50분.

아직 정신이 맑지 않다. 어제는 지역에 새로 부임한 기관장과 조금 늦게까지 자리를 해서인지 수면시간이 좀 부족했다. 이불속에서 나와 냉장고에 가서 문을 열고 냉수를 마셨다.

시원하다. 더 자고 싶다. 그러나 오늘은 아침 5시30분에 서울로 출발해야 한다. 행정안전부 1차관과 2차관을 오전 일찍 만나기로 약속했기 때문이다. 태백에서 서울까지는 3시간 안팎의 거리지만 광화문까지 가려면 4시간은 잡아야 한다. 피곤하다. 며칠 전에도 서울에 다녀왔다.

장마철이라 일주일 내내 비가 내린다. 승용차는 빗길에 미끄러지듯 서울을 향해 질주한다. 예상보다 빨리 서울에 도착했다. 정부종합청사 13층에 올라갔다.

평소 잘 알고 지내던 행안부 대변인의 안내로 1차관을 만나고 2차관도 만났다. 대변인은 내가 도의원 시절 미국 뉴욕에 갔을 때 대한민국 정부의 파견 공무원으로 뉴욕에서 일했던 사람이다. 뉴욕에서 알게 된 사람이 행안부 대변인으로 복귀해 또 다른 인연을 맺을 수 있는 것에 감사했다.

그리고 1차관은 벌써 몇 번 만나 얼굴도 잘 아는 사이다. 그는 고향이 삼척이라서 태백시장인 나를 더욱 친밀하게 대해 주었다. 얼마 전 특별교부세도 지원해 줬다. 나는 그 예산으로 연화산 둘레길을 조성했다. 고마운 분이다.

내가 1차관을 알게 된 것은 언론사 도청 출입기자로 함께 일했던 선배기자 때문이다. 방송사에서 일 하는 그 선배는 강원도청 출입을 오래하다 최근 정부종합청사로 자리를 옮겼다. 그 연유로 그 선배는 고향이 강원도인 1차관과 친하게 지냈고 나에게 인사를 시켜줬던 것이다.

내가 이날 행안부를 찾은 이유는 화광아파트 재개발 때문이다. 사업비가 400억원이나 들어가는 막대한 사업이기 때문에 정부의 투융자 심사를 받아야 사업을 진행할 수 있다.

정부는 2011년 4월 화광아파트 재개발 사업에 대해 재검토라는 결론을 내렸다. 오투리조트의 재정상태가 어렵다는 이유이다. 그러나 사업을 지연시켜서는 안 된다는 것이 나의 판단이다. 그래서 염치 불구하고 새벽부터 태백에서 출발했던 것이다.

정부의 사업 심사는 생각보다 까다로웠다. 우선 화광아파트 재개발 안건을 회의에 상정하느냐, 안하느냐가 관건이다. 상정조차 안 되면 모든 것이 멈춰지는 것이다. 하지만 멈출 수는 없었다. 일단 상정되도록 졸랐다. 담당인 2차관은 서류를 보완해 주면 상정하도록 노력해 보겠다고 했다.

그러나 안 될 수도 있기 때문에 담당사무관을 만나야 할 것 같았다. 대변인을 통해 담당 사무관을 만났다. 아직 20대처럼 보이는 앳된 여자 사무관이었다. 그녀는 아마 고시출신인 것 같았다.

나는 그 사무관에게 머리 숙여 인사하고 도와달라고 요청했다. 그 사무관도 상정될 수 있도록 도와주겠다고 약속했다. 일에 대해서만큼은 매우 상냥한 공무원이라는 것을 느꼈다. 안건이 상정된다고 회의에서 통과된다는 보장은 없었다. 이미 지난 4월 통과되지 않았기 때문에 걱정이 됐다.

나는 심사위원들에게 직접 브리핑 할 수 있는 기회를 달라고 요청했다. 시골의 한 젊은 시장이 중앙정부의 심사요원한데 호소력 있는 브리핑을 한다면 통과도 될 수 있을 것이라는 2차관의 조언 때문이었다.

그렇게 행안부 일정을 마치고 삼청동의 한 중국집에서 자장면으로 점심을 때웠다.

비가 내리는 가운데 승용차는 다시 태백을 향해 달린다. 여주휴게소에 들러 커피 한잔을 마시고 태백에 도착하니 오후 5시쯤. 밀린 결재를 마치고 6시 반에 또 저녁약속이 있다. 지역 현안인 E-city 사업과 관련해 민원인을 만나는 자리이다.

피곤이 몰려온다. 밤 10시쯤 돼서 자리가 끝났다. 집에 오니 너무나 피곤했다.

내일은 또 창원으로 간다. 낙동강 유역청장을 만나기 위해서다. 황지연못 물길 복원사업과 관련해 예산을 받기 위해 면담을 요청했다.

옷을 갈아입고 침대에 누웠다. 양치도 하고 씻어야 하는데 귀찮다. 오늘은 그냥 잘까. 하루 안 씻었다고 이상하진 않겠지. 그런 생각으로 잠이 들었다. 너무 피곤하다. 그래도 해야 할 일은 해야 한다. 나를 위해서가 아니라 지역을 위해...

선^(善)함과 진실함^(眞實)

얼마 전 양구에 다녀올 일이 있었다. 시간이 좀 남아 박수근 미술관을 들렸다. 강원도가 낳은 위대한 미술가 박수근선생. 미술관에 들러 제일 먼저 눈에 띄는 것은 선생님의 작품 '빨래터'.

빨래터를 보는 순간 뭔가 모르게 진한 감정이 가슴에 와 닿았다. 그건 아마도 내 마음과 정신을 정화할 수 있는 카타르시스와 같은 것이었다.

관람을 마치고 뮤지엄 샵에 들러 양양출신 소설가 이경자씨가 쓴 '빨래터'라는 장편소설 책 한권을 샀다.

책 뒷면에는 이런 글귀가 있다.

'나는 인간의 선함과 진실함을 그려야 한다는 예술에 대한 대단히 평범한 견해를 가지고 있다. 따라서 내가 그리는 인간상은 단순하고 다채롭지가 않다. 나는 그들의 가정에 있는 평범한 할아버지와 할머니 그리고 물론 어린아이들의 이미지를 즐겨 그린다. –박수근–'

그렇다. 국민화가 박수근은 인간성의 궁극적 가치를 선함과 진실함에 두었다. 선하고 진실한 것이야 말로 천국이라는 것이 그의 생각이다. 억압과 공포 탐욕이 없는 세상. 그것은 천국에서만 가능하다는 것이다.

나는 인구 5만명의 작은 도시 시장이다. 그러나 마음은 우리도시가 대도시 못지않게 크다고 생각한다. 난 시민들과 공직자들에게 늘 강조한 것이 있었다.

그것은 진실함이다. 개인적인 욕심을 버리고 지역을 위해 진정성을 가지고 일한다면 지역은 분명 달라질 것이다.

이것은 내가 바라는 진정성이고 순수함이다. 진실함과 선함을 표현한 박수근의 빨래터를 보면서 내가 카타르시스를 느낀 것은 바로 이러한 부분이 통했기 때문이라는 생각이 들었다.

미술도 개인의 감정을 순수하게 표현한 하나의 종합예술이라는 생각이 든다. 작품 속에서 세상을 볼 수 있고, 인간의 내면과 지역사랑에 대한 애정을 느낄 수 있기 때문이다. 이것 또한 진실함으로 다가서야만 가능하다는 생각이다.

선함과 진실함. 난 한동안 이 말을 잘 애용했으며, 지금도 토론회나 행사장 특강 등에 가면 선함과 진실함으로 살아야 한다고 늘 강조하고 있다.

시집가는 시장

　"시장에 취임하는 기분이 어떻습니까." 2010년 취임을 며칠 앞두고 어느 지인이 물어왔다. 난 그 자리에서 "시집가는 기분입니다."라고 대답했다.

　과거 처녀가 결혼하기 전에는 마음이 들뜨기도 하지만 매우 심난할 것이라는 어른들의 말이 있었다. 신랑 이외에 아무도 모르는 시집 식구들을 대해야 하고, 그들과 한 식구가 되어 살아가는 처녀의 마음이 나와 너무나 흡사한 것 같았다.

　어떤 며느리가 집안에 들어오느냐에 따라 그 집안의 흥망성쇠가 가려진다는 말이 있다. 맏며느리로서 시집 살림을 맡아서 운영해야 하고, 새로운 식구들과 잘 화합해서 집안의 분위기를 이끌어야 하는 책임이 있다.

　나로선 처음 시작하는 새로운 업무이기 때문에 맏며느리로 시집가는 상황과 다를 바 없다고 생각했다.

그렇게 시작한 시집생활도 벌써 3년이 넘었다. 처음엔 시행착오도 많았고 집안 형제들이 다투듯 지역사회의 갈등도 많았다. 오투의 빚은 3,000억 원이 넘었고, 시가 자체적으로 가지고 있는 빚도 수 백 억 원이 넘었다.

넉넉한 살림이 아니라 아예 기울대로 기울어진 집안이었다. 형제들은 희망을 잃어가고 있었고, 난 어떻게든 집안을 다시 일으켜야 한다는 신념 하나 뿐 이었다.

우선 빚을 갚아야 했다. 재정 상태를 분석한 결과 오투를 제외하고 임기가 끝날 쯤이면 부채가 제로화 될 수 있었다.

중앙정부와 도청을 뛰어 다니며 예산 확보에 전력을 다했다. 내부행정은 부시장의 지휘 하에 각 부서장이 책임지는 책임 행정제를 도입하고 난 밖으로 뛰어다닐 수 밖에 없었다.

한마디로 돈을 벌어야 했기 때문이었다. 시민들은 여기저기서 해 달라는 것도 많았지만 난 조금만 참고 기다리자는 말로 이해 시켰다. 어떻게든 기초를 튼튼하게 다져 놓지 않으면 이 집안은 어려움에서 벗어나지 못할 것이라는 판단 때문이었다.

다행이 많은 사람들이 동참해서 우리는 재정자립도 강원도 1위, 정부 합동평가 강원도 1위라는 성과를 낼 수 있었다.

그리고 2014년에는 태백시 개청 이래 처음으로 부채가 0이 되는 쾌거를 달성할 수 있다. 물론 관광개발공사에 채무보증을 한 부분은 제외했지만,

이것만으로도 우리는 희망을 가질 수 있기 때문이다.

　시집살이 3년 동안 어려움도 많았다. 지금도 시기 질투 비방은 끊이지 않고 있다. 그러나 빚더미의 집안을 살리기 위해서는 중심을 잃으면 안 된다는 것이 내 생각이다.
　아무리 많은 욕을 먹어도 사심을 버리고 태백이라는 집안을 위해 일한다면 분명 결과는 좋을 것이다. 자신의 입신과 개인의 미래를 위해 일한다면 맏며느리의 자격이 없다고 생각한다. 그래서 난 지역의 아들이고, 지역의 맏며느리로서 순수한 마음으로 일하고 싶다.

　정치는 고독하고 외로운 투쟁이다. 내가 느낀 정치세계이다. 군 복무를 마치고 대학 4학년 2학기 때부터 시작한 기자 생활은 13년이 넘도록 대다수의 시간을 정치부 기자로 활동했다.
　이 후 만 38세에 탄광지역에서 도의원으로 당선되고, 만 42세에 시장에 당선되는 동안 난 늘 고독했고 나 자신과 외로운 투쟁을 해 왔다.

　내 주변에는 많은 사람이 있지 않다. 난 사람들과 잘 어울리는 친숙함도 없다. 처음 대하는 사람은 더더욱 친숙해지기 어렵다. 난 처음 도의원 선거에 출마했을 때 여성 유권자들과 악수하는 것도 두려웠다.
　어떻게 보면 선거와 전혀 어울리지 않은 사람이 선거를 통해 정치인의 길을 걷고 있는 것이다.

그러나 난 사람들을 만날 때 진정으로 만난다. 조금도 가식을 가지고 사람을 만나지 않았다. 내게 부족한 것이 있으면 부족한 대로, 못난 부분이 있으면 못난 대로 만났다.

어느 여름날이었다. 나는 어머님이 농사짓는 밭에서 발목 장화를 신고 수건을 목에 두른 채 밭일을 하고 있었다. 그 때 서울에서 손님이 찾아왔다. 지인의 소개로 급히 만나야 된다며 어머니의 집까지 찾아 온 것이다.

그는 나를 만나러 왔다가 내 모습을 보고 은근히 무시했다. 손을 바지 주머니에 넣고 입에는 담배를 문 채로 시장이 어디 있냐고 물었다. 내가 시장이라고 말했을 때 그는 담배를 버리고 두 손을 모아 공손하게 인사를 했다. 아마도 내가 시골에서 농사짓는 사람으로 알았던 것이다. 아무리 농사짓는 사람이라고 그렇게 대하는 것은 좀 무례라는 생각이 들었다.

물론 실례는 아닐 수 있지만 그런 에피소드도 종종 있었다. 그만큼 난 있는 그대로의 모습을 사람들에게 보여준다. 내 집무실에서는 시장의 모습으로, 한가한 일요일에는 땀 흘리며 일하는 농부로 사는 것이 내 모습이다.

가끔은 지인들과 어울려 막걸리 집에서 술을 마신다. 다들 어렵다는 얘기다가 많다. 은행에 빚이 얼마나 된다는 등, 직장 상사가 맘에 안 든다는 등, 아이가 공부를 안 한다는 등...

나와 공감할 수 있는 얘기들로 분위기는 무르익어 가고 막걸리 잔은 금새 비워진다. 가끔은 전통시장 순대국밥 집에서 저녁을 먹을 때도 있다. 시장에 출마할 당시 찾은 순대국밥 집은 지금도 가끔씩 들린다. 주인아주머니의 구수한 말솜씨와 푸짐한 음식은 늘 사람들을 찾게 만든다.

특히 배추 값이 금값 일 때도 변함없이 맛깔스러운 김치를 가득 내 놓는 주인아주머니의 인심은 발길을 끊을 수 없게 한다. 순대국밥에 소주 한잔 하는 묘미는 나에게 더할 수 없는 행복이다.

난 가끔씩 시장 안 칼국수집도 즐겨 찾는다. 칼국수 집은 출입기자들과 자주 간다. 칼국수에 곁들인 보리밥과 먹음직스러운 김치는 나 뿐만 아니라 기자들 대부분이 좋아한다.

칼국수 집에서 듣는 기자들의 조언은 가끔 정책에 반영하기도 한다. 굳이 화려하고 비싼 음식점이 아니라도 함께 할 수 있는 곳은 어디든지 찾아 갈 수 있는 진정성. 누구에게 보여주기 위한 것이 아니라 서민과 함께 하고 픈 진심어린 마음이야 말로 이 시대에 필요한 정치인이라고 생각한다.

도의원과 시장선거를 치르는 동안 난 무척이나 힘들었다. 경쟁력은 되 겠지만 당선될 가능성은 불투명했기 때문이었다. 그렇다고 포기하기에는 아까운 일이다.

출마와 불출마를 두고 난 고독한 생활을 할 수 밖에 없었다. 말 그대로 나 자신과의 외로운 투쟁이 시작된 것이다. 수없이 많은 고민과 번뇌를 거 듭하게 된다. 주변에서도 많은 사람들이 조언을 했다. 그렇게 많은 조언과 충언들을 종합해 결국은 본인이 판단하게 된다.

이젠 고독함에 익숙해져 가고 있다. 아마 정치생활도 점차 익숙해져 가 는 것이 아닐까 하는 생각이 든다.

‘그대는 연꽃을 닮았어요. 나쁜 환경의 연못에도 뿌리를 내리고, 향기로 채우고, 비바람에도 부러지지 않고, 진흙에도 물들지 않는 연꽃.

그대의 고결한 인품은 주민들을 감동케 하고, 청정의 마음가짐과 유연함 융통성은 주민들을 서로 소통케 하며, 부조리와 환경에 물들지 않는 솔선수범은 주민들을 따르게 하죠. 연꽃이랑 그대 정말 닮았죠.’

언젠가 지인이 보내온 내용이다. 아마도 연꽃과 같은 정치를 하라는 의미로 보여 진다.

아름다운 인간관계, 아름다운 동행

2013년 7월 14일 일요일 아침.

모처럼 교회를 찾았다. 친구의 차를 타고 집을 나서는데 비가 내린다. 벌써 열흘이 넘도록 장마가 계속된다. 나는 교회 신도가 아니지만 가끔 교회를 찾아 목사님의 설교를 들으면서 삶의 방식을 다시 한 번 되돌아보고, 새로운 에너지를 얻게 된다.

'오늘은 또 어떤 말씀으로 감동시킬까.' 하는 설레임이 빗줄기를 타고 벌써부터 가슴에 와 닿는다. 평소 조용하면서도 반듯한 생활을 하시는 황지교회 김종언 목사님은 많은 신도들이 존경하고 있다.

'왜 정치하는 사람들은 대부분 존경받지 못할까.' 하는 생각과 비교하면서 만감이 교차한다.

입례송과 함께 주일 예배가 시작됐다. 오늘 담임목사님의 설교는 '아름다운 인간관계' 이다.

'누가복음' 6장을 인용해서 말씀하시는 목사님의 설교는 가슴속 깊이 진한 감동을 가져왔다.

'너의 이 뺨을 치는 자에게 저 뺨도 돌려대며, 네 겉옷을 빼앗는 자에게 속옷도 거절하지 말라. 남에게 대접을 받고자 하는 대로 너희도 남을 대접하라. 비판하지 말라. 그리하면 너희가 비판을 받지 않을 것이요.' 라는 성경의 말씀은 아름다운 인간관계의 기본이다.

목사님은 또 남을 비난하고 헐뜯고 증오하면 그것은 곧 자기에게 돌아온다며, 선한 일을 하면 선함이 되돌아온다고 강조했다.

아름다운 인간관계를 갖기 위해서는 먼저 주는 사람이 돼야 하고,

섬김을 받고 싶으면 남을 먼저 섬겨야 하고,

칭찬을 받고 싶으면 남을 먼저 칭찬해야 하고,

도움을 받고 싶으면 남을 먼저 도와야 하고,

용서를 받고 싶으면 남을 먼저 용서해야 하고,

이해를 받고 싶으면 남을 먼저 이해해야 하고,

존경을 받고 싶으면 남을 먼저 존경해야 한다는 말씀도 하셨다.

한번 밖에 없는 인생을 성공적으로 살기 위해서는 가정 직장 사회 등 각자 일터에서 주어진 역할에 충실하고, 최저치를 위해 일하는 것이 아니라 항상 최고치를 향해 일하는 사람이 모든 분야에서 아름다운 인간관계를 맺

을 수 있다고 강조하셨다.

목사님의 설교를 듣는 동안 멈출 수 없는 감동은 여름철 장맛비를 멈추게 할 정도로 진한 카타르시스를 느끼게 했다. 예배가 끝나고 난 교회 식당에서 국수 한 그릇을 비우고, 교회 휴게실에 들려 한 잔에 1,000원 하는 커피를 마신 후 정문을 나섰다.

나를 욕하는 사람, 나를 비방하는 사람, 내가 하는 일을 방해하는 사람 등 수 많은 인간관계 속에서 펼쳐지는 일들을 이젠 이해하는 사람이 돼야겠다는 생각이 앞섰다. 한 때 나를 욕하는 사람을 나도 미워했지만, 이젠 그들의 입장을 이해하고 내 자신의 변화를 통해 함께 살아가는 방법을 찾아야겠다.

집에 돌아오는 길에 또 다시 비가 내린다. 장맛비는 더욱 굵고 거세게 뿌려, 오염된 세상을 씻겨 내리는 듯 했다.

내 나이 마흔 여섯. 한창 일할 나이다. 직장에서는 상사와 후배의 눈치를 봐야 하고, 가정에서는 아이들 교육문제로 고민해야 할 전형적인 40대 아저씨다.

난 그런 직장을 그만두고 마흔이 되기 2년 전인 서른여덟에 홀로서기를 감행했다. 대학 졸업 후 줄곧 한 눈 팔지 않고 지켜온 언론사 생활을 평기자로 막을 내리고 제도권에 도전했다.

첫 번째 도전은 강원도의원. 고등학교를 졸업한지 20년 만에 태백에 돌아와 어렵게 도의원에 당선됐다.

두 번째 도전은 태백시장. 많은 사람들은 마흔 두 살인 내가 당선되기

어려울 것으로 전망했다. 좀 더 솔직히 표현하자면 현직 시장과 전직 국회의원에 맞서 마흔 두 살의 젊은 친구가 도전한다는 것은 무리가 아니겠느냐는 지적이었다. 난 그렇게 표현하는 사람들의 의견에 공감이 갔다.

하지만 난 그들이 갖지 못한 가장 큰 무기를 가지고 있었다. 그건 바로 젊음이다. 젊음이 없었다면 난 도전하지 않았을 것이다.

흔히 말하는 변화와 개혁. 시민들은 변화와 개혁을 위해 마흔 두 살의 젊은이를 시정의 책임자로 선택했다. 변화와 개혁이 얼마나 힘든가는 그 말을 주도하는 주체가 되어서야 깨닫게 되었다.

젊은 시장을 향한 시기 질투 비난도 많았다. 기존 정치권에서 오랫동안 생활했던 사람들의 방해는 생각보다 심했다.

다행이 시간이 흐르면서 나의 순수함을 이해하기 시작했고 이젠 많은 사람들이 지역발전을 위해 아름다운 동행을 하고 있다. 물론 아직도 많은 질타를 듣고 있지만 초기 보다는 나은 편이다.

다른 사람들로부터 주목을 받기 시작한지도 7년이 넘었다. 일선에서 정치부 기자 생활을 했던 기간을 합하면 근 20년은 직간접적으로 정치권에서 보냈다고 할 수 있다. 내가 정치를 했든 안했던 마흔 여섯 인생을 살면서 가장 중요한 것을 알게 된 사실은 최근 몇 년 사이다.

그래서 내가 깨달은 가장 중요한 사실을 말하고자 한다. 물론 이것은 객관적인 논리가 아니고 더더욱 이론적 배경이 깔린 학문도 아니다. 그냥 내가 경험한 경험담일 뿐이다.

정치는 큰 것이 아니다. 바로 너와 나, 이웃에서 시작된다. 친구에게 경제적으로 도움을 주지는 못해도 사랑하고 아껴주면 좋은 관계가 된다.

옆집에 사는 이웃에게도 작은 관심을 보이면 사이좋게 지낼 수 있다. 직장에서도 마찬가지다. 동료의 승진을 축하해주고 내가 맡은 일을 묵묵히 수행할 때 조직은 탄탄하게 굴러갈 수 있다.

술자리에서 동료를 비난하면 언젠가는 그 말이 동료에게 들어가고 관계는 멀어진다. 그 사람이 옆에 없다고 비난하고, 그 사람이 못 들을 것이라는 생각은 어리석은 자의 행동이다.

지역문제와 사업도 예외는 아니다. 남의 동네를 비난하고 남의 회사를 욕되게 하면 화살은 반드시 되돌아온다.

우리가 저 멀리 있는 아프리카의 가난한 나라와 적대시 하고 있는 북한에게도 도움을 주는데, 왜 가까운 이웃에게는 도움을 주지 못하는 치졸한 사람들이 됐을까. 옆에 있는 이웃을 도와주지 못하고 헐뜯는다면 상생은 생각할 수도 없고 결과는 공멸일 뿐이다.

이웃 간의 고발로 서로 벌금을 물고, 평소 잘 지내던 사람들두 비난 서인 말 한마디로 오해가 생기고 좋은 관계마저 실송된다. 국가적인 분쟁과 갈등도 결국은 상대를 비난한 것이 원인이 된다.

그러면 해법은 무엇일까. 바로 칭찬이다. 사람을 칭찬해 보기 바란다. 싫은 사람도 좋은 점이 분명 있다. 남을 비난하기보다 칭찬해야겠다는 생각을 뇌의 절반 이상 채워야 한다.

'누가 어떡했다더라. 누가 그러는데 뭐라 하더라.' 는 식의 말은 절대 하지 말아야 된다. 내 눈으로 봐도 오해할 수 있는 일들이 무수히 많은데, 남의 눈도 아닌 남의 말을 듣고 누구를 비난한다는 것은 당사자의 인격이 문제이다.

특히 정치를 하는 사람들은 더더욱 말조심을 해야 한다. 정치는 높은 곳에 있는 것이 아니라, 가장 가까운 이웃에 있고 친구에게 있다.

높은 곳만 바라보지 말고 내 주변을 먼저 살피는 그런 정치인이 되고, 그런 사람들이 돼야 한다. 그것도 순수한 마음으로 해야 한다.

자신의 목적을 위해 이웃을 속이는 이중인격자는 되지 말아야 한다. 사람들은 이미 그런 상황을 구별할 수 있는 능력을 가지고 있다. 그래서 순수한 것이 좋은 것이다. 다소 부족해도 순수함을 잃지 않은 어리석음이 좋다.

오늘 목사님의 설교는 이런 내 생각과 너무나 공감이 가기 때문에 난 교회 휴게실에서 신도들과 커피를 마시며 우리사회의 아쉬움을 얘기했다. 시기 질투 비방 등을 일삼는 사람들은 반드시 목사님의 말씀을 들었으면 좋겠다는 생각을 했다.

'배고픈 것은 참을 수 있지만, 배 아픈 것은 못 참는다.' 라는 말이 있다. 남을 위한 칭찬과 배려 관심 등은 반드시 자신에게 되돌아온다는 진리는 인류의 역사가 없어지지 않는 한 불변의 법칙이라고 생각된다. 욕심을 조금만 버리고 뒤를 돌아보는 지혜가 필요한 듯 싶다.

아름다운 인간관계 속에서 아름다운 동행을 할 때 우리 사회는 지금보다 더 건강하고 아름다운 사회가 될 것이다.

내가 살고 있는 강원도.

난 여기에 살고 있는 사람들이 비난에 익숙하지 않고, 친구를 사랑하고 이웃을 아껴주는 그런 사람들이 되기를 바라고 있다. 그래서 사람들이 좋은 강원도, 인간과 자연이 함께 사는 아름다운 지역을 만들고 싶은 것이 나의 작은 소망이다.

어부의 노래

푸른 물결 춤추고
갈매기 떼 넘나들던 곳
내 고향집 오막살이가
황혼 빛에 물들어간다.

어머님은 된장국 끓여
밥상위에 올려놓고
고기 잡는 아버지를
밤새워 기다리신다.

그리워라 그리워라.

푸른 물결 춤추는 그 곳

아~~

저 멀리서 어머님이

나를 부른다.

어머님은 된장국 끓여

밥상위에 올려놓고

고기 잡는 아버지를

밤새워 기다리신다.

그리워라 그리워라.

푸른 물결 춤추는 그 곳

아~~

저 멀리서 어머님이

나를 부른다.

박양숙씨의 '어부의 노래'를 모르는 국민은 많지 않을 것이다. 작은 어촌의 향긋한 전원생활을 연상시키는 '어부의 노래'는 우리의 향수를 자극하기에는 충분하다고 본다.

노랫말에 나오는 어머니와 아버지의 모습은 순박함이 그지없다. 그런 모습을 보고 성장한 자녀는 바다가 보이는 고향집의 향수에 젖어 있다. 구수한 가락에 심금을 울리는 노래는 어쩌면 60~70년대 우리들의 모습이 아닐까 싶다. 내가 이 노래를 좋아하는 것은 내가 자랄 때 모습과 별 다를 바 없기 때문이다.

난 산골출신이지만 바다를 좋아한다. 일 년에 몇 번씩 바다를 찾는다. 그러나 여름바다는 가지 않는다. 사람이 너무 많아 마음의 평화를 찾기가 싶지 않다. 그래서 여름을 피해 봄이나 가을 겨울에 주로 바다를 찾는다. 특히 겨울바다는 또 다른 묘미를 가져다준다.

아무도 없는 조용한 바닷가에서 더 넓은 바다를 본다는 것은 상상만 해도 시원함이 느껴진다.

특히 밤바다는 고요함속에 들리는 파도소리가 아름다운 선율로 느껴질 때가 많다. 누구나 그런 바다를 좋아하겠지만, 난 군대휴가 때 남동생과 둘이 경포대를 찾아 겨울바다를 본 적이 있다. 요즘은 아들과 딸을 데리고 가끔씩 겨울바다를 찾는다. 참 평화롭고 마음이 행복하다.

난 바다를 혼자 갈 때도 있지만 지인들과 함께 가는 경우가 많다. 바다는 그만큼 마음을 평화롭게 해 주고, 내 속에 자유를 가져다주는 느낌이다. 그래서 바다가 좋다.

동해안 최북단 고성에서부터 속초 양양 강릉 동해 삼척 등 작은 항구는 거의 찾아가 봤다. 몇 번씩 다녀 봐도 아름다움은 변함이 없다.

얼마 전 초등학교 친구들과 동해안 바닷가를 찾아 하룻밤을 보내고 아침 일찍 부두로 나왔다. 일부 어민들은 해가 뜨기도 전인데 아침 일찍 작업을 마치고 막걸리를 드시고 있었다.

새벽 일찍 바다에 나가 고깃배를 타고 힘든 일을 마친 후 허기를 달래기 위해 먹는 막걸리는 그나마 위안이었다.

막걸리가 너무 맛깔스럽게 보여 우리는 어민들 옆 자리에 앉아 인근 가게에서 막걸리 몇 병을 사서 함께 마시기 시작했다. 이후 어민들과 합석을 하면서 그들의 고충을 들을 수 있었다. 어민들은 요즘 고기가 많이 잡히지 않아 고민이라며, 수입이 옛날 같지 않아 생계에도 막대한 지장이 있다고 했다. 이상기온으로 어획고가 감소돼 어려움을 겪고 있는 어민들이다.

젊은이들은 어촌을 떠나 이제는 외국인 노동자가 대신하고 있지만, 어선과 일 하는 사람은 점점 감소하는 추세다. 올해는 도루묵과 멍게가 많이 잡혔으나 판로가 막혀 또 다른 어려움에 처해 있다고 했다. 그들의 한숨 섞인 목소리를 들으며 참 안타깝다는 생각을 했다.

'세상에 편한 사람들은 없구나.' 하는 생각이 머리를 스쳐 지나갔다. 마냥 평화롭게만 보이던 어촌은 이제 옛말이 됐다. 당장 생계에 막혀 어려움을 겪고 있는 어촌이다. 바다향기가 가득한 어촌의 풍성은 시원함과 향수를 자극하고 있지만, 그곳에 살고 있는 사람들의 고충은 또 다른 것이다.

동해안 각 시군은 10여년 전부터 어선 감축 사업이 한창이다. 그만큼 고기가 많이 안 잡힌다는 것을 반증하고 있다.

고성군은 최근 10년 동안 연안어업 어선 200척 이상을 감축했다. 다른 시군도 마찬가지다. 어선 감축은 자치단체의 예산으로 많이 부족하다. 정부와 정치권의 절대적인 관심이 필요하다.

우리시대에 살고 있는 어민 농민 노동자 등 많은 노동에 비해 적은 보수를 가지고 생활하는 이들을 위해 정치권의 특별한 배려가 필요하다.

바다는 우리들의 친구다. 마음의 평화를 가져다주는 마음의 고향이다. 바다를 사랑하고, 바다에 사는 사람들을 사랑하는 우리가 됐으면 한다.

이장님 아들

나는 시골에서 태어났다. 시골 중에 상 시골이라는 산골 너와집에서 태어났다. 전기도 안 들어오는 산촌마을이다. 아버지는 이장님을 하셨다. 그래서 마을 사람들은 나를 보고 '이장아들' 이라고 했다. 아버지는 시골에서 유일하게 서울에서 공부한 사람이었다.

청강려인(淸江麗人). 맑고 푸른 강원도, 아름다운 사람이라는 의미다. 내가 기억하는 어릴 때 고향의 모습이다. 자연이 살아 숨 쉬는 강원도, 너그러운 인심에 평화롭게 사는 강원도 사람들의 전형적인 모습이다.

난 그런 산골에서 10년을 넘게 살았고, 농삿일과 온갖 가지 힘든 일을 하면서 살았다. 바로 이런 삶이 서민의 삶이라는 것은 어른이 되어서 알았다. 흔히들 민중이라고 한다. 어렸을 땐 농사를 재래식으로 지었기 때문에 지게를 지고 일을 했다.

지난 대선 때 한 후보는 자신이 지게이고, 자신을 돕는 유력 인사는 지게 작대기라고 했다. 그래서 필연적으로 함께 할 것이라는 의미도 덧붙였다. 그러나 지게는 지게를 져 본 사람만 알고, 지게 작대기는 사용해 본 사람만 그 힘의 논리를 알 수 있다.

큰 짐을 지고 일어서려면 작대기의 힘이 얼마나 큰 것인가는 경험하지 않은 사람은 아마 모를 것이다. 나는 그렇게 혼자 생각했다.

내가 살았던 곳은 땔감이 연탄도 아니고 가스도 아니기 때문에 나무로 밥을 하고, 나무로 난방을 하는 산골이다. 그런 곳에서 태어나고 자랐으며, 도시에 나가 대학을 졸업하고 신문사에 취직해 기자로 13년을 넘게 일했다. 기자를 그만두고 38살에 도의원에 출마해 당선됐고, 42세에는 시장에 출마해 당선되는 운 좋은 시골 촌놈이 됐다.

유치원은 근처에 가보지도 못하고, 초등학교도 전교생이 100명 남짓한 산골학교에서 다녔다. 우리학년은 30여명이 전부다. 유치원은 가보지 못했지만 난 만 6세에 초등학교에 입학했다. 초등학교 상급생이 되어서 아버지는 군청 소재지로 나를 전학 시켰다.

다시 말해서 '큰물에서 놀아라.' 는 뜻이다. 군청 소재지의 학교로 전학 가니 정말 딴 세상이었다. 한 학년에 6개 반이 있고, 전교생도 2,000여명이 됐다. 정말 상상도 못하는 큰물에서 놀게 됐다.

중학교에 진학해 머리를 빡빡 깎고 검정색 교복에 제법 어울릴만한 모자를 썼다. 그러나 2학년이 되어서 키가 너무 크게 자라자 바지는 양말이 보일 정도로 짧아졌다. 난 아버지에게 큰 교복을 새로 사 달라고 졸랐으나 아버지는 단을 늘려서 입으라며 결국 사 주지 않았다. 그래서 난 중학교 내내 교복 하나에 단이 헤어질 정도로 낡은 바지를 입고 다녔다.

나의 중학교 생활은 남의 눈에 띄지도 않고, 그렇다고 구석에서 지내는 그런 학생도 아니었다. 아주 평범한 모습에 평범한 성적으로 학교를 졸업했다.

고등학교도 마찬가지다. 나는 우리 집에서 가장 가까이 있는 탄광촌 인문계 고등학교로 진학했다. 고등학교는 한 학년에 9개 반이 있었고, 전교생도 1,800여명에 달할 정도로 큰 학교였다.

1학년 한 때는 전교에서 50등 안에 들 정도로 공부를 했으나 2학년 3학년에 진학해서는 평범한 성적으로 학교를 다녔다. 고등학교 3학년 때 공부를 하겠다고 머리를 빡빡 깎고 열심히 한 적도 있으나 상위권은 아니었다.

졸업과 동시 대학에 입학해 정치외교학을 전공하면서 정치에 관심을 갖게 되었다.

난 1986년 만 18세의 나이로 대학에 입학했다. 다 알겠지만 86년은 전두환 정권 시절로 전국적으로 대학 시위가 끊이지 않았다. 난 대학에서 사회과학 서클(지금은 동아리)에 가입하면서부터 현실정치에 눈을 뜨기 시작했다.

선배들을 따라 이념공부를 하고 2학기부터는 시위현장에 있는 시간이 많았다. 최루탄을 마시고 돌을 던지는 민주화 현장이었다. 내가 민주화 운동에 동참하게 된 원인은 우리 집안 때문이었다.

나의 할아버지와 아버지 어머니는 늘 열심히 일하지만 잘 살지 못하고 계셨다. 시골에서는 땅이 좀 많다고 부잣집이라고 불렀으나, 그건 산골 안에서의 모습일 뿐이었다.

새벽부터 일터에 나가 일하는 할아버지와 부모님은 밤늦게까지 농삿일을 하고 돌아오시지만, 농협에서 대출해 준 영농자금에 늘 허덕이고 있었고 그 흔한 전화도 집에 없는 형편이었다.

그 당시 나와 함께 학생운동에 참가한 학생들은 농촌출신이 많아 군사정권과 함께 농민 문제에 관심이 많았다. 2학년에 진학해서는 군사정권에 대한 반감이 더욱 거세졌으며 나의 학교생활은 늘 시위현장에 있었다. 수업에 빠지는 날은 부지기수였다. 때문에 성적이 좋을 수 없었다. 겨우 과락을 면해 4.5 만점에 2.5를 넘을 정도였다.

87년 6월 10일.

다들 기억하겠지만 6월 항쟁이 시작된 날이다. 나는 그날 노심시에서 밤늦게까지 시위에 참여하다 백골단(사복경찰)에 잡혀갔다. 이후 며칠 동안 경찰서에서 조사를 받은 후 공안검사의 지휘를 받아 구속된 후 난 교도소에 수감됐다.

난 옥중에서도 대통령 직선제의 당위성을 알리는 서신을 보내 교내 집회의 점화를 당겼다. 1만 여명의 학생과 시민들이 집회에 참가해 내가 보낸

서신을 낭독한 후 대규모 시위를 벌여 경찰의 페퍼포그(다연발로 최루탄을 발사하는 시위 진압차량)까지 교내에 진입해 학교를 난장판으로 만들었다는 소식을 옥중에서 들었다.

그렇게 시위가 계속되는 상황이 벌어지자 그해 6월29일 민정당 노태우 대통령 후보가 6.29선언을 했다는 소식을 들었다.

대통령을 국민의 손으로 직접 선출하는 직선제 개헌이 주요 내용이었다. 그 선언이 있은 후 나는 교도소에서 석방됐다. 나뿐만 아니고 민주화 운동에 참여한 많은 사람들이 석방되는 승리를 맛보았다. 교도소에서 나온 후 난 특별이 시위에 참여하지 않았다.

3학년에 진학해서는 학원운동가도 점차 조용해지고 많은 선배들은 노동운동에 참여하기 시작했다. 그 시점에 난 휴학을 하고 군대를 갔다.

육군 백골부대. 너무나 힘든 군대생활은 나에게 인내를 가르쳐 준 소중한 경험이 됐다. 자랑스러운 백골부대 병장으로 제대를 한 후 학교에 복학해서는 열심히 공부하는 취업 준비생이 됐다.

새벽부터 학교 중앙도서관에서 취업준비와 학교공부를 병행하면서 내 인생의 미래를 준비하게 됐다. 학원가도 시위는 거의 사라질 정도로 조용했다.

전두환 정권이 물러나고 노태우 정권이 직선제를 통해 들어섰기 때문에 학원가의 민주화 시위도 어느 정도 명분을 잃었다. 다만 대통령 선거에서 후보 단일화에 실패한 김영삼 김대중 두 사람에 대한 비판은 간간히 있었다. 난 학교 수업도 빠지지 않고 다시 공부에 집중해 학기 성적은 3.5를 넘겼고, 졸업 평균 학점도 겨우 3점을 만회할 수 있었다.

그렇게 공부를 하다 4학년 여름방학이 시작되면서 나는 취업준비를 시작했다. 몇 곳에 원서를 넣었으나 낙방한 후 신문사에 운 좋게 취직했다.

1992년 9월 1일.

만 24세의 나이에 세상 두려울 것 없는 신문사 기자가 된 것이다. 대학 4학년 2학기가 시작될 무렵 난 수습기자로 발령받아 언론인의 길을 걷기 시작했다.

2005년 12월31일 기자생활을 그만 둘 때까지 13년 4개월 동안 한 눈 팔지 않고 기자생활을 했으니, 난 기자가 천직이라고 생각했다. 기자생활을 하면서 행정기관을 출입하고, 정치인을 만나면서 나도 현실에 점점 적응되어 가는 사회인이 됐다.

13년이 넘는 기자생활 동안 IMF(국제통화기금)를 겪으면서 월급을 제대로 받지 못하는 어려움도 있었다. 당시 기자들의 월급은 그렇게 많지 않았다. 대부분 맞벌이를 했지만 난 나 혼자만의 월급으로 가정을 꾸려나갔나. 때문에 선배 동료 기자들은 골프를 쳤지만, 난 그 틈에 끼어 골프를 배우다가 필드에 한번 나가보지 못하고 그만 두었다.

그래서 지금도 골프 치는 사람이 부럽다. 골프는 아무리 대중화 됐다고 하지만 시간과 돈이 있어야 즐길 수 있는 운동이라는 것을 알았다.

기자생활동안 가난하게 살았지만 사람들과의 인맥은 부럽지 않을 정도

로 형성됐다. 중앙정부와 지방정부의 책임 있는 사람들을 만나면서 일 이
외로 친분이 형성되어 갔다. 내가 거만하거나 남의 비리나 파헤치는 기자
였다면 그런 사람들과 친분을 유지할 수 없었을 것이다. 난 그냥 있는 그대
로 내 모습을 보였고, 그런 순수함에 사람들이 편하게 대해줬다.

기사도 공익을 위한 기사를 많이 썼다고 생각한다. 개인의 잘못 보다는
정책의 오류와 사업의 문제점을 지적하는데 중점을 뒀다. 아시아 어느 나
라의 기자들은 국익에 해가 되는 기사는 쓰지 않는다는 말을 기자생활 내
내 새겨두고 있었다.

나도 출입하는 광역 기초자치단체와 지방의회에 해가 되는 기사는 가급
적 자제하고, 문제점이 있으면 사전에 알려주는 일을 많이 했다. 그렇게 해
서 개선되는 것이 목적이지, 문제점을 신문 지상을 통해 지적하는 것이 목
적이 아니라는 생각 때문이었다.

신문사 근무 내내 정치부에서 오랫동안 일했기 때문에 정치하는 사람들
을 대할 수 있는 기회가 무척 많아졌다. 역대 대통령들도 후보시절 직접 만
나 단독 인터뷰를 했고, 국회의원 도지사 시장군수 등 수많은 사람들과 대
화할 수 있는 기회가 많아졌다.

난 그런 기회를 통해 그들의 정치철학과 국가와 지역발전에 대한 생각
을 알 수 있었다. 그리고 지방의원과 공무원들의 생각과 생리도 어느 정도
파악할 수 있었다.

내가 직접 그들의 입장을 경험하지 않았지만, 기자의 입장에서 그들의
생각을 파악하기에는 아주 적절했다는 생각이 들었다. 지금 생각해 보면

한편으로는 그들의 생활이 이해가 갔으나 다른 한편으로는 이해하지 못할 일들도 많았다.

2006년 1월 8일.

난 다시 탄광촌으로 돌아왔다. 6,000만원이 조금 넘는 소형 아파트를 은행 대출을 안고 매입을 했다.

고등학교 졸업 후 탄광촌을 떠나 도시에서 줄곧 생활했지만 다시 돌아온 탄광촌은 이미 성장 동력을 잃어가고 있었다. 한 때 13만이던 인구는 절반이 빠져나가 5만을 겨우 넘었고, 탄광촌 사람들의 생각은 희망을 잃은 모습이었다.

이런 도시에서 난 도의원을 하겠다고 만 38세의 나이에 뛰어든 것이다. 선거과정을 취재 보도만 했지 막상 내가 주인공으로 선거에 뛰어들어 보니 막막함 그 자체였다.

우선 돈이 있어야 했고, 사람들이 있어야 했다. 난 두 가지 모두 부족했다. 그해 5월31일이 선거였는데, 1월에 이사를 온 나로서는 선거를 준비할 시간도 턱없이 부족했다.

상대 후보는 몇 년 전부터 준비를 했고, 난 이제 선거판에 뛰어들은 겁없는 초년병이었다. 그렇지만 다른 생각하지 않고 당선되면 정말 이 지역을 위해 열정적으로 일을 해보고 싶다는 마음만은 누구 못지않았다. 하지만 선거 과정은 무척 어려웠다.

선거가 시작되기도 전에 사기를 당하는 일도 있었다. 주변의 소개로 운전하실 한 분을 소개받았다. 그 분은 나보다 나이가 어린 사람으로 출근 첫날 부인이 아파서 병원에 입원해 있으니, 100만원만 가불을 해 달라고 했다. 난 그 사람의 순수함을 믿고 그날 은행에 가서 100만원을 찾아서 그에게 주고 부인 간병도 잘하라고 일러 줬다.

선거 사무실에 새 식구가 생기자 나는 그날 저녁 그를 데리고 삼겹살집에 가서 소주도 한잔 하면서 잘 해보자고 다짐했다. 그렇게 화기애애한 분위기로 새 출발을 다짐했으나, 그는 다음날 출근하지 않았다. 전화도 연결되지 않고 그의 집을 찾아가도 사람은 없었다.

완전히 사기를 당한 것이다. 어떻게 이런 일이 벌어질까? 나에게 100만원은 너무나 큰돈인데, 벼룩의 간을 빼 먹지 하필 나 같은 사람에게 사기를 칠까. 그것도 기자출신인 나를 상대로 사기를 치다니.

정말 분노가 치밀어 올랐다. 하지만 마음을 가다듬으며 다시 수습을 하고, 내가 직접 운전을 하면서 선거운동에 몰입했다. 그러던 중 난 5일장이 열리는 장터에서 그를 만났다. 당장 그를 붙잡고 한 대 때려주고 싶었으나 참을 수밖에 없었다. 그리고 큰 소리를 지를 수도 없었다.

난 조용히 '내일 사무실로 출근하라.' 는 말만 하고 유권자들을 상대로 선거운동을 했다. 그는 알았다고 대답했으나 다음날 출근하지는 않았고, 지금도 어디서 무엇을 하는지 모른다. 내가 사기를 당한 것은 태어나서 아마 처음인 것 같다.

본격적인 선거운동이 시작되자 나에게도 사람들이 몰리기 시작했다. 개인적인 친분을 맺었던 유명 인사들도 탄광촌을 찾아 나의 선거운동을 도왔고, 덕분에 승리할 수 있다는 자신감도 생겼다.

사람들도 자발적으로 몰려들기 시작했다. 선거는 돈이 있어야 한다는 공식은 내게 필요 없게 됐다. 공천 과정에서 4명이 경쟁해 어렵게 통과했지만, 본선 또한 4명이 출사표를 던져 치열한 경쟁을 펼쳤다. 전직 도의원 시의원 등이 후보로 나선 틈새에서 난 어려운 선거운동을 펼쳤다.

그해 5월31일 실시된 지방선거에서 간신히 당선됐다. 그때가 만 38세. 지금 생각하면 참 젊은 나이다. 30대에 도의원을 할 수 있었던 것은 두려움 없는 도전 정신이 있었기에 가능했다고 생각된다.

도의원 생활은 비교적 순탄하게 진행됐다. 난 상임위원회를 강원도의 특성을 살려 관광건설위원회를 택했다. 관광건설위원회는 강원도가 역점적으로 추진하는 관광산업과 도로건설 등 가장 필요로 하는 분야를 다루는 위원회다.

의정생활을 하는 동안 다른 의원들과 비교해 눈에 띄는 행동은 가급적 자제했다. 이미 도의회를 10여년 출입하면서 의회의 생리와 다선 의원들의 면면을 잘 알고 있었지만 그렇다고 내가 나서는 것은 초선이원으로서 예의가 아니기 때문이었다.

지역구인 태백에서 춘천까지 오가는 일은 쉽지 않았다. 나중에 의원생활이 끝나는 날 알았지만 자동차 계기판을 보니 지구 3바퀴를 돌 정도로 많이 뛰어 다녔다는 것을 알 수 있었다.

도의원생활 2년이 지난 후 난 예산결산특별위원장에 당선됐다. 강원도와 강원도교육청의 연간 예산을 합하면 5조원이 넘는데, 난 이 예산을 심사하는 최고의 자리에 있었던 것이다.

그 때가 내 나이 만 40세였다. 경험도 부족한 40세의 젊은 의원을 다른 의원들이 예결위원장으로 선출해 준 것이다. 돌이켜 보면 참으로 고마운 일이고, 나에게는 엄청난 경험을 안겨 준 사건이었다. 예결위원장을 하면서 재정운영이 얼마나 중요한 것인가를 알 수 있었다.

자치단체장의 의지에 따라 편성되는 예산은 말 그대로 선심성이 아니라 도민을 위해 사용돼야 하는 것이다. 때문에 예결위원 회의가 열리는 날이면 집행부와 저녁식사를 하며 사전 간담회 자리를 마련하는 것도 없앴다.

예결위원들이 집행부의 로비에 따라 예산을 삭감하고 증액하는 일을 사전에 만들지 않겠다는 의지였다. 그런 의지가 예산안을 소신껏 심사할 수 있는 계기가 됐다.

난 도의원 생활을 하면서 특별한 직업을 갖지 않았다. 의정활동비로는 부족했지만 다른 직업을 갖고 의정활동을 한다는 것은 자칫 소홀할 수 있었기 때문이었다. 다만 의정활동비를 아끼고 아껴서 나름대로의 삶을 살아갈 수 있었다. 그러면서 시간이 나면 글을 썼다. 그렇게 모안 둔 글이 나중에 책 한권을 만들 정도로 방대한 양이 됐다.

2009년 난 '비탈길 그 사람' 이라는 제목으로 책을 출판했다. 그해 겨울 지역구에서 출판기념회를 갖고 난 시장에 출마하기로 결심했다.

내 나이 만 41세.
만 41세의 젊은 나이에 시장에 출마한다고 발표하니 모두들 놀랐다. 대부분의 의견은 "도의원 한 번 더 하고 출마하지 너무 빠른 것 아니냐."는 반응이었다. 나도 틀린 얘기는 아니라는 생각이 들었다. 하지만 내가 도의원을 한 번 더 한다고 시장이라는 자리가 나를 기다려 주는 것은 아니라는 생각이 앞섰다.

주변의 조언에도 불구하고 난 그해 겨울 지역에서 가장 어렵고 힘들게 사는 마을인 '철암시장'에서 출마선언을 했다. 물론 결정적으로 출마결심을 하게 해 준 선배님들도 함께 했다.

대부분 후보들이 시청 기자실에서 기자회견을 갖고 출마선언을 했지만 난 그 반대로 가장 어려운 동네의 재래시장에서 출마선언을 한 것이다. 그 동네는 동(洞)지역 중 유권자가 가장 적은 곳으로 표를 의식한 행보도 아니었다.

그것은 내가 언론으로부터 주목받기 위해 그런 것도 아니고, 다른 후보들과 차별화를 시도하기 위해서 그런 것도 더더욱 아니다. 다만 내가 이렇게 어려운 지역에서 당당하게 출마선언을 하고 어려운 지역을 한번 제대로 만들어 보겠다는 의지를 보여주기 위한 것이었다.

그 날은 폭설이 내려 일부 기자들은 출마선언을 재래시장이 아닌 기자실에서 해 달라고 요청했지만, 난 사진을 찍어 언론에 알리기 위한 기자회견은 아니기 때문에 그대로 재래시장에서 출마선언을 하겠다고 했다.

결국 출마선언은 인구가 가장 적은 동네의 썰렁한 재래시장에서 지인 몇 명이 참여한 가운데 조용하게 진행됐다.

시장 출마를 선언해 놓고 유권자를 만나러 다녀보니 대부분 냉담했다. 너무 빠르고 젊은 나이가 아니냐는 반응이 많았다. 그렇지만 난 지역의 문제를 냉정하게 진단하고, 시장에 출마하는 이유를 확실하게 인식시키는 것이 중요했다.

1차 관문인 공천은 본선보다 더 치열했다. 현직 시장이 출마선언을 한 상태였고, 재선 국회의원을 지내면서 상당한 인지도를 자랑하는 전직 국회의원이 선거전에 뛰어 들었다. 또한 재경 시민회장을 지내고 동문 선배인 공학박사도 출사표를 던지고 공천경쟁에 나섰다.
나와 경쟁하는 후보자 대부분이 나보다 더 뛰어난 스펙을 가지고 있었고, 인지도와 조직력 모두 월등하게 앞섰다. 또한 그동안 지역의 각종 선거에서 수많은 경험을 한 '프로' 들이 상대 후보캠프에 포진해 있었다.

난 겨우 대학선후배와 친척, 변화와 개혁을 바라는 뜻있는 지인들로 선거캠프를 차리고 본격적인 선거운동에 들어갔다. 말 그대로 순수한 '아마추어' 들로 선거캠프를 꾸린 것이다.
공천은 출사표를 던진 4명이 나서 면접과 여론조사를 거쳐 어렵게 내게 주어졌다. 그 과정은 이루 말할 수 없을 정도로 치열했지만 결국 승리는 순수함을 바탕으로 선거전에 나선 아마추어들의 승리였다.

본선 또한 치열했다. 공천경쟁에서 탈락한 현직 시장이 무소속으로 출마를 선언했고, 상당한 인지도를 자랑하는 전직 시의회 의장 2명이 본선무대에 뛰어 들었다. 후보등록 결과 후보로 나선 사람은 4명이었다.

도의원에 출마할 때도 공천경쟁률이 4대1, 본선경쟁률도 4대1 이었다. 시장에 출마해도 공천경쟁률은 4대1 이었고, 본선 경쟁률도 4대1 이었다. 참으로 아이러니하게 예선에서도 본선에서도 모두 4명이 나섰다.

당시 한나라당 공천이 내게 주어지자 나와 뜻을 함께 하는 사람들은 점점 늘어났다. 10여명으로 시작한 선거 조직은 100명이 넘었고 나름대로 구색도 갖추어 졌다.

하지만 언론사에서 실시한 여론조사 결과 무소속으로 출마한 현직 시장이 1위로 발표되고, 난 2위에 머물렀다. 선거 운동원들의 실망은 이루 말할 수 없이 컸다. 나 역시 희망이 점차 사라져 가는 느낌을 받고 실의에 빠졌다.

그러나 멈출 수 없었다. 위기 타파는 결국 후보자 본인이 해야 한다. 난 하룻동안 고민을 거듭한 끝에 다음 날 선거운동원 전원을 소집했다. 그 자리에서 난 1시간이 넘도록 지역발전을 위한 내 소신을 밝혔다.

'변화… 진화… 그리고 창조'

선거 때 내 걸었던 캐치프레이즈다. 우리지역에 왜 변화가 필요하고 변화를 통해 새로운 사회로 진화해야 하고, 그리고 새로운 지역으로 창조돼야 한다는 의지를 강하게 어필했다.

그리고 시작도 하기 전에 패배감에 사로잡힌다면 우리는 영원히 이 상태에서 머무를 수 밖에 없다며 분발을 요청했다.

선거운동원들은 돈을 보고 모여든 사람이 아니다. 대부분 자발적으로 지역을 변화시키기 위해 모여든 순수한 시민들이었다. 그들의 열정 또한 대단했다.

선거경험이 없는 사람들이 대부분이고 젊은 나를 중심으로 새로운 세상을 만들어 보자는 사람들이 자발적으로 모여 들었다. 그렇기 때문에 그들의 마음은 다시 하나로 모아졌다.

지금보다 더 열심히 뛰고, 자발적으로 선거운동을 하는 자원봉사자도 점점 늘어났다. 때 마침 실시한 TV토론에서 난 나의 소신을 ‘선함과 진실함’으로 시민들에게 알릴 수 있는 기회가 주어졌다.

몇 차례 실시한 TV토론을 통해 나의 지지도는 점차 상승하는 것을 느낄 수 있었다. 급기야 선거 막판에 가서는 마침내 상대 후보를 앞섰다는 자신감이 들었다.

재래시장 상인들과 서민들로부터 많은 지지를 받았고 당선될 것이라는 예감이 들었다.

하지만 문제가 발생했다. 법적으로 후원회가 결성돼 선거비의 50%를 모금할 수 있었지만 모금액은 목표치의 절반에도 미치지 못했다.

결국 공식 선거운동원들의 일당을 지불하지 못하는 사태가 다가왔다. 분위기가 점점 상승되는 상황에서 운동원들의 일당을 지불하지 못하는 상

○○학원

황이 알려지면 치명타를 입을 게 분명했다.

급전이 필요했다. 결국 난 친척들에게 손을 벌렸다. 친척들에게 돈을 빌려 운동원들의 월급을 시일에 맞춰 지급할 수 있었다. 정말 돈 때문에 눈물이 난다는 말을 실감할 정도였다. 나중에 선거경비 보전을 받아 빌린 돈을 되돌려 드렸지만, 이자도 받지 않은 친척분들게 진심으로 감사드리고 싶다.

선거는 치열했다. 각종 음해성 유언비어가 난무하고, 말도 못할 비난이 이어졌다. 아마추어 선거팀으로 구성된 나의 선거캠프는 상대팀의 흑색선전에 대응할 수 방어능력이 전혀 없었다.

정책과 지역에 대한 비전으로 선거운동을 하던 우리 캠프는 마타도어로 얼룩진 선거판에 속수무책으로 당했다. 일부에서는 기자회견을 열어 흑색선전에 대응하자는 애기도 있었으나 오히려 화를 부풀릴 수 있다는 생각으로 자제하기로 했다.

하지만 나의 주변을 둘러싸고 나오는 흑색선전은 이루 말할 수 없었다. 난 그런 얘기들을 주변으로부터 들었지만 침묵으로 일관했다. 모두가 사실이 아니기 때문이었다.

선거과정에서 알았지만 선거운동에서 나오는 비방은 득표에 별 도움이 되지 않는다. 대한민국의 모든 선출직 후보들은 명심해야 할 것이 있다. 상대 후보를 비방해 선거에 이기려고 하는 생각은 반드시 버려야 한다.

이젠 유권자들도 상당히 성숙해 있다. 아니 후보자들보다 더 많이 알고, 더 냉정하게 판단하는 것이 유권자이다. 과거 인터넷이나 TV 신문 등이 일반적으로 보급되지 않은 사회에서는 후보자의 학력이나 정보력이 유권자들보다 뛰어날 수 있었다.

그러나 시대는 변했다. 유권자들이 신문과 TV뉴스를 후보자보다 더 많이 보고, 인터넷도 더 많이 활용해 정보력이 뛰어나다. 또한 학력 수준도 후보자들보다 뛰어난 유권자들이 많다.

이런 세상에 상대후보에 대한 흑색선전과 비방으로 표를 얻으려고 한다는 생각은 정말 아둔한 것이다. 유권자들의 의식수준을 무시하는 것이야말로 낙선의 지름길이다. 반드시 자신의 당당한 소신과 정책을 통해 선거에 나서는 양심 있는 후보자가 되길 권유해 본다.

2010년 6월 2일.

치열했던 선거운동이 끝나고 임기 4년의 선량을 뽑는 선거일이 다가왔다. 난 아침 일찍 투표를 하고 지인과 함께 동해안으로 갔다. 이제는 운명에 맡겨야 한다는 생각 밖에 없었다.

지인의 작은 차 '모닝'을 타고 나를 포함한 4명이 동해바다에 가서 바다를 보며 스트레스를 날렸다. 점심으로 자장면을 먹고 돌아오는 길에 시골집 냇가에서 물고기를 잡았다.

골뱅이도 주웠다. 그렇게 하루가 끝나고 오후 7시를 조금 넘기자 개표가 시작됐다. 난 지인들과 함께 시내에서 개표상황을 지켜봤다. 처음부터 조금씩 앞서 나가는 상황이 계속됐지만 결과를 장담할 수 없었다. 조마조마하게 가슴 조리는 순간은 계속됐고 밤 12시를 조금 넘기자 확신이 섰다. 온

몸에 전율이 느껴지고 가슴은 벅찼다.

'만 42세…내가 당선이라니…'

난 TV에서 당선이 확실시 된다는 자막을 보고, 참모진들로부터 최종 개표 상황을 전달받았다.

당선이었다.

난 선거사무실로 갔다. 이미 수 백 명의 지지자들이 있었고, 난 언론의 집중 조명을 받았다. 그렇게 힘든 선거과정의 아픔이 한 순간에 모두 치유되는 순간이었다. 아마추어들의 진정한 승리였다.

내로라하는 지역의 선거 전문가들이 빠진 상태이고, 대부분 초보들로 구성된 선거캠프의 완벽한 승리였다. 난 그들의 고마움을 지금도 잊을 수 없다. 돈도 없었고, 조직도 초라하고, 순수한 양심 하나로 지켜온 값진 승리였다. 그리고 젊은 나를 선택해 준 시민들에게 무한한 감사의 마음을 전했다.

다음날 아침 난 어머님과 단 둘이서 아버님 산소를 찾았다. 소주 한 병과 오징어 1마리를 가져가서 절을 하고 아버님께 당선 사실을 알렸다. '이 순간 아버님이 살아 계셨으면 얼마나 좋을까.' 난 지금도 가끔 그런 생각을 한다.

2010년 7월 1일.

민선 5기 제14대 태백시장 취임식이 열리는 날이다. 난 아침 일찍 차를 타고 충혼탑을 찾아 헌화를 하고 취임식장을 찾았다.

800여명의 초청 인사들이 모인 가운데 난 취임 선서와 함께 임기 4년을 시작했다. 난 취임선서를 통해 지역발전에 대한 비전을 제시하고, 행사장에 찾아다니는 시장이 되지 않겠다고 약속했다. 이 약속은 임기 3년 넘도록 지켜왔고 앞으로도 지켜갈 것이다.

취임 6개월은 나 스스로 수습기간이라 생각하고, 업무 파악과 정례화 된 관행을 깨는 데 초점이 맞춰 졌다. 그리고 기초가 튼튼한 지역을 만들고, 주민들의 삶의 질 향상에 주력하기로 했다.

임기동안 600여 억 원에 이르는 부채를 모두 상환하고, 황지연못 정비사업 주거환경 개선사업 등을 통해 우리지역을 깨끗하고 쾌적한 환경을 만드는데 전력을 기울이기로 했다.

거대한 시설물을 만들어 임기 중 치적사업으로 홍보하는 것은 절대 금물로 생각했다. 그리고 부족한 사업비를 확보하기 위해 서울로 부산으로 춘천으로 발로 뛰는 시장이 되겠다고 약속했다.

그 결과 시가 직접 안고 있는 채무는 2014년이면 제로가 된다. 재정자립도도 강원도 1위를 달성했다. 그리고 태백의 심장이라고 할 수 있는 황지연못도 맑은 피를 수혈해 시민의 품으로 돌아가 각종 문화행사와 더불어 쾌적한 공간으로 자리 잡았다.

시내에 어지럽게 늘려 있던 전선도 지중화 사업이 완료돼 하늘을 볼 수 있게 됐다. 부도심 뉴타운 개발과 뉴빌리지운동 등으로 제2의 새마을 사업이 시작돼 정부 정책평가에서 최고의 상을 받기도 했다.

그리고 정부합동 평가에서 강원도 1위를 달성해 '행정 경험이 없는 젊은 시장' 의 이미지를 완전히 쇄신했다.

내적으로는 사회단체 보조금, 업무 추진비, 공무원 인건비, 경상비, 언론사 홍보비 등 줄일 수 있는 예산은 모두 줄여서 부채를 상환하는데 주력했다.

외적으로는 생활환경 개선사업을 펼쳐 공원 조성, 둘레길 조성, 임대아파트 건립, 농어촌 특별전형 선정 등을 비롯해 문화 역사 관광 교육 등 내실 있는 사업을 차근차근 진행했다. 물론 진행 과정에서 시행착오도 있었지만 과거와 같이 빚을 내 사업을 하지는 않았다. 때문에 튼튼한 기초를 다지는 데는 어려움이 많지 않았다.

그러나 임기 3년을 되돌아보면 어려운 점도 한두 가지가 아니었다. 때로는 '내가 왜 여기에 있는가.' 라는 생각이 들 정도로 포기하고 싶을 때가 많았다.

2차례의 주민소환 위기를 맞았고, 지역사회의 분열은 갈등의 단계를 넘어 충돌의 위험까지 갔다. 잠을 잘 수 없어 약을 먹어 보기도 했고, 어지럼 증세로 병원에 입원하는 날도 있었다.

그러나 난 흔들리지 않았다. 굴복하지도 않았다. 다소 조용한 성격이지만 바른 길을 위한 것이라면 굽히지 않았다. 그래서 일부 사회단체장들은 나를 보고 '고집불통' 이라고 했다.

좋게 표현하면 '소신 있는 행동' 이지만 그들의 시각에서는 고집불통으로 보여 질 수 있다고 생각했다. 어릴 적 부모님은 나한데 각자의 철학을 가르치셨다. 아버지는 "절대 정직"을 강조했고, 어머니는 "목에 칼이 들어

와도 할 말은 하라."고 말씀 하셨다.

난 46세가 된 지금도 부모님이 가르쳐 주신 교훈이 무엇이냐고 물으면 이 두 가지를 말한다. 그래서 시정을 운영하는 동안 정직하게 일했고, 바른 길이 아니면 타협과 굴복이 없었다.

난 지금도 나 자신에게 질문을 던진다. '너는 왜 시장이 되었는가?' 내가 내린 정답은 '애향심'이다. 나를 사랑하는 마음보다 지역을 더 사랑하는 '애향심'으로 일을 하고 있다.

난 이 지역을 정말 이쁘고 아름답게 잘 꾸미고 싶다. 여기에 살고 있는 사람뿐만 아니라, 외지에서 손님이 와도 "참 이쁜 도시"라는 이미지를 심어주고 싶다. 그래야 다시 찾아오기 때문이다.

지금 하는 사업들이 당장은 빛을 보기 어렵다. 그러나 앞으로 5년 10년이 지나면 완전히 다른 모습으로 변할 것이다. 그것은 바로 내가 꿈꾸는 "유럽풍 문화도시"이다.

시골 이장님의 아들로 태어난 촌놈. 하늘이 보일 정도로 천장에 구멍이 뚫린 니와집에서 누른 황소와 함께 생활했던 원시적인 산골 아이. 할아버지가 쟁기로 논밭을 갈면 소고삐를 잡았고, 지게를 지고 나무 땔감을 져 날랐던 순박한 시골청년.

남보다 일찍 학교에 입학하고, 사회경험을 하면서 잃지 않은 순수함. 난 앞으로 그런 선함과 진실함으로 더 큰 강원도, 선진 대한민국을 위해 일해보고 싶다.

진시황제와 불륜의 역사

불륜은 인류 역사가 시작 될 때부터 생겨났다고 한다. 남녀의 사랑 앞에는 도덕이 필요 없는 것일까. 최근에는 정치권에서도 불륜이 판을 치고 있다. 권력이 있으면 같이 살고, 없으면 떠난다는 논리가 우리나라 정치권에 딱 어울리는 말인 것 같다.

대통령 앞에서 충성을 다하며 대통령의 방패막이 역할을 했을 때는 언제이고, 임기말 레임덕 현상이 가속되고 재집권이 어려울 듯 싶으니 무리를 지어 떠나는 경우가 있다. 그것도 그냥 떠나는 것이 아니라 가슴에 상처 받을 만한 말을 한마디씩 던지고 떠난다.

코드와 정책이 맞아 한 지붕 밑에서 동거동락 할 때는 언제고, 이제는 또 다른 배우자를 찾는다. 짐승의 썩은 고기를 찾아 헤매는 하이에나처럼…. 여야를 막론하고 어려울 때 도움을 받았던 상황은 머릿속에 사라진지 오래다. 오로지 집권을 위한 권력욕 뿐 이다.

줄을 잘 서야 한다는 말이 있다. 그러나 줄을 잘 서려면 당선 가능성이 제일 높은 후보자에게 서면된다. 하지만 뚜렷한 소신과 명분을 가지고 당당하게 지지하는 모습은 찾아보기 어렵다. 오로지 권력과 자신의 처세를 위해 해바라기처럼 움직이는 모습에 비통함이 앞선다.

어려울 때, 누군가를 필요로 할 때 도움을 받았으면 보은이라도 해야 하는 것이 당연하다. 한국정치에는 도덕과 원칙 소신이 사라진지 오래다. 권력이라면 썩은 고기라도 주워 먹기 위해 앞 다퉈 나서는 정치인의 모습이 슬프게 한다.

중국에는 수많은 나라들이 흥망성쇠를 거듭했고 그 결과로 많은 황제들이 나타났다. 그 많은 황제 중에 반드시 황제의 아들이라 해서 황제가 된 사람도 있겠지만, 어머니의 남몰래 한 사랑 때문에 운 좋게 황제가 된 사람도 있다.

오늘날처럼 유전자 감식이 발달한 세계에는 조금만 투자하면 바로 누구네 혈통이라는 것이 붙여지지만, 그 옛날 한 남지기 수 명 아니 수십 명의 여자를 거느리고 살았던 시기에 그 여자들이 무슨 짓을 해도 모르는 상황이 많았다.

사람은 누구나 태어나면 가장 확실하게 얼굴과 신체에서 유전적 형상이 나타남에도 불구하고 모른다는 건 좀 무관심한 사람이 아닐까 한다. 한 남자만 바라보고 사는 엄중한 구중궁궐(九重宮闕) 속에서도 감히 생각할 수도 없는 이른바 남몰래 사랑이 어떻게든 생기기 마련이다. 그런 걸 미연에 방지하고자 권력자는 자기 여자 지키려고 궁궐 안에 9중의 철통방어 막을 쳐 놓고 있었다.

황제의 가문에서도 어머니의 불륜에 의해 생겨난 운 좋은 남자는 피 한 방울도 안 섞고 제위(帝位)를 차지한 경우가 중국 역사에도 있다.

대표적인 인물이 유명한 진시황제(秦始皇帝)였다. 진나라는 수 십대를 내려왔고, 당대의 거상(巨商) 여불위는 자기 아이를 임신한 첩을 진나라 왕자의 첩으로 만들었다.

진나라의 왕자는 태어난 아들이 자신의 친아들인줄 알고는 장남을 얻었다고 무지 기뻐했는데, 이 아이가 바로 훗날 진시황제가 된 정(政)이었다고 한다. 당시 왕자는 여불위의 도움으로 진나라 장양왕이 되었지만 3년만에 죽고 만다. 그러자 여불위는 장양왕의 다른 수많은 자식들을 제치고 자신의 친아들이자 무늬만 장양왕자인 정을 진나라 왕에 올리는데, 이 사람이 바로 진시황이다. 소설 같은 얘기지만 중국 역사기록에 있는 내용이다.

진시황제는 중국을 최초로 통일하는 과업을 이루었다는 점에서 중국역사상 독보적인 존재로 평가받는 인물이다.

그러나 통일제국에 대한 지나친 집착으로 인해 폭군으로 부각되는 상반된 평가를 받기도 한다. 중국이 전국 7웅에 의해 분열되어 서로 각축을 벌일 때인 기원전 259년에 태어난 진시황제는 불과 13세의 어린 나이에 진왕에 즉위했다. 그가 본격적인 영토 확장작업에 착수한 것은 23세 때였다.

통일사업은 기원전 230년부터 221년까지는 아주 짧은 기간에 이루어졌다. 기원전 8세기부터 분열된 중국이 하나의 통치체제 밑에서 역사를 전개하기 시작했던 것이다. 통일의 대업을 달성한 그는 중앙집권적 전제정치체제를 수립하기 위해 모든 노력을 기울였다.

그는 황제라는 존호를 최초로 제정하고 2세나 3세는 물론 만세까지 계속되기를 바라는 마음에서 스스로 시황제(始皇帝)라 칭했다. 어머니의 불륜에 의해 태어난 진시황제지만 그는 중국 역사상 가장 위대한 인물 중의 한명으로 평가받고 있다.

우리정치사에 기록적인 인물은 그리 많지 않다. 5,000년의 역사를 자랑하고 있지만 글로벌 시대에 내세울 만한 인물은 누가 있을까.

몇 년 전 내가 대학에 출강하면서 대학의 학생들을 상대로 이 같은 질문을 해 봤지만 시원하게 대답하는 학생들은 거의 없었다. 세종대왕과 박정희 전 대통령을 말했지만 세계적으로 알려지지 않았다는 데는 대부분 공감했다.

한나라의 흥망성쇠는 그 나라의 통치자에 달려 있다는 것은 누구나 잘 안다. 그만큼 봉지자의 역할이 중요하다는 의미로 볼 수 있다. 선거 때마다 권력만 찾아다니는 해바라기 정치인이 되지 말고, 진정 국가의 미래를 위한 적임자는 누구인가를 잘 생각해봐야 한다.

정치적인 불륜.

앞에서는 충성을 다하는 것처럼 말하지만, 뒤 돌아서서 본인에게 이익이 안 생기면 바로 비난하는 사람들. 난 그런 사람들을 수없이 봐 왔다. 한마디로 의리도 없고 소신도 없는 사람들이다. 한번 마음 먹으면 배신하지 않고 사는 정직함이 필요하다.

난 지금도 그렇게 살려고 노력한다. 내가 언젠가는 떠날 자리이기 때문에 내가 만나는 사람은 선함과 진실함을 가지고 대했으면 좋겠다. 비록 이 자리에서 떠나더라도…

흑심품은 연필

연필은 초등학교 시절 누구나 기억나는 필기구다. 요즘은 초등학교에 입학하기 전 연필을 손에 쥐지만, 예전에는 한글을 초등학교에 입학해서 배우는 경우가 많았다.

가난하고 없었던 시절이라 몽당연필도 버리지 않고 닳을 때까지 사용했던 추억이 있다. 그러다가 샤프펜슬이라는 것이 나오면서 연필은 점점 자취를 감추게 된다.

나도 대학을 졸업하고 언론계에 발을 들여 놓으면서 한동안 연필을 사용하지 않았다. 그러다가 지방의원에 등원해서 연필을 접하는 기회가 많아졌다.

회의석상에 가면 검은색 파랑색 붉은색 펜과 함께 반드시 연필과 지우개가 필기통에 담겨 있다. 필자는 회의석상에서 연필을 사용하는 것을 좋아한다. 어린 시절 추억도 있고, 혹시 잘못 글을 쓰면 지우개로 지울 수 있어 편리하다.

연필의 기원은 약 2,000년 전인 그리스 로마에서 시작됐다고 한다. 원판 모양으로 된 납덩어리로 노루 가죽에 기호를 표시한 것이 시초라고 전한다.

그러나 지금 모양의 연필은 16세기 영국에서 흑연이 발견되면서 시작됐다. 한국에 전래된 시기는 19세기 후반 개화기 일 것으로 추정되며, 국산연필은 1946년 대전에서 처음 생산됐다.

연필로 백만장자가 된 사람도 있다. 미국의 한 가난한 화가 지망생은 재산이라곤 낡은 연필과 작은 지우개뿐이었다. 그나마 가지고 있는 지우개는 크기가 너무 작아서 자꾸 숨어버려 사용이 불가능할 정도였다.

가난한 화가 지망생이라 새로 마련할 수도 없었기에 그는 궁리 끝에 지우개를 연필 끝에 붙잡아 맸다. 그렇게 하면 아무리 작은 지우개라도 쉽게 찾을 수 있었기 때문이다.

그런데 우연히 이 초라한 연필이 친구의 눈에 띄었고, 친구의 권유로 지우개가 달린 연필을 특허와 함께 상품화 했다. 이 연필은 날개 돋친 듯 팔려나갔고, 연필과 지우개를 단순하게 붙인 발명품이 가난한 화가 지망생을 백만장자로 만들었다는 일화가 있다.

이렇게 인류 역사와 함께 한 연필이 요즘 정치인들을 비유한 비속어로 등장해 눈길을 끌고 있다. 일부에서는 정치인들을 '흑심 품은 연필'에 비유하고 있다.

연필은 분명히 흑심을 품고 있다. 연필의 주재료가 흑연을 가공해 심으로 만들었기 때문이다. 말 그대로 표현하자면 흑심 품은 연필은 당연한 것이다. 흑심 없는 연필은 없기 때문이다. 하지만 흑심이 좋지 않게 표현되기 때문에 문제가 된다.

흑심은 우리말로 음흉하고 부정한 욕심이 많은 마음을 지칭한다. 흔히 흑심을 품는다고 표현하는 것은 성적인 부문도 있겠지만, 자신의 입지와 욕심을 위해 남을 누르고 목적달성을 이루는 것을 말한다. 때문에 흑심은 좋지 않은 표현이다.

요즘 일부 국회의원들이 여야 할 것 없이 욕설과 멱살잡이로 국민에게 불신을 심어주고, 싸움이 끝나면 언제 그랬느냐는 식으로 지내는 경우가 있다. 이 어려운 시절에 일부 지방에서는 현안으로 골머리를 앓고 있는데, 그들은 또 다른 이유로 정치적 논쟁만 하고 있다.

분명히 연필은 연필이고, 정치인도 정치인이다. 나를 포함한 많은 사람들이 주민들의 표에 의해서 일을 한다. 그러나 연필이 품은 흑심은 문명의 세월을 함께 한 흑심이고, 일부 정치인들이 품은 흑심은 문맹의 세월을 떨쳐 버릴 수 없는 행동이라고 생각된다. 차라리 부족한 점이 있더라고 중심을 잃지 않고 소신 있는 행동을 하는 것이야 말로 정치인들이 사랑받는 길이다.

일자리 때문에 지역민들의 민심이 흉흉해지고 주민들의 갈등도 만만치 않다. 민심이 분열될 때 정부에서 할 수 있는 일은 예산지원이 전부가 아니다. 원인을 처방할 수 있는 기본대책은 물론 그들의 행동 또한 국민들 앞에 모범이 돼야 한다.

싸움판도 모자라 여야 할 것 없이 권력에만 집중한다면 가뭄과 환율 등 생활고에 시달리는 어려운 국민들에게 무엇이라고 변명할 것인가. 택시비가 아까워 버스를 타고, 차가운 얼음을 깨 생활용수를 찾는 노부부를 우리는 텔레비전 화면에서 가끔 본다.

어떤 이는 여의도에 가뭄이 들면 인공 비라도 만들 것이라고 했다. 권력의 심장부도 중요하겠지만 대한민국 전체가 중요하다. 비록 내 자신이 불편해도 국민들이 편하게 살 수 있도록 하는 것이 정치인의 배려다.

말 잘하는 선량 보다 일 잘하는 선량을 국민들은 원한다. 지금 이 어려운 시기에 누구를 위해 살고, 무엇이 필요한지 냉정하게 한번 되돌아보는 지혜가 그들에게 필요한 듯싶다.

2장 # Society

18남 4녀

우리 역사상 가장 유명한 사람 중의 한 분이 세종대왕이라는 것은 누구나 인정할 것이다. 훈민정음을 창제하시고 해시계 물시계 측우기 등 수많은 문화유산과 과학기술을 만들어 낸 세종대왕은 지금도 많은 사람들이 존경하는 위인이다.

세종대왕은 31년 6개월의 재위동안 부인 6명을 두었으며, 그 사이에 18남 4녀 등 모두 22명의 자녀를 두었다. 그 중 세종대왕 비 소헌왕후 심씨는 8남 2녀를 낳아 조선시대 왕비 중 자식을 가장 많이 낳은 사람으로 기록돼 있다. 역사적으로 유명한 인물은 부인도 많고 자식도 많았던 것 같다. 물론 다 그런 것은 아니지만 통계적으로 그런 양상을 보인다.

조선시대 왕들의 재미난 기록도 많다. 가장 오랫동안 세자로 지낸 임금
은 순종으로 2살 때 세자로 책봉돼 32년간을 세자신분으로 지냈다. 가장 많
은 아들을 둔 왕은 세종대왕으로 18명이고, 성종 16명, 정종 15명 등이다.
딸은 이방원인 태종이 17명, 성종 12명, 중종과 선조가 각각 11명 이었다.

임금기간이 가장 짧은 왕은 12대 인종으로 9개월이었다. 반면 가장 오
랫동안 재위한 임금은 21대 영조로서 51년 7개월 동안 왕좌를 지켰다.

가장 많은 부인을 둔 임금은 태종과 성종으로 각각 12명의 부인을 두었
다. 요즘 생각하면 말도 안 되는 일들이 조선시대에는 버젓이 일어났다. 10
명 이상의 부인을 둔다는 것도 그렇고, 자녀가 20명을 넘는 것도 기네스북
에 오를만한 일이다.

그 당시를 생각하니 문득 기네스북이 생각난다. 기네스의 유래는 1951
년 영국 아일랜드에서 있었던 새 사냥 대회까지 거슬러 올라간다.

당시 '기네스 맥주'를 만드는 회사의 간부가 유럽에서 가장 빠른 새를
두고 논쟁을 하게 됐다. 그 간부는 이러한 논쟁에 확실한 답을 줄 수 있는
책을 제작한다면 상당히 유용할 것이라고 생각했다. 그리고 런던의 리서치
센터에 책 제작을 의뢰하게 된다.

그 간부는 자신이 다니던 양조 회사의 이름을 따서 책 이름을 '기네스북
오브 월드 레코드'라고 지었다.

런던의 리서치 센터는 한 해 동안 부지런히 조사해 1955년 8월27일 총

198페이지에 달하는 최초의 기네스북을 완성했다. 기네스북에는 사진과 그림을 곁들여 영국 및 세계 최고 기록들을 실었다. 초판은 5만부를 찍었으나 한 달 만에 매진되고 그 해 베스트셀러 톱을 차지하게 된다.

최근까지도 영국 내 도서관에서 잘 분실되는 책이 바로 '기네스북' 이라고 알려질 만큼 유명한 책이 됐다.

기네스북은 현재 세계 180여 개 나라에서 판매되고 있으며, 23개국 언어로 300종류 이상의 다양한 형태로 동시출판 되고 있다. 지금까지 1억 만부 정도 팔렸으며, 이 책들을 높게 쌓으면 에베레스트 산의 300배 이상이 된다고 한다.

1955년 8월 27일 세계최초의 기네스북이 발간되면서 재미난 기록들도 많다. 몇 년 전 우리나라 TV 개그 프로그램 중 인기몰이를 하고 있는 '달인' 은 해학적이지만 진짜 달인도 기네스북에 올라 있다.

죽는 날까지 33년간 닭털 뽑기 챔피언으로 지낸 한 미국인은 4.4초당 한 마리의 닭털을 뽑았다고 한다. 세계에서 몸무게가 제일 많이 나간 사람은 미국 워싱턴 주의 한 남자로 무려 635kg였다. 그는 419kg를 감량해 세계 최고의 감량기록도 함께 보유하고 있다. 세계에서 키가 제일 큰 사람도 미국인으로 무려 272cm였다.

세계에서 아기를 가장 많이 낳은 사람은 27번의 출산으로 69명의 아기를 낳았다. 그 중 16번이 쌍둥이, 7번이 세쌍둥이를 낳았고 네쌍둥이를 낳은 경우도 있다고 했다. 세계에서 몸무게가 가장 가벼운 사람은 멕시코 태생 난쟁이로 17세 생일 때 키 67cm, 몸무게 2.13kg이였다. 한번 출산에 가장 많은 쌍둥이를 낳은 사람은 브라질에 사는 여성으로 1946년 4월 22일 남아 5명, 여아 10명 등 모두 15쌍둥이를 출산했다.

한마디로 모두가 달인이다. 선거와 고스톱은 1등만 존재한다고 했다. 2014년 지방선거를 앞두고 문득 떠오르는 말이다. 지방선거가 시작되면 전국이 시끄럽다. 선거는 뚜껑을 열어봐야 한다는 말이 있듯이 무척이나 흥미로운 것이 사실이다. 몇 년 전 텔레비전 개그 프로그램에 나오는 달인처럼 재미난 것이 선거다.

미처 예상하지 못했던 후보가 당선되고, 깜짝 놀랄만한 일로 사람의 운명이 뒤바뀌기도 한다. 2006년 5 · 31 지방선거를 통해 나도 기네스북에 오를만한 기록을 남겼다.

초등학교 반장선거에서도 나오기 힘든 표차로 당선됐기 때문이다. 공식 기록은 2표 차이였지만 재검표 결과 3표 차이였다.

시간이 지나면서 3표 차이로 낙선한 후보의 심정은 정말 많이 아팠을 것이라는 생각두 들었다. 괜히 미안하기도 했다. 아마도 2006년 지방선거에서는 기네스북에 오르지 않았을까 하는 생각이 든다. 다행이 그 분은 2010년 선거를 통해 입성하는데 성공했다.

우리나라에서 가장 근접한 표차로 승패가 엇갈린 선거는 2000년 4월 총선으로 경기도 광주에서 출마한 후보가 1표차이로 당락이 엇갈렸다.

강원도에서도 얼마 전 고성군수 보궐선거에서 득표수가 똑 같이 나와 재검표 끝에 1표로 당락이 엇갈린 경우가 있다.

2014년 전국 동시지방선거가 끝나면 어떤 달인이 나타날지 벌써부터 궁금해진다. 선거결과와 당선자의 파란만장한 일대기를 두고 어떤 일들이 벌어질지 관심이 쏠리고 있다. 다른 사람은 그저 그렇겠구나 하겠지만 선거결과가 유독 궁금한 것은 선거를 치러 본 사람이라면 누구나 비슷한 감정이 들 것이다.

그러나 무관심을 표현하는 것은 무척 안타까운 일이다. 국민 모두 소중한 한 표를 행사해 대한민국과 지역을 발전시킬 수 있는 임기 4년의 새로운 달인을 선출했으면 한다.

공무원은 갑이 아니다

요즘 개그 프로그램에 갑과 을이 유행이다. 누가 주도권을 쥐고 있고, 누가 방어권을 가지고 있느냐를 풍자하는 내용이다. 난 이 프로그램을 보고 간부회의 때 공무원은 갑이 아니라고 몇 차례 강조했다.

민원인이 갑이고 공무원은 을이라는 얘기다. 그러나 이런 생각들이 뒤바뀐 경우가 많다. 아니 생각을 달리 하는 사람들이 더 많은 것 같다. 그래서 난 공무원이 을이라고 늘 강소하고 있다.

며칠 전 강릉을 다녀왔다. 13년 만의 가족 여행이다. 기자생활 당시 인제군 용대리에서 가족여행을 한 이후 10명의 식구가 모이긴 이번이 처음이다. 당시 태어나지 않았던 딸아이는 벌써 중학교 1학년이 되었다.

그러고 보니 너무 오랜만의 외출이고 내가 무심하지 않았나 하는 생각도 들었다. 어머님을 모시고 강릉에서 하룻밤을 자고 다음날 오죽헌에 들렀다.

1979년 초등학교 6학년 때 오죽헌으로 수학여행을 간 기억이 났다. 그러고 보니 34년 만에 다시 찾은 오죽헌이다. 나는 운동복 차림으로 수학여행을 갔었고, 6학년 2반 단체사진이 아직도 내게 있다.

그 때 아무것도 모르던 아이는 지금 작은 도시의 시장으로서 민본 덕치를 구현했던 율곡선생을 찾은 것이다. 율곡선생의 모든 철학은 인간중심에 있다. 백성을 위한 백성의 왕도정치를 실현하면서 소통과 대화합의 정치를 펼쳤던 것이다.

우리 공무원들도 율곡선생의 철학처럼 모든 일을 민에 중심을 두고 했으면 하는 생각을 했다. 나 역시 시정구호를 '인간중심 자연중심'에 두고 일을 하고 있다.

몇 년 전에는 새해가 시작 된지 얼마 되지 않아 바다를 찾았다. 휴일 아침에도 불구하고 조용한 아침의 나라 한반도에는 어김없이 붉은 태양이 떠올랐다.

우연한 기회에 찾은 동해안의 작은 마을은 평온함 그 자체였다. 몇 년 전 강호동씨가 진행하는 1박 2일이라는 프로그램을 촬영한 곳이라고 했다. 바다가 보이는 작은 마을은 마치 하나의 새 둥지와도 같이 포근해 보였다. 함께 간 동료들과 촬영장을 둘러보고 주변 식당에서 밥도 먹었다. 어촌 마을을 둘러보면서 느낀 것은 한마디로 친절이다. 항구도 없는 작은 어촌에 몇 가구가 오순도순 모여 사는 마을 사람들은 무척이나 친절했다. 1박2일 출연진들이 숙박했다는 집주인 아주머니는 집터가 좋아 찾는 사람들 모두 운수대통과 함께 대박이 난다고 자랑했다. 정말 운수대통이 다가올지는 모르지만 그 아주머니의 미소가 친절한 대한민국 아주머니를 대변하는 것 같았다. 하나의 희망이 있다면 대한민국 모든 사람들이 환하게 웃었으면 했다.

새해에는 많은 사람들이 새로운 각오를 하고, 또한 새로운 길을 가기 위해 굳은 의지를 보인다. 1월 1일이 시작되는 밤 0시를 넘어 휴대폰 문자메시지가 빗발치듯 전달되고, 어떤 이는 직접 전화를 걸어 새해를 알린다. 그것도 모자라 아침 7시 45분을 전후해 새해 첫 날을 맞이한 사람들이 동해에 떠오르는 사진과 함께 신년 인사를 보낸다.

난 매년 1월 1일 0시에 태백산에 올라 제를 지낸다. 혹독한 추위에도 불구하고 매년 한해가 시작되는 시점에 태백산 정상에 올라 지역의 안녕과 평화 번영을 기원한다.

새해를 맞이한 사람들은 새해 건강과 안녕을 기원하는 메시지를 지인들에게 많이 전달한다. 그만큼 새해는 많은 사람들에게 새로운 희망과 각오를 가져다준다. 특히 전국의 내로라하는 정치인과 기업인 학자 등은 새해 첫날 태백산을 찾아 자신의 입신과 행운을 기원한다.

정치인도 마찬가지다. 취임 초기 대단한 의지를 가지고 일을 시작한다. 그러나 일을 하다 보면 암초에 부딪히게 마련이고 때로는 포기하고 싶은 마음도 많다.

공무원들도 그렇다. 의욕적으로 추진하던 사업이 민원 때문에 제동이

KBS2
15
갑을컴퍼니

걸리면 많은 허탈감을 느낀다. 지역을 위한 일이 소수 몇 명의 이해관계 때문에 어려움을 겪는 경우가 많다.

때로는 심한 욕설과 멱살을 잡히기도 한다. 그래도 반박하지 못하는 것이 공무원이다. 때로는 참 불쌍하다는 생각도 든다. 공무원도 인격이 있고 자식이 있는데, 너무나 심한 얘기를 들을 때면 마음이 아프다.

그래도 어떻게 하겠는가. 국민의 세금으로 월급을 받고 있는 사람들이 공무원 아닌가. 대한민국이 어렵고 세계가 어렵다. 어려울수록 더 열심히 일하는 모습이 중요하다고 생각한다. 2006년 난 강원도의원 선거를 준비하면서 시민들에게 약속한 것이 있다.

바로 한마지로(汗馬之勞)의 자세로 일하겠다는 것이다. 지역을 위해 땀 흘리는 말처럼 열심히 노력하겠다는 마음가짐이다.초심을 잃으면 돌아갈 때 갈 곳이 없다는 말이 있다. 늘 시민과 함께하며 시민의 선출직이 되겠다고 다짐을 했다. 어려울수록 힘을 모아 시민들이 함께 동참하는 길을 열어야 한다. 우리지역이 앞으로 5년 뒤, 10년 뒤 무한경쟁의 시대에서 존재가치를 높이려면 지금부터 준비해야 한다. 가난하고 힘들었던 시절에 보여준 새마을 정신으로 작은 일에 연연하지 말고 미래를 준비하는 시민이 돼야 한다. 우리 공직자들도 새로운 도전과 창의적인 자세로 업무에 임해야 한다.

난 매일 아침 8시 30분 간부회의를 주재한다. 간부회의 때 할 말들은 미리 적어 두는 경우가 많지만, 출근 전에 머릿속에서 많이 생각을 하게 된다.

출근 전 샤워하는 동안 오늘 할 일들을 생각하고, 간부회의 때 전달할 말을 생각한다.

조금만 더 생각하면 일이 풀리는 경우가 많다. 어떻게 할 것인가, 원인은 뭔가, 방법은 없는가…. 그런 생각들을 몇 번 하다보면 문제는 자연스럽게 해결된다.

그래서 난 공무원들에게 강조하는 또 하나의 말이 있다. "생각하면서 일해라." 매일 아침 출근해서 서류 만들다가 퇴근하지 말고 생각하면서 일하라는 것이다. 결재 판을 들고 다니는 것도 중요하지만 문제의 근본을 숙지하고 해결하려는 생각이 중요하기 때문이다.

요즘처럼 개인의 이해관계가 복잡한 시대에는 공무원들의 일 하기가 점점 어렵다. 행정환경이 그만큼 어려워지고 있다는 것을 말한다. 공직자가 바로서야 우리 사회가 바로설 수 있다.

늘 원칙과 소신을 가지고 일하면서 민원인에게는 갑이 아닌 을이라는 생각으로 공직에 임한다면, 신뢰 받는 공직자를 넘어 주민들로부터 진정 사랑받는 공직자가 될 것이다.

율곡선생은 격몽요결에서 "지도자가 진정 두려워야 할 바는 권력을 잃어버리는 것이 아니라, 국가의 미래를 잃어버리는 것이다."라고 했다. 지역도 마찬가지로 미래를 잃어버리는 것이야 말로 모든 것을 잃는 것이다.

난 지금도 그런 생각으로 내일을 설계하고 있다.

구중궁궐

옛날 조선시대 왕비들은 구중궁궐에서 살았다. 구중궁궐은 말 그대로 아홉 개의 문을 겹겹이 달아 놓아 일반 사람들이 함부로 드나들지 못했다. 한 나라의 국모로 절대권력을 가지고 있는 여인이라 할지라도 궁궐 안 삶은 얼마나 외롭고 숨 막히는 생활이었는지 짐작이 가는 대목이다.

구중궁궐을 마음대로 드나들 수 있는 사람은 오로지 한 사람으로 바로 왕이다. 왕비는 구중궁궐 밖으로 나오지 못하고 왕이 오기를 기다려야 하는 기다림의 여인이다.

요즘 대통령의 부인에게 9개의 문을 겹겹이 달아 놓고 제한된 삶을 살라고 하면 바로 인권침해 얘기가 나온다. 아니 인권침해 여부를 떠나서 대통령 부인 못 해먹겠다는 소리가 절로 나올 것이다. 한마디로 대통령 부인이라도 감금 아닌 감금생활을 한다면 누가 그렇게 살 수 있을지 의문이다.

수년전 안방극장을 사로잡았던 조선시대 연산군의 여인 장녹수가 국민들의 관심을 끌었다. 희대의 바람둥이 연산군을 매혹시킨 장녹수는 어떤 매력을 가졌을까. 실제로 장녹수는 탁월한 미인이 아니었다고 한다. 실록에서는 그녀가 그냥 중간 수준의 얼굴이라고 표현했다. 나이도 연산군보다 두세 살 많았다.

그러나 30대에도 앳된 소녀처럼 보일 만큼 동안이었으며, 영리해서 남자의 뜻을 잘 맞추었다고 한다. 연산군이 남다르게 총애한 여성 장녹수는 기생출신으로 한 나라 왕의 사랑을 한 몸에 받는 여인이었음에도 불구하고 한 많은 여인이었다.

장녹수 노랫말에도 '구중궁궐 처마 끝에 한 맺힌 매듭 엮어' 라는 내용이 있다. 부귀도 영화도 구름인양 간 곳 없고 구곡간장 애태우며 왕을 기다리는 구중궁궐에서의 삶은 천하의 기생 장녹수에게도 견디기 힘든 시간이었다.

그녀는 결국 연산군이 폐위하고 목이 잘리는 참수형을 당하지만 오히려 권력층에 빌붙지 않았다면 한 시대 최고의 절세기생으로 또 다른 이름을 남겼을 가능성도 있다.

민선시대 들어 자치단체장과 함께 주민들의 주목을 받는 사람은 바로 자치단체장의 부인이다. 뿐만 아니라 선출직 후보와 지방의원도 마찬가지로 그들의 부인이 주민들로부터 간혹 냉정한 평가를 받기도 한다.

어떤 선출직 인사는 본인의 역량이 부족함에도 불구하고 부인의 덕으로 당선됐다는 얘기도 있다. 반면 어떤 이의 부인은 주민들의 차가운 시선을 받는 등 잦은 구설수에 올라 남편의 충분한 자질에도 불구하고 낙선되는 사례가 있다.

그 만큼 부인의 역할이 중요한 것이다. 특히 선출직을 꿈꾸는 남편도 중요하지만 남편 못지않게 부인의 역할도 중요하다. 남편을 봐서는 표를 주고 싶지 않지만, 부인을 봐서 표를 준다는 얘기도 많이 들었다.

부인의 잘못된 행동으로 잦은 구설수에 오를 경우 남편 또한 선거에서 상당한 영향을 받을 것이다. 그만큼 남편과 부인의 역할이 다 같이 중요하다는 의미다.

과거에는 지체 높은 여인들의 삶은 주민들과 직접 접촉되지 않았지만, 요즘은 여권 신장으로 여성의 사회활동이 왕성하게 이루어 진다. 여성들도 남성들과 똑 같이 술을 마시고 귀가시간도 남성 못지않게 늦은 경우가 많다. 말 그대로 사회생활은 남녀의 구분 없이 이루어지고 있는 것이다.

때문에 요즘은 남자 여자 구분 없이 사회생활에 많이 노출되기 때문에 조심해야 된다는 말이 있다. 더욱이 요즘처럼 말 많은 세상에는 행동 하나 하나를 조심해야 하지만 일부 사람들은 주변의 시선을 망각한 채 처신을 잘못해 차가운 심판을 받는다.

특히 조신시대 구중궁궐 안에서의 삶이나 요즘 일부 부인들이 이권에 개입하는 문제는 예나 지금이나 똑 같다.

구중궁궐 안에서 권력다툼과 이권에 개입해 재산을 축적하는 왕비가 있는가 하면, 요즘에는 인사에 개입하거나 각종 편법으로 재산을 증식하는 부인들이 있다.

남편의 권력을 이용해 부인이 나선다면 언젠가는 지탄을 받게 되고 결국 물러날 때 갈 곳이 없어진다. 뿐만 아니라 현직에 있을 때는 주변에 사람이 몰리지만 현직을 떠나면 인사도 하지 않을 정도로 차가운 시선을 받는다. 그 때문에 현직에 있을 때 덕을 쌓고 많은 주민들로부터 사랑과 존경을 받는 행동을 해야 한다는 것이다.

구중궁궐에서 밀실정치를 했던 여인네의 종말이 비참한 삶으로 마감했던 역사적 경험들이 21세기 선진 사회에서는 되풀이 되지 말아야 하겠다. 남자가 해야 할 일, 여자가 해야 할 일은 성 차별을 떠나 분명히 비슷하면서도 다르다. 남성 여성을 떠나 각자의 위치에서 최선을 다하는 지혜가 요즘 세상에서 필요한 듯 싶다.

동맥경화

일요일 아침 일찍 휴대전화가 울린다. 이렇게 일찍 전화 올 곳이 없는데 하고 전화번호를 확인하는 순간 친구였다. 친구는 대뜸 우리나라에 고속도로가 몇 개냐고 물었다. 난 알 리가 없었다.

태백에 사는 친구는 토요일 서울에 있는 처가에 갔다. 그는 태백에서 제천 원주를 거쳐 춘천~서울간 고속도로를 통해 서울로 간 것이다.

2009년 7월 15일 개통된 서울~춘천간 고속도로를 이용해 서울에 도착한 친구는 요금과 시간을 비교하며 달렸다고 했다. 평소 태백에서 서울을 가려면 제천 원주를 거쳐 영동고속도로를 통해 서울을 간다.

그러나 서울~춘천간 고속도로가 개통되면서 처음 이용한 친구는 시간과 요금은 좀 더 많이 소요되지만 편안하게 갈 수 있었다고 평가했다.

난 어려서부터 도로에 관심이 많았다. 도로에 관심이 많다보니 자연스
럽게 지리에도 관심을 갖게 되었다. 어린 시절 집 앞 도로는 신작로였다.
포장도 안 된 신작로에서 나는 친구들과 어울려 흙을 밟으며 놀았다. 그러
다가 세월이 지나면서 포장이 됐고 차들도 많이 다닌다.

1990년대 초반 대학을 졸업하고 강원도에서 기자생활을 하면서 늘 느끼
는 것은 왜 강원도에는 고속도로가 많이 없을까 라고 생각했다. 요즘도 지
도책을 펼쳐보면서 백지상태에 가까운 강원도 도로망을 보고 안타까움을
스스로 느낀다.

수도권과 영남권은 거미줄처럼 고속도로망이 그려져 있다. 요즘은 충청
권과 호남권도 고속도로망이 점점 늘어나고 있다. 그러나 강원도는 중앙고
속도로와 영동고속도로 동해고속도로가 전부다. 그것도 연장은 얼마 되지
않는다. 최근 서울~춘천간 민자고속도로가 개통되면서 늘어나긴 했지만
총 연장이 늘어나는 것에는 큰 도움이 되지 않는다.

나는 몇 년 전 강원도의원으로 재직할 당시 관광건설위원회 소속 의원
들과 함께 주문진~양양간 고속도로 건설현장을 방문했다. 건설공사가 한
창 진행 중에 있었지만 준공 시기는 2015년을 넘어야 가능했다.
천문학적인 예산이 들어가는 고속도로 건설은 강원도에서 만큼은 늘 찬
밥 신세를 면치 못하고 있다.

그 후 난 강원랜드에서 열린 지역발전 토론회에 참석했다. 패널로 참가

한 나는 그동안 머리속에서 생각했던 그림을 말로서 표현했다. 그것은 다름 아닌 원주~태백~울진 간 고속도로 건설이다.

수도권 주민들이 영동고속도로를 통해 태백권과 경북 북부 동해안을 곧바로 진입할 수 있도록 고속도로 개설이 필요하다고 주장했다.

이곳에 고속도로가 개설되면 속초 강릉 등 강원 중북부권 동해안에 집중돼 있는 관광객과 피서객을 강원남부와 경북 북부지방으로 분산하는데 엄청난 효과가 있을 것이다. 이 문제는 비단 관광객 유치뿐만 아니라 앞으로 산업단지 개발에도 많은 효과가 있을 것으로 보인다.

아울러 부산 경남 울산 포항 등 영남권을 비롯한 남동해안 지방의 관광객 유입을 위해 강원남부와 경북 북부를 연결하는 고속도로 건설은 시급하다. 다시 말해 부산 경남지방 주민들이 7번 국도를 통해 울진까지 도착 한 후 고속도로를 거쳐 강원 남부권에 진입하면 양 지역의 동반 성장을 기대할 수 있기 때문이다.

이 문제는 2개 도(강원도, 경상북도)가 포함돼 있기 때문에 국가사업으로 추진하고, 정부가 적극 나설 수 있노록 폐광지역 주민들과 경북 북부지방 주민들의 단합된 힘이 필요하다.

난 이 문제를 집중 거론했지만 당장 현실성 있는 사업은 아니다. 그렇지만 미래를 위해 반드시 필요한 사업인 만큼 지금부터 추진하지 않으면 현실화는 말 그대로 공허한 메아리로 끝날 것이다.

우리나라 최초의 고속도로는 1967년 3월 착공해 1968년 12월 준공한

경인고속도로이다. 경부고속도로는 1968년 2월에 착공해 70년 7월 준공됐다.

우리나라에 고속도로가 개통된 지 벌써 45년이 넘었다. 45년 동안 우리나라의 고속도로는 30개 노선을 넘었고, 총 길이는 3,500Km를 넘었다. 민자고속도로를 포함하면 더 늘어난다.

도로는 국토의 대동맥이라고 불린다. 나는 언론사 기자로 근무할 당시 도로가 얼마나 중요한가를 몸소 실감했다. 당신 난 서해안과 동해안의 도로실태를 직접 비교할 기회가 있었다.

동해안과 서해안 도로실태를 점검하기 위해 후배 사진기자와 함께 춘천에서 출발해 인천을 거쳐 전남 목포까지 눈으로 확인했다. 그리고 강원도 최북단 고성에서 부산까지 점검하며 사진촬영과 함께 주변시설을 점검했다.

결과는 고속도로 주변의 경우 산업단지가 발달되고 인구가 늘었다. 하지만 2차선 도로로 남아있던 동해안 7번국도 주변은 휴게소 하나 제대로 정비되지 않은 채 구멍가게 수준에서 쉬어야 했다. 너무나 단순한 비교지만 전국 어디를 가도 2차선 주변과 4차선 주변 그리고 고속도로 주변의 발전정도는 눈으로 확인할 수 있다.

강원도의 도로 상태는 한 마디로 동맥경화이다. 도로는 국토의 대동맥이라고 하지만 다른 지역에 비해 동맥이 제대로 형성돼 있지 않다. 맑은 피가 제대로 공급되지 않은 상황에서 다른 무엇을 기대하기란 쉽지 않다.

매년 초 각급 기관단체와 회사 등에서 발행되는 다이어리 뒤편에는 전국 지도가 그려져 있다. 지도책에 표시돼 있는 고속도로를 보면 강원도의 열악한 도로상황이 한 눈에 들어온다.

동맥경화는 동맥 혈관 내벽에 지방과 콜레스테롤 등이 붙어 내강이 좁아지고 탄력을 잃어 혈액순환에 장애를 가져오는 증상이다. 혈류가 정상적으로 순환하지 못하기 때문에 각종 문제가 발생하고 증상이 심하면 목숨에 영향을 미치기도 한다.

동맥경화 현상을 치유하기 위해서는 정부의 관심이 필요하다. 전국이 균형발전을 통해 건강한 국토를 유지할 수 있듯이, 강원도에도 고속도로와 고속철 등을 조기 건설해 동맥경화 현상을 치유해야 한다. 이는 정부의 절대적인 관심이 있을 때 가능한 일이다.

명문대 졸업생

　우리나라 군대는 4대 명문대이다. 전방부대의 한 사단장이 한 말이다. 평소 알고 지내던 그가 취임 후 공관으로 초청해 만찬을 함께 하는 자리에서 "우리나라 4대 명문대가 어딘 줄 아느냐."고 물었다.

　대답은 "서울대, 연대, 고대… 그리고…" 망설여진 답이었다. 그는 주저함 없이 "우리나라 4대 명문대는 바로 군대이다."라고 조크했다.

　군대를 다녀 온 사람은 우리나라 4대 명문대를 졸업한 것이라는 말도 덧붙였다. 굳이 군대를 다녀오지 않아도 병역을 마친 사람은 명문대 졸업생과 같다고 볼 수 있다.

　우리나라는 선거 때 마다 군대에 대한 얘기가 불거지고 있다. 이회창 전 한나라당 총재가 대권에 유력했지만 두 아들의 군대문제로 낙선한 역사적 사실을 우리는 너무 잘 알고 있다.

신성한 병역의 의무를 누구나 져야 한다는 평범한 논리다. 나는 대한민국 청년으로서 육군 백골부대를 전역했다. 군대시절 고생하지 않은 사람이 누가 있겠느냐만 세월이 흘러 육군 백골부대 병장으로 전역한 사실이 자랑스러울 정도이다.

지난 대통령 선거에서는 사병들의 복지문제를 비롯해 복무기간 단축 등이 '선거 단골메뉴'로 등장했다. 청년들의 민심을 사로잡기 위한 병역문제는 선거마다 나온다.

군 복무기간과 사병들의 월급문제는 가장 큰 관심사이다. 복무기간은 과거 36개월에서 30개월, 그리고 24개월에서 21개월로 단축됐다.

80년대는 대학생들에게 3개월 단축혜택도 있었다. 대학 2학년까지 규정된 훈련을 받으면 3개월 단축돼 군대생활을 27개월 하는 것이었다. 나도 당시 이 같은 규정에 따라 대학 재학당시 2주간에 걸쳐 예비사단과 전방부대에 입소해 훈련을 마치고 혜택을 받은 수혜자이다.

군 복무기간 단축은 당사자인 사병들 뿐 만 아니라 우리나라 부모라면 누구나 관심을 가질 것이다. 자녀를 군에 보내며 눈물 흘리는 어머니의 모습은 우리나라 군 문화의 한 단편이 됐다.

사병들의 월급문제가 최근 들어 고개를 들고 있다. 과거 내가 군 복무를 할 당시에도 사병들의 월급은 몇 천원 수준이었지만 현재는 많이 인상됐다.

일부 국회의원들은 최소한 30만원은 지급해야 한다는 주장을 펼치고 있다. 과거 우리나라 사병들의 월급은 너무 형편없었다. 우리나라는 병력의 약 75%를 사병으로 채우고 있다. 병사들의 급여는 전체 군인 인건비의 10%에도 미치지 못한다.

반면 23%에 불과한 부사관, 장교, 장군 등의 인건비는 90%를 넘고 있다. 장교나 부사관 같은 직업군인들에게는 그에 상응하는 월급과 혜택을 주면서 사병들은 공짜로 복무시켜도 된다는 생각이었다.

사병들의 급여가 얼마나 열악했는지는 급여변천사를 보면 알 수 있다. 1950년 창군당시 1,000원에서 시작한 이등병 월급은 1955~1965년, 1965~1976년 등 각각 10년 동안 한 푼도 오르지 않았다.

고도성장기인 1976~1985년, 1985~1995년에도 각각 10년 동안 동결되어 있었다. 인상은커녕 물가상승률 조차 반영되지 않았다. 사병월급은 열외였다. 이등병 월급이 1만원을 넘은 것은 2001년도의 일이다.

사병들의 급여수준은 장성들과의 급여차이를 비교해보면 극명하게 드러난다.

1950년도에는 이병 월급이 1,000원, 대장 월급이 3만원으로 30배에 불과했다. 하지만 2004년도에는 이병 2만 9,900원, 대장 834만 5,200원(수당 포함)으로 무려 279배로 벌어졌다. 그동안 정부가 사병들의 급여에 얼마나 무심했나를 보여주는 증거라고 할 수 있다.

정치권 일부에서는 사병들이 전역 후 취업 때까지 매달 50만원을 지급하는 방안을 제시하기도 했다. 당사자들은 매우 고무적인 일이 아닐 수 없다. 문제는 정부가 돈이 많아서, 복지혜택을 주기 위해서 도입하는 제도는 아닌 것 같다. 왜 하필이면 선거 때마다 이런 제도를 도입하려는지 이해가 되지 않는다.

국방과 군대, 장교와 사병 등의 문제는 평소에 연구하고 개선해야 하는 게 바람직하다. 선거를 앞두고 군인들의 복지와 복무기간 단축, 전역 후 취업수당 지급 등을 논의한다는 자체가 문제다. 선거에 군대를 흔들어서는 안 된다.

군인들의 복지 문제는 평상시 논해야 한다. 그리고 60만 대군의 표심을 잡기 위해 선거마다 단골메뉴로 등장시키지 말고 평소에 문제를 개선하는 정부가 돼야 한다.

우리나라 군대가 진정 '4대 명문대'로 자리 잡기 위해서는 사병들의 열악한 근무환경과 복지 문제가 개선돼야 하지만 선거와 무관하게 진행될 수 있기를 기대한다.

부부관계

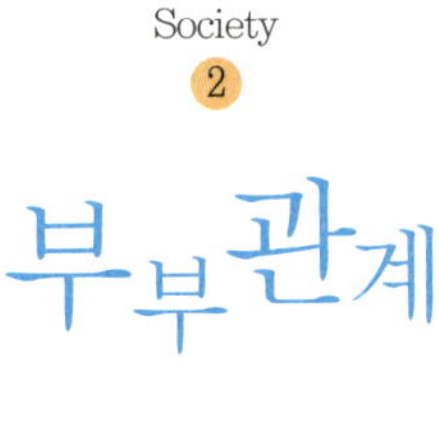

부부들의 잠자리 스타일과 관련해 재미난 얘기가 있다. 30대 부부는 마주보고 자고, 40대 부부는 천장을 보고 잔다. 50대 부부는 등을 돌리고 자고, 60대 부부는 각자 다른 방에서 잔다.

그럼 70대 부부는 어떨까? 70대 부부는 어디에서 자는지 모른다고 한다. 조금 웃기는 소리지만 우리나라 부부들의 단면을 말해주는 것 같다.

부부는 한 지붕 아래의 한 방에서 한 이불을 덮고 자는 것이 우리나라다. 그만큼 부부관계는 가장 가깝고 친밀한 사이로 가족 구성원의 핵심을 이루고 있다.

하지만 요즘 언론을 통해 보도되는 각종 사건사고는 가족의 구성원이 점점 해체되고 있다는 느낌이다.

무엇이 우리사회를 이렇게 만드는 것일까?

과거 가부장제도 속에 남편의 절대적인 통제가 가족사회였다면, 이제는 남녀평등과 함께 아내의 지위가 크게 강화됐다. 또한 개인주의의 확산으로 부부사이라도 사생활의 비밀이 지켜지고, 통신수단의 발달로 남녀관계의 커뮤니케이션이 수월하다.

최근에는 TV드라마와 영화에 불륜이 등장하지 않으면 흥미를 느끼지 못할 정도로 우리사회의 가족은 그 기능을 점차 상실하고 있다. 이러한 것이 근본적인 원인은 아니지만 영향을 미치는 것에는 틀림이 없는 듯 하다.

가족의 이탈은 정치적으로도 상당한 이탈을 가져왔다. 1990년대까지만 해도 자신의 정치적 목적을 위해 소속정당을 바꾸면 '철새정치인' 이라는 오명에서 벗어날 수 없었다.

그러나 요즘 정치인들을 보면 '철새정치인' 을 무색케 한다. 정당도 많고 당명도 쉽게 변경돼 뭐가 뭔지 알 수 없을 정도로 혼란스럽다. 거대 정당이 분열되면서 탈당파들이 새로운 당을 만들어 다른 당과 통합하고, 그들은 또다시 탈당해 이름도 기억하기 힘든 정당을 만들고 있다.

선거를 앞두고 일이나는 일들로 국민들은 누가 어느 정당에 소속돼 있는지, 정당 이름은 무엇인지 생소하고 혼란스러울 수밖에 없다. 국회에서조차 국회의원들의 소속정당을 파악하는데 힘이 든다고 하니 우리정치인들의 철새행각은 감히 초특급 수준이다. 2014년 지방선거를 앞두고 또 어떤 정당이 탄생될지 벌써부터 관심이 모아지고 있다.

과거 조선시대에 성행했던 붕당정치도 이러지는 않았다. 붕당정치는 성리학적 학설의 차이로 인해 발생한 학파에서 갈라진 것이다. 율곡 이이의 기호학파를 주축으로 한 것이 서인이며, 퇴계 이황의 영남학파를 주축으로 한 것이 동인이다.

조선은 양반에 의해 지배되고 운영되는 국가였다. 소수의 양반이 국가의 모든 권력을 차지했다. 양반은 유학을 공부하는 사람들로 경제적으로 안정이 된 고려 말 지방 호족들이 많았다. 이들의 최대 목표는 바로 입신양명(立身揚名)이다.

한마디로 세상에 자신의 이름을 떨치는 것인데, 그 방법이 관직에 오르는 것이다. 그래서 양반들은 죽으나 사나 과거시험에 매달리게 됐다. 이렇게 되다 보니 양반의 수는 늘어나고, 관직의 수는 점점 모자라기 시작했다.

조선 초기에는 관직과 양반의 수가 어느 정도 균형을 이루었으나, 시간이 지날수록 관직에 오르는 것이 점점 어렵게 됐다. 요즘 공무원 시험과 마찬가지라고 볼 수 있다.

급기야는 조선후기 과거시험에 합격해도 관직이 없어 품계만 주어지고, 집에서 관직을 받을 때까지 기다리는 경우가 허다했다. 사회가 당연히 혼란스러울 수밖에 없었다.

이러한 것이 원인이 되어 태동한 것이 바로 붕당정치이다. 당초 붕당정치인은 관직과 벼슬을 얻기 위해 혼자의 힘보다는 학연 지연 혈연 등으로 무리를 지어 한 목소리를 냈다.

오늘날 우리사회와 크게 다를 바 없지만 붕당정치는 최소한 의리는 지켰다. 동인이 서인에 가거나, 서인이 동인에 가는 일은 없었다.

한 마디로 권력을 향해 해바라기처럼 찾아다니는 '철새정치인' 은 없었다. 정권초기 대통령 밑에서 총리와 장관 당대표 등 절대적인 권력을 누렸던 인사들이 대통령의 힘이 약해졌다고 배신하는 행위는 없었던 것이다.

정치는 자신의 신념이나 이익에 따라 무리를 지어 활동을 한다. 우리나라 현대사에서 수많은 당들이 이해관계에 따라 없어졌다 다시 모이곤 했다. 물론 명분은 민주주의와 사회 경제적 안정이다. 하지만 그 내막은 모두 권력을 잡기 위한 것으로 때로는 상대방의 잘못을 들춰내 폭로하고 없는 것을 만들어 힘으로 누르기도 했다.

자유민주주의를 받아 들여 시민의식이 성장했다고는 하지만, 아직도 지연과 학연이 끈끈하다 못해 질퍽하게 남아 있다. 조선시대에는 한번 내 건 당명은 거의 바꾸지 않았다. 심하게 말해서 아주 고지식할 정도로 고집이 대단했으며 당파를 고수했다.

지금은 어떤가. 앞서 언급한 것처럼 정치적인 이해관계에 따라 당명은 식은 죽 먹는 것 보다 더 쉽게 고쳐지고 있다. 조선시대에는 당쟁을 하더라도 의리와 명분을 내세웠다. 지금은 보수와 진보의 뚜렷한 구별도 없어 보인다.

정치적 생각이 별로 다르지도 않아 보이는데 이해관계에 따라 이합집산하고 유력자 뒤에 줄서기가 바쁘다. 조선시대에는 적어도 문과에는 합격해야 정치에 참여할 수 있었고, 스스로 도덕적 수양이 돼야 남을 다스릴 수 있다는 유교명분을 지키려고 노력했다.

지금은 의리도 필요 없이 돈 정치 계보 줄서기로 정치인이 되는 경우가 많은 것 같다. 힘 있는 사람 뒤에 줄서는 철새정치가 만연하다.

줄을 잘못 서면 다음 정권에서 살아남을 수 없는 것인가. 상대를 넘어뜨리기 위해서는 수단과 방법을 가리지 않고 있다. 사건을 조작하기도 하고, 남의 약점을 속속들이 파헤치기도 하고, 감찰기관을 통해 사찰을 유도하기도 한다.

조선시대에 살았던 백성들과 현대 우리국민의 다른 점은 무엇일까. 경제발전으로 중산층이 견고해지고 국민의식 또한 많이 높아졌다는 것이다. 그렇지만 정치와 가족의 개념은 제자리 걸음이다 못해 더 멀어져 보인다.

지금의 정치는 옳고 그른 것도 없고 주장도 뚜렷하지 않다. 진보와 보수의 구분도 명확하지 않으며, 오직 당리당략에 따라 행동하는 것처럼 보인다. 가족의 개념이 개인주의적인 행태로 변하는 것처럼, 정치도 개인의 입신양명을 위해 존재할 뿐이다.

부부관계에도 의리와 신뢰가 필요하다. 정치도 마찬가지다. 의리와 신뢰 질서가 있는 가족사회와 정치를 위해서는 욕심을 비우는 자세부터 가져야 한다. 자신을 희생하는 것보다, 남을 배려하는 마음이 우선하는 사회가 필요할 때다.

하나의 정당에서 정치적 신념을 같이 하는 정치인이라면, 적어도 한 지붕 아래 한 방에서 한 이불을 덮고 자는 부부처럼 의리를 지키고 배려할 줄 아는 사람이 돼야 할 것이다.

비록 등을 돌리고 자더라도 자신의 남편과 아내 그리고 동료 정치인이 어느 방에서 자고 있는지 모를 정도로 무관심 하다면, 가족과 정치는 더 이상 발전할 수 없는 전시품일 수밖에 없다.

성형미인

요즘 우리 사회는 성형미인 논란이 한창이다. 학력위조 문제와 더불어 연예인 중심으로 불거지는 성형논란은 사실관계를 확인하기 위한 언론의 추적이 감히 특종을 방불케 한다.

연예인들이 활동을 중단한 후 복귀하면 과거와 달리 뭔가 다르다는 의혹을 보낸다. 바로 성형수술 논란이다. 최근 몇몇 연예인들이 이런 의혹을 받았고, 일부는 당당하게 성형수술을 했다고 밝히지만 일부는 완강하게 부인한다.

순수성이 강조되는 자연 미인을 따라가려면 성형수술이 불가피하다. 아마도 학력지상주의와 외모지상주의가 만들어낸 또 하나의 병폐가 아닌가 싶다.

성형미인은 눈으로 볼 때 미인인 것은 틀림이 없다. 그러나 한마디로 만들어진 외모이다. 즉 거짓외모라고 할 수 있다. 얼굴자체에서 거짓말을 하고 있기 때문이다. 가짜얼굴을 진짜 얼굴이라고 할 수 없듯이 성형미인을 진짜 미인이라고 할 수 없다.

성형미인은 속된 표현으로 인조인간이라고 부른다. 바이오로이드와 비슷하다. 바이오로이드는 유전자 조작 등 생체적 기술로 만들어진 변형된 인조인간이다. 감정과 생식능력이 없으며, 조각된 외모를 가지고 있다.

미인들은 성격이 이상하다고 한다. 옛 어른들은 미인은 인물값을 한다고 했다. 그만큼 미인과 미남을 만나는 당사자는 마음고생이 심하다는 의미다.

순수미인들의 삶은 처음부터 일반인들과 다르다. 여러 사람에게 고백과 질투 관심 등을 받으며 성장했고, 때로는 다른 사람의 마음을 짓밟아 보기도 했을 것이다. 이러한 환경이 순수미인들만의 특이한 성격을 형성한다고 한다.

그렇다면 성형 미인은 어떤가. 성형미인은 일반인하고 성격이 비슷하다. 그렇지만 외모에 대한 소유욕이 대단하다고 볼 수 있다. 그래서 성형 중독자들도 생긴다.

남자나 여자나 자신의 이성은 좋은 외모를 갖길 원한다. 젊은 친구들이 이성을 만나기 전에 꼭 하는 말이 있다. 외모가 먼저냐, 인간성이 먼저냐.

대부분의 사람들은 인간성이라고 한다. 그렇지만 속내는 외모를 먼저 보지 않을 수 없게 된다. 인간에게 나타나는 고도의 심리가 적용된다는 것이 심리학자들의 얘기다.

사랑은 원초적으로 보면 동물적 본능이 있기에 가능하다고 한다. 그래서 많은 사람들은 미녀 미남들을 원한다. 성형미인도 바로 여기에서 출발하는 것이다. 돈으로 미를 산다고 보면 된다.

성형미인들은 원판 자체를 뜯어 고친 경우도 있지만 대부분 본판에서 코 세우고, 눈 찢고, 이마 수술하고, 치아 교정하고, 돌출 입 수술하고, 턱 깎는 일이 많다. 요즘에는 숨기고 다니던 가슴이나 뱃살 등을 성형으로 고치는 경우도 많다. 한마디로 성형미인은 자본주의의 산물이다.

돈의 여유가 생긴 사람들이 외모에 관심을 가지면서 미인이 되는 것이다. 가난한 집안에서 태어난 사람은 성형미인 조차 될 수 없다. 수술비도 엄청나다. 요즘은 직장 여성들도 여름 휴가기간에 성형수술을 많이 한다고 한다. 수술비도 천차만별이다.

내가 성형미인 논란에 대해 의견을 피력한 것은 또 다른 이유가 있다. 바로 보존복원 사업이다. 민선시대 출범 후 각 자치단체는 관광 사업을 주요 정책으로 추진하고 있다.

성공보다는 실패가 많은 것이 관광 사업이다. 이유는 간단하다. 관광 사업 자체가 차별성을 갖기 보다는 너무나 유사한 부분이 많기 때문이다. 그 지역에 가야만 볼 수 있는 관광 상품이 개발되는 것이 아니라, 전국 어디를 가도 비슷한 관광시설을 볼 수 있다.

가장 지역적인 것이 가장 세계적이라는 말이 있다. 강원도 태백에 가야만 볼 수 있는 관광 상품, 전라도 남원에 가야만 볼 수 있는 상품, 경상도 밀양에 가야만 볼 수 있는 상품이 바로 지역적이고 세계적인 것이다. 그러나 1995년 지방자치제 출범 후 10년이 넘게 관광개발에 투자한 비용은 수십 조원을 넘고 있지만 과연 투자효과가 나타나는지 의문이다.

최근 각 자치단체는 지역적인 것을 찾기 위해 보존 복원사업을 새로운 대안으로 추진하고 있다. 과거 생활터전을 다시 복원해 관광 상품화 한다는 것이다. 그렇지만 복원하는데 드는 비용은 수 백 억 원에서 수 천 억 원을 넘는다.

과거의 시설을 보존만 잘 했다면 수 백 억 원대의 세금이 개발 사업으로 들어갈 이유가 없다. 옛 것은 보기 싫다고 부수고, 다시 복원하고…. 우리나라 관광 사업의 현주소다.

독일의 베를린 시내 한 복판에는 2차 세계대전 당시 폭격을 맞아 건물 중간에 구멍이 난 큰 교회가 있다. 독일은 그 교회를 지금까지 철거하지 않고 유지해 왔다. 지금 그 교회는 베를린의 유명한 관광지가 됐다.

우리나라 같으면 어떻게 했을까 하는 생각이 든다. 6·25라는 큰 비극을 치렀지만 휴전선 일대를 제외하고 서울 어디에도 전쟁의 원형은 보존돼 있는 것이 없다. 만약 부서진 한강철교를 지금까지 남겨 두었다면 엄청난 관광지와 역사적인 교육장이 될 것이다. 하지만 애석하게도 3년을 넘게 전쟁을 치렀지만 흔적은 찾아볼 수 없다.

자치단체가 추진하는 복원사업은 이미 상품성이 떨어진다. 성형미인을 진짜미인이라고 말 할 수 없듯이 복원된 관광지가 진짜일 수 없는 것이다. 이제라도 지켜야 할 것은 지키는 것이 우리의 미래를 밝게 하는 것이다. 후

손들에게 선조들이 살았던 원형을 있는 그대로 물려주는 지혜가 필요하다.

성형미인보다 자연미인이 좋은 것처럼, 복원 보다는 원형이 더 많은 가치를 지니고 있기 때문이다.

시내버스

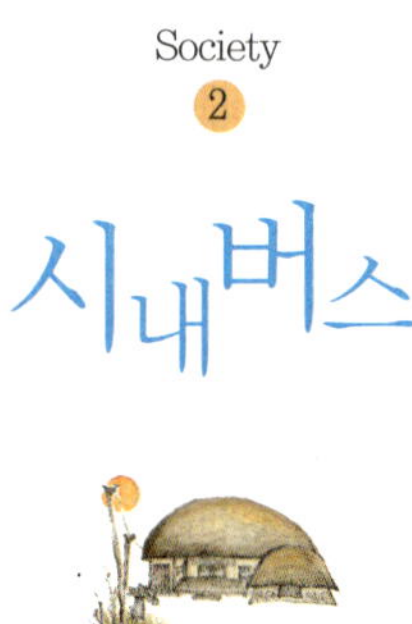

몇 년 전 도의원 시절 시내버스를 탔다. 태백시내 변두리라 택시가 없어 시내버스 정류장에서 마냥 기다렸다. 30분쯤 지났을 무렵 좌석버스 한 대가 왔다.

추위에 떨고 있는 나를 무척이나 반겨준 버스였다. 시내버스는 가끔 탔지만 좌석버스는 오랜만에 탔다. 요금은 1,200원이다. 버스는 철암역 앞을 출발해 굽이굽이 돌아 장성으로 향했다.

버스안에서 울리는 라디오 소리가 정겹다. 가끔 흘러간 노래가 버스안에 울려 퍼지고, 운전기사는 늦은 밤 노래를 따라 부르며 흥얼거린다.

버스에서 나오는 온풍기 바람은 꽤나 훈훈한 공기를 만들었지만, 앞자리에 앉은 할머니는 두터운 잠바에 목도리를 머리 위까지 감싸고 움추린 모습이다. 버스안에는 운전기사를 포함해 승객 다섯명이 전부다.

문득 옛날 생각이 난다. 1980년대 초만 해도 시내버스에는 안내양이 있었다. 태백에서 학생들의 유일한 통학수단이었던 시내버스는 늘 만원이었다.

고등학교 2학년때 쯤 장성에 사는 같은 반 친구가 있었다. 그 친구는 공부를 썩 잘하지는 못했지만 착실하게 학교에 다녔다. 그러던 친구가 어느 순간 결석을 자주 했다.

처음엔 그냥 지나쳤지만 친구가 결석하는 이유를 금방 알 수 있었다. 바로 안내양이 마음에 들어 학교 앞에 내리지 않고 안내양을 따라 다닌다는 것이었다. 그 당시에는 이해할 수 없는 일이다.

아무리 마음에 드는 안내양이 있더라도 학교까지 결석하면서 따라 다녀야 하는 것일까. 그 친구는 그 이후로 한 번도 학교에 나오지 않았다.

안내양과 결혼을 했는 것인지, 아니면 사춘기시절 한 때 좋아했던 첫사랑으로 끝난 것인지 문득 궁금해 졌다. 잠시 옛 생각을 하는 순간 버스는 집 앞에 도착했다.

집에 와서도 버스에 대한 생각이 가시지 않았다. 옛날 아버지는 삼척 호산장에 가서 새끼돼지를 한 마리 샀다.

운반수단이 마땅치 않아 새끼돼지를 버스에 싣고 1시간여를 달려 집에 도착했다. 하지만 집에 오지 않고 주막거리에서 막걸리를 많이 드시다 그만 돼지를 잃어버렸다.

동네 사람이 "아버지가 술을 많이 드셔 돼지를 잃어버렸다."고 어머니에게 알려와 어린 나는 어머니와 함께 돼지를 찾아 늦은 밤 횃불을 들고 찾았

던 기억이 있다.

지금 생각하면 버스에 돼지를 싣고 승차한다는 것은 있을 수 없는 일이다. 그러나 그 시절에는 돼지도 타고 사람도 탔다. 초등학교 시절에는 추석 때 고향을 다녀간 마을 형님이 뱀을 잡아 팔에 휘감고 버스에 탔던 기억도 있다. 많이 무서웠지만 누구하나 제지하는 사람 없었다. 버스에서는 담배도 피웠던 때가 있었다. 버스와 관련해 많은 추억이 남아 있다는 게 혼자 웃음을 가져오게 한다.

우리나라에 버스가 처음 들어온 것은 1911년 일본인이 포드 8인승 1대를 운행하면서 시작됐다고 한다. 서울도 아니고 경상남도 마산과 삼천포 사이를 운행했던 버스는 평균 10여 명이 탑승했다고 한다. 밤에는 가스등을 켰고, 천막으로 지붕도 만들었다.

버스요금은 꽤 비쌌다고 한다. 마산~진주 사이는 1인당 3원 80전이었다. 당시 쌀 한가마니 값이 4원에 육박했다. 말 그대로 버스를 타려면 쌀 한 가마니 값을 버려야 했다.

버스가 지나가는 길에는 마을 사람들이 구경하느라 길가에 진을 쳤다고 한다. 제일 인기를 누린 것은 버스 운전사다. 멋진 몸빼 양복을 입고, 머리엔 동백기름을 바르고 다녔다.

동네 처녀들의 가슴을 울렁거리게 했기에 한국 최초의 야타족이 되기도 했다.

내가 어릴적엔 우리 마을에 나무차(일명 제무시)가 많이 다녔는데, 동네 누나들이 나무차 운전사에게 시집을 갔다는 얘기를 간간히 들었다. 자동차가 귀했기에 인기가 많았던 운전사는 동네에서 예쁜 처녀를 태워주고 환심을 산 후 결혼까지 했던 것으로 생각된다.

1911년에 처음 운행했던 미니버스 운전기사도 이와는 별 다른바가 없었을 것이다. 이후 버스는 15인승 20인승으로 확대되어 전북 군산지역에서 운행됐다.

서울은 1928년 경성부청(현 서울시청)에서 서울 장안 시민들의 편의를 도모할 목적으로 20인승 10대를 일본에서 들여와 서울시내 주요 간선도로에 운행했다.

그러나 우리나라 최초의 시내버스 운행은 대구에서 시작됐다. 1927년까지만 해도 서울 부산 평양 같은 대도시의 대중교통수단은 택시 아니면 전차와 8~10인승 승합자동차가 전부였다.

그런데 대구에서는 1920년에 처음으로 시내버스가 등장해 인기를 끌었다. 당시 영남 내륙의 중심도시로 사과 명산지이자 방직산업이 발달하던 대구에 인구가 급속히 늘어나자 한 일본 기업인이 시내버스 정기노선을 개설 했던 것이다.

우리나라에 버스가 들어 온지도 100년을 넘었다. 80년대만 해도 대부분의 버스에 안내양이 탑승해 승객들의 편의를 도모했지만 이젠 카드 하나로 요금을 결재하는 시대가 왔다.

적은 월급에 인권도 없이 오로지 만원버스에 몸을 맡긴 채 "오라이~~"를 외치던 안내양이 생각난다. 올해도 시원하게 출발해보자. "오라이~~"를 외치면서…

왜 이리 눈물이 나는지

초겨울 문턱에 접어 든 2011년 11월 15일. 아침에 출근하는데 시청 앞 온도계는 영하 1도로 표시되어 있다.

오전 일정은 아침회의와 독거노인들을 대상으로 하는 사랑의 도시락 배달이다. 배달을 마치고 사무실에 들어오니 민원인들이 줄을 서 있다. 평상시보다 더 많은 것 같다. 결재도 해야 하고 민원인두 만나야 하고…

그렇게 하루가 끝날 무렵 예상치 못했던 사람들이 찾아 왔다. 해는 이미 서쪽 산을 넘어 어둠이 몰려오는 시간. 관광공사 비정규직 7명이 면담하러 온 것이다.

20대 청년으로 보이는 사람과 50대 아주머니로 보이는 사람도 있다. 처음 보는 사람, 안면이 있는 사람 등 다양하다.

그들은 자리에 앉자마자 비정규직의 설움을 토해냈다. 월급은 벌써 3개월째 못 받고 있는 그들이다. 한 달에 110만원 하는 급여도 제때 못 받고 있는 그들의 한(恨)이란 들어보지 않아도 뻔한 사실이다.

적은 월급으로 빠듯하게 살아가는 그들에게 무슨 이유가 필요하겠는가. 고용승계와 정규직 전환을 요구하는 것은 기본이다. 그러기에 월급을 조금이라도 지불해 달라는 요청에 난 기운이 없어졌다.

한 아주머니는 "한 달 월급을 줄 돈이 없으면 50%라도 주면 안 되나요? 그것도 안 되면 30%라도 받게 해 주세요. 세금이라도 내야 하잖아요."

애절한 목소리를 듣고 있으면서 목이 잠겨 온다. 그는 "시장님 어떻게 할 것인지 말씀 좀 해 주세요." 나는 할 말이 없었다. 돈이 없기 때문이다.

어제는 오투리조트 전기를 끊겠다고 한국전력 지점장이 아침부터 찾아왔다. 양해를 구하고 1주일만 기다려 달라고 했다.

며칠 전에는 객실 청소를 하는 용역회사 대표가 찾아와 "직원들 월급이 4개월 밀려 있으니 조치를 취해달라."고 했다. 그 전에는 가스회사 대표가 "밀린 외상값 때문에 더 이상 가스를 공급할 수 없다."는 입장을 전달해 왔다. 설득 끝에 1주일 치 가스를 공급 받았다.

여기저기서 아우성이다. 나는 그들에게 조금만 더 기다려 달라는 말과 함께 도와 달라는 요청을 했다.

'내가 왜 이렇게 돈 때문에 시달려야 하는가. 개인회사도 아닌데 가슴이 너무 아프다. 도대체 어떻게 해야 하나. 왜 이 지경까지 왔을까. 그렇지만 내가 아니면 누가 해결하겠는가.' 나는 스스로 자위하면서 문제해결을 위해 노력했다.

하지만 오늘은 상황이 다르다. 비정규직 그들이 찾아와 하소연 할 때 나는 쉽게 말을 열 수 없었다.

"여러분 입장은 누구보다 잘 압니다. 한 달 월급으로 적금 들어가고 세금 내고 생활비 하는 입장을 왜 모르겠습니까. 저는 여러분만큼이나 가슴이 아픕니다. 아니 가슴이 저립니다."

난 그 이후 더 이상 말을 할 수 없었다. 눈물이 나온다. '참아야 한다. 눈물 흘리는 모습을 보여서는 안 된다.' 난 이를 악물고 한동안 말없이 찻잔에 시선을 고정시켰다.

얼만 만큼의 시간이 흘러 다시 입을 열었다. "여러분의 고통을 내가 해결할 수 없는 게 너무나 안타깝습니다." 더 이상 나는 말을 하지 못했다.

눈물이 나와서 자리에 앉아 있을 수 없었다. 곧바로 화장실에 갔다. 처음이다. 태어나서 이렇게 눈물을 흘린 것은 처음 있는 일이다. 난 차마 그들과 앉아서 대화를 할 수 없었다. 화장실에서 마음을 가라 앉혔다.

겨우 신정하고 그들을 다시 만나 대화를 했다. 그렇지만 눈물은 그치지 않았다. '왜 이리 눈물이 나는 것일까.' 함께 했던 그들도 눈시울을 붉혔다. 비정규직의 서러움. 그기에 월급도 3개월째 밀려 생활이 궁핍할 수 밖에 없는 상황이다.

생활비라도 만들기 위해 은행을 찾았지만 대출도 쉽지 않는 그들이다.

난 그들의 아픔을 안다. IMF(국제통화기금) 시대 난 월급을 제대로 받지 못했다. 만 4살도 안된 어린 아들은 급여를 제대로 받지 못하는 나 때문에 덩달아 힘든 생활을 했다. 각종 세금은 체납되기 시작했고, 급기야는 자동차 번호판까지 압류 당했다.

시청에 가서 겨우 1분기를 납부하고 자동차 번호판을 찾아올 수 있었다. 얼마나 창피한지 몰랐다. 나도 그런 경험을 해 봤기 때문에, 그들의 아픔에 고개를 숙일 수 밖에 없었다.

그 당시 난 멈출 수 없었다. 막 노동이던 무슨 일이라도 해야 했다. 당장 생계와 직결되는 문제였기 때문이다. 그래서 주말이면 춘천 중도를 찾았다. 당시 춘천 중도는 잔디 농사를 많이 지었다. 난 그곳에서 잔디에 농약을 뿌리는 일을 했다. 잔디는 특성상 나무그늘이 없는 곳에서 자라기 때문에 한 여름 뙤약볕에서 일 하기란 쉽지 않았다. 금방 까맣게 탔고 고통이 뒤따랐다.

그 후 난 몇 달 동안 그렇게 해서 돈을 벌었다. 그렇게 생활했던 내가 비정규직 노동자를 볼 때 그들의 아픔을 가슴으로 느낄 수 있었다.

난 그들이 돌아간 이 후 긴급 간부회의를 열었다. 무슨 방법을 동원해서라도 월급은 지급해야 하기 때문이다. "법적 하자가 없는 한 모든 방법을 찾아 재원을 마련하도록 합시다. 내 형제, 내 자식이 월급을 못 받는 회사에 다닌다는 것은 가슴 아픈 일입니다. 내 일이라 생각하고 빠른 시일 내에 재원을 만들어 봅시다."

나는 주요 간부들에게 그렇게 말하고 하루를 기다렸다. 다음날 아침 8시

출근하자마자 예산 부서에서 검토결과를 가져 왔다. "공무원 인건비를 줄이면 재원을 마련할 수 있습니다. 연말까지 잔액이 조금 발생할 것 같습니다." 난 그런 보고를 받고 곧바로 시행하라고 했다.

오투리조트 직원들에 대한 월급 지연사태는 어제 오늘의 일이 아니었다. 2010년 9월 추석을 앞두고 이 같은 사태가 이미 벌어졌다.

취임한지 3개월도 안 돼 월급을 못 준다는 보고를 받았다. 그것도 추석이 있는 9월인데 월급을 못 준다는 것은 있을 수 없는 일이다. 그때도 난 "무슨 수를 동원해서라도 월급은 지급해야 합니다. 추석을 앞두고 있습니다. 반드시 지급하고 결과를 알려주세요."

나의 의지가 워낙 강해서인지 당시 월급은 정상적으로 지급됐다.

이번에도 마찬가지다. 비정규직을 보면서 솟구치는 서러움. 난 그들의 마음을 버릴 수 없었다. 그래서 공무원의 인건비를 줄여서라도 그들에게 급여를 주고 싶었다.

물론 공무원 개개인의 인건비를 삭감하는 것은 아니다. 시간외 수당 등 다른 용도의 인건비를 줄여서 재원을 만드는 것이다. 그렇게 해서 체불임금 사태는 조금이나마 해소가 됐다.

그날 저녁. 난 시내 삼겹살 집을 찾았다. 오늘 같은 날 소주를 한잔 하고 싶어서였다. 집으로 가는 길에 하늘을 쳐다보니 보름달이 구름에 가려 반쯤 보였다.

어둠이 있다는 것은 곧 새벽이 온다는 의미다. 지금은 어렵지만 밝은 날은 가까이 오고 있다. 스스로 그렇게 생각하며 그날 하루를 마감했다.

우리 마누라

난 '우리' 라는 말을 참 좋아한다. 나 뿐만 아니라 많은 사람들이 우리라는 말을 자주 사용한다.

이를테면 '우리 마누라, 우리 신랑, 우리 엄마, 우리 아버지, 우리 동생…' 등 본인을 표현하는 수없는 말에 '우리' 라는 단어를 붙인다. 우리라는 말은 냉정하게 분석하면 복수이다. 단수가 아니다. 따라서 '내 마누라, 내 신랑' 등이 맞는 말이다.

그래도 난 우리라는 말이 좋다. 왠지 함께 갈 수 있는 동지의 개념이 강하기 때문이다.

친구와 동창생의 개념도 비슷하다. 친구는 말 그대로 오래된 친한 사람이고, 동창생은 같은 연도에 같은 학교를 졸업한 사람이다. 그래도 우리는 친구라는 말에 더 익숙해져 있다.

반면 우리라는 개념으로 사용되는 떼거지라는 말이 있다. 떼거지라는 말은 무리를 지어 다니는 거지라는 뜻이다. 결코 좋은 의미는 아니다.

옛날엔 거지들이 서로 모여 살았다. TV드라마에도 나왔듯이 거지들은 항상 10여 명 이상 몰려다니고 잠도 같은 곳에서 잤다. 때문에 얻는 음식의 양도 많아져 서민들의 불편함은 이만 저만이 아니었다.

당시 우리나라 사람들은 그렇게 넉넉한 삶을 살지 않았기 때문에 떼거지들에게 나눠줄 음식도 많지 않았다. 하지만 폭력성을 갖춘 떼거지의 요구를 울며 겨자먹기식으로 들어줘야 하는 경우가 많았다.

해방 후 어려운 시절에 생겨난 떼거지는 점차 세월이 흐르면서 조직폭력배의 성격으로 변질되어 간다.

내가 고등학교를 다니던 시절인 1980년대 초반 강원도 태백의 광산촌은 말 그대로 폭력배들이 많았다. 각 학교마다 폭력조직이 기승을 부렸다.

폭력단체 조직원은 학생들 사이에서 경계의 대상이었으며, 쉽게 접근하지도 못했다. 그들은 혼자 다니는 법이 없었다. 항상 떼로 몰려 다녔기 때문에 일반 학생들에게는 공포의 대상이었다.

간혹 폭력단체끼리 패싸움을 벌였다는 얘기도 들렸다. 패싸움에는 각목과 체인 등이 동원됐지만 그렇게 무서운 흉기는 없었던 것 같았다. 비겁한 방법을 통해 조직을 평정하려는 의도는 아니었던 것 같다.

일부에서는 유리병을 깨서 흉기로 사용한다든가, 아니면 자해를 통해 상대에게 위협감을 주는 경우도 있었다. 참 무서운 세상이었지만 요즘처럼 살인사건 같은 대형 사건은 없었다.

최근에는 조직폭력배도 합법성을 갖춘 기업형 조직으로 자리 잡고 있다. 물론 일부에서는 합법을 위장한 채 각종 이권에 개입하는 등 과거 조직폭력배의 근성을 버리지 못하는 경우도 있다.

조직폭력배의 성장과 함께 또 다른 떼거지 문화를 창출한 것은 다름 아닌 정치판이다.

1948년 정부수립 후 이념논쟁의 단계를 거쳐 1960년대부터 시작된 지역감정은 떼거지 정치의 본산이 됐다. 최근에는 점차 사라지는 경향도 있지만 결정적인 순간에는 반드시 고개를 든다. 정치판에 사라지지 않는 떼거지 정치를 두고 일부에서는 패거리 정치라고 한다.

패거리 정치는 조선시대 붕당정치에서 유래된다. 붕당은 뜻이 맞는 사람들끼리 모여 당을 만드는 것으로 어떻게 보면 당연한 것이다. 정치적 이념과 정책이 비슷한 정당을 선택하는 것은 민주사회에서 흔히 있는 일이다.

과거 조선시대에는 출신지나 공부한 스승에 따라 노론 소론 남인 서인 등의 붕당을 조성했다. 그들은 정권을 잡으면 능력 있는 사람을 등용하기보다는 자신들의 패거리를 중요한 자리에 앉혔다.

박정희-전두환-노태우-김영삼-김대중-노무현-이명박 전 대통령 시절에도 그런 비판이 많았다.

노무현 전 대통령은 이른바 진보세력들이 상당수 포진했고, 그들은 보수단체로부터 좌파라는 비난을 받았다.

이명박 대통령은 취임초기 영남 출신에다 고려대를 나왔고 소망교회를 오랫동안 다녀서 '고소영' 인사를 했다는 지적도 있었다. 하지만 조선시대 왕은 패거리들이 주요 자리를 차지하는 바람에 권한도 약화되고, 능력이 부족한 사람들 때문에 나라를 다스리는데 어려움도 많았다.

이러한 점을 보완하기 위해 영조가 시도한 것이 탕평책이다. 탕평책은 말 그대로 평등하게 하는 것이다. 정권이 바뀌면 사람도 바뀌지만 탕평책은 능력 위주의 인사를 중용하기 때문에 지도자로서는 한번쯤 고민하는 부문이다.

권력 주변에 떼거지로 몰려다니는 부류가 있다면 지방에서도 마찬가지다. 지방자치제가 정착단계에 있지만 아직도 떼거지 문화가 사라지지 않고 있다. 행사장에 가면 여럿이 무리를 지어 다니는 경우를 본다. 권력 앞에 기생하려는 눈치 빠른 사람도 있지만 상당수는 억지로 끌려 다니는 경우가 많아 보인다.

자기 자신에게 힘이 있다는 것을 과시하려는 인상도 남긴다. 그들에겐 겸손의 미덕은 없어 보인다. 그저 힘 있는 것을 즐기려는 모습뿐인 것 같다. 하지만 사람들은 이런 모습을 절대 좋아하지 않는다.

권위는 자신이 내세우는 것이 아니라 남이 인정할 때 빛이 난다. 내가 가지고 있는 힘을 외부로 표현하지 않고, 남 보다 부족한 모습으로 다가서면 그는 권위와 함께 존경함 마저 가질 수 있다.

그런 미학은 바로 겸손에서 나온다. 겸손해서 나쁠 것은 하나도 없다.

남보다 똑똑하고 잘난 척 하기 위해 나서는 인간이 얼마나 많은가. 바로 지적 허영심을 그대로 노출하는 바보보다 못한 천치다.

항상 자세를 숙이고, 나서는 것을 자제하고, 힘 있는 것을 절제하고, 떼거지 문화를 청산하고, 음지에서 일하는 진정한 사람이 존경받는다는 사실을 잊지 말아야 한다.

세상의 모든 사람들은 나보다 잘나고, 나보다 똑똑하고, 나보다 지혜로운 사고를 가졌다는 것을 알아야 한다. 그런 사실을 아는 사람만이 아침형 인간처럼 성공할 수 있을 것 같다.

나는 이러한 문화를 싫어하기 때문에 시장이 되어서도 늘 필요한 인원만 대동했다. 행사장을 가더라도 담당 과장이나 실무자만 대동하고, 불필요하게 많은 직원을 동원하는 일은 없었다. 그래서 일부에서는 시장 주변에 사람이 없다는 말도 들었다.

난 행사장에 직원들을 많이 대동하는 것을 아주 싫어했다. 시장의 권위를 과시하는 것은 많은 직원을 대동하고 '폼 잡는 일'이 아니기 때문이다. 원칙을 가지고 흔들림 없이 일하는 것이야 말로 시장이 할 일이다.

과거 평범한 시민으로 생활할 때 그런 모습들이 너무 싫었기 때문에 내가 시장이 되어서는 절대 하지 말아야겠다는 생각이었다. 지금도 그렇고, 앞으로도 그렇게 할 것이다.

떼로 몰려다니는 패거리 문화를 내려놓고 '우리 마누라, 우리 신랑'이 친숙한 것처럼 우리라는 개념으로 더불어 사는 세상을 만들고 싶다.

자전거 타는 공무원

출세하려면 자전거를 잘 타야 한다는 말이 있다. 자전거를 잘 타려면 두 발로 페달을 힘껏 밟아야 하고, 고개는 연신 숙여야 한다. 그래야 속도가 나기 때문이다.

부하직원은 사정없이 누르고, 상사에게는 고개를 숙이며 아부를 잘하는 것을 마치 자전거 타는 모습에 비유한 말이다.

내가 속한 자치단체도 직원이 600여 명에 이르고 있다. 처음 취임 당시 과장의 이름도 모르고 얼굴도 모르는 사람이 있었지만, 역시 시간이 지나면서 개개인의 면면을 파악할 수 있게 됐다.

아부에 능한 사람, 일에 욕심이 많은 사람, 눈치 보며 요령껏 일하는 사람 등 보이지 않은 것 같으면서도 훤하게 보게 된다.

본인들은 모르겠지만 인사권자의 입자에서 보면 직원들 모두를 다 알 수 없지만 그래도 일하는 스타일이나 행동에서 보면 대체적으로 맞는 것 같다.

승진 속도도 자전거의 속도와 비슷하게 진행된다. 속도를 내면 낼수록 고속승진이 기다리고, 가끔은 미처 생각하지도 못했던 초고속 승진으로 주변을 놀라게 한다.

이 같은 모습은 일반 회사와 공무원 등 어느 조직사회에서나 쉽게 찾아볼 수 있다. 물론 일부 사람들에 국한된 얘기지만 조직의 질서와 화합을 저해하는 요소임에는 분명하다.

업무수행 능력과 탁월한 실력으로 발탁된 경우도 있지만 그렇지 못한 경우도 종종 있다. 실력보다는 배경이 중시되는 사회, 학벌과 혈연 지연이 지배하는 사회는 후진성을 면치 못한다.

지나친 충성심으로 소속 단체의 대표에게 잘 보이는 것도 개인의 능력이겠지만 무엇보다 중요한 것은 조직의 질서와 안정이다. 자발적으로 일할 수 있는 분위기와 마지못해 일하는 분위기는 사뭇 다르기 때문이다.

공직사회 일부에서 자전거를 잘 타는 공무원이 간혹 있다. 이들의 특징은 주민을 위한 행정이 아니라 단체장의 구미에 따라 일을 한다는 것이다.

소신 있는 정책은 뒤로 하고 다음 선거를 겨냥해 단체장의 입맛에 따라 움직인다. 다른 사람이 시장에 가면 목적 없이 따라 간다는 부화뇌동(附和雷同)과 다를 바 없다.

부화뇌동은 자신의 주체적인 의견과 객관적인 기준을 무시한 채 물질적인 이해관계에 따라 맹목적으로 추종하는 것을 의미한다.

공자는 이를 두고 소인배들의 행동이라 규정했다. 공직사회의 특성을 고려할 때 위민행정은 무시된 채 오직 자신의 입지에 얽매여 행정을 펼치는 일부 공직자들의 모습과 다를 바 없다.

부하 직원에게 비난을 받으면서 출세를 지향하는 사람들의 종말은 비참함 뿐이다. 현직에 있을 때 인사상 등의 보복이 두려워 부하 직원들이 침묵하고 있지만 현직을 떠나면 반드시 저주의 대상이 된다. 지금까지 그래왔던 일부 퇴직 공직자는 주변에 친구도 없이 쓸쓸하게 지내는 모습을 볼 수 있었다.

역대정부는 혁신이라는 말을 입버릇처럼 쓰고 있다. 혁신은 의식의 전환 없이 성공할 수 없다.

정부조직이 외형적으로 혁신됐다고 하지만 조직원의 의식은 구태를 벗어나지 못하고 있는 느낌이다. 대통령의 임기가 만료되는 것을 눈치 채고 대통령의 공약사업도 대충 때우고 넘기려는 공직자가 있는 한 혁신은 실패로 끝날 수 밖에 없다.

정치인도 문제지만 국가 정책을 입안하고 집행하는 공무원도 문제다. 대통령이 국정의 핵심과제로 추진하겠다는 지역간 균형발전과 지방분권은 대통령 혼자만의 생각으로 끝날 수 있다.

특정지역의 편중개발이 계속해서 문제점으로 지적되고, 소외지역 주민들의 의견은 공허한 메아리로 남아 있다.

소신 있게 일할 수 있는 분위기가 조성되지 않아 '자전거 타는 공무원' 은 중단되지 않고 있다.

끊임없이 제기되는 코드인사와 '내 사람 심기' 가 계속된다면 대한민국 은 어떻게 될 것인가. 개인이 지배하는 국가가 아닌 만큼 국민을 위한 정책 이 필요하다.

자치단체도 예외일 수 없다. 인사 때마다 조직의 질서를 무시하고 단체 장의 친분에 따라 승진의 우선순위가 가려진다면 썩은 조직이나 마찬가지 다. 또한 중간 간부들과 혈연 학연 등 개인적인 인맥에 따라 근무평정의 결 과가 나타나는 사례는 더 이상 없어야 하겠다.

인사를 앞두면 늘 공직사회가 술렁인다. 인재는 양성하고 인사는 발탁 하라는 말이 있다. 일할 수 있는 사람을 찾아 적재적소에 배치한다면 지역 발전은 자연스럽게 따라오는 것이다.

그리고 일할 수 있는 사람들이 소신 있게 일할 수 있도록 권한과 책임도 부여해야 한다. 최소한 공직사회 내부에서는 '자전거 타는 사람들' 이 승진 의 우선순위에 오르는 일은 없어야 겠다는 것이 나의 소신이다.

나는 취임 초기 인사 청탁을 너무 많이 받았다. 그러나 청탁을 받고 인 사를 하지 않았다. 1년이 지나면서 우리 직원들도 이러한 인사 스타일을 아 는 것 같았다.

청탁을 받으면 승진 순위에서 먼저 제외시키는 것이 나의 인사 스타일 이다. 완벽한 인사는 아니지만 적어도 외압에 의해서, 부적절한 인사는 하지 않았다고 생각한다.

　공직사회의 변화는 의식의 전환이다. 승진이 개인에게 있어서 너무나 중요한 일이지만, 소신을 가지고 열심히 일하는 사람에게는 반드시 좋은 결과가 따라 온다는 것을 잊지 말았으면 한다.

잔디밭의 비밀

또 한번의 명절 연휴도 지나갔다. 우리나라 최대 명절인 설과 추석은 모처럼 가족들이 모여 명절을 즐기는 아름다운 문화로 자리매김 하고 있다. 고향을 찾는다는 기대감도 많았지만 어려운 경제사정으로 마음 한구석 발길이 무거운 사람들도 많다.

국민 모두가 즐거운 명절을 보내야 하지만 길었던 연휴 만큼이나 한숨도 많이 나왔을 것이다. 고향을 찾으면 주로 정치와 관련된 대화를 많이 나눈다.

'2014년 지방선거에서는 누가 당선될 것인가. 누구는 자치단체장 감이고, 누구는 감이 아니다.' 서울에서 부산에서 또는 대구에서 광주에서…

대도시에서 근무하다 명절을 맞아 고향으로 내려온 친지 친구 등은 삼삼오오 모여서 술자리를 갖고 그동안의 안부와 자신의 자랑도 은근히 늘어놓는다.

정치와 관련된 대화가 나오면 남녀노소 구분 없이 각자의 주장을 내세운다. 정치인에 대한 평가는 토론자들의 학력 직업 남녀 상관없이 각자의 주장이 강하다.

정치는 살아 움직이는 생물이기 때문에 항상 예측불허의 변수로 작용한다. 때문에 전문가가 따로 없다. 현실정치에 대한 각자의 비판 섞인 목소리가 바로 현실이고 전문성을 띠고 있기 때문이다.

명절 때면 지역구 국회의원 대부분이 귀향활동을 한다. 매년 반복되는 일이지만 지역구 국회의원들은 지역의 민심을 파악해 자신은 물론 소속 정당의 정치활동에 반영하고 있다. 특히 일부는 지역의 민심을 중앙당에 보고해 정치적 정책적으로 활용하는 경우가 있다.

몇 년 전 새정부 출범 후 발표된 한 언론보도에 의하면 명절을 맞아 국회의원들이 지역민심을 파악한 결과 국민들의 상당수가 정치를 잘못하고 있다고 평가했다.

경제는 말할 것도 없다. 서민경제가 바닥을 치는 만큼 좋은 평가가 나올 수 없다. 중산층이 감소하고 빈곤층이 늘어나는 등 사회 양극화가 점점 심화되는 상황에서 경제정책을 좋게 평가한다는 것은 무리이다. 문제는 이러한 분석 뒤에 별다른 조치가 없다는 것이다.

국민에 의한 정치, 국민을 위한 정치, 국민의 정치를 하지 않고 여·야

모두 정권창출에만 목적이 있기 때문에 정치는 매번 '선거용 정치'로 전락하고 있다.

민심을 사기 위한 전시적인 정치문화가 사라지지 않는 한 우리나라의 정치는 발전할 수 없다. 일에 대한 평가, 정책정당에 대한 평가, 국민을 책임질 수 있는 정당에 대한 평가가 이루어져야 한다. 또한 정치인은 선거를 의식해 국민의 인기를 생각하지 말고 자신의 정치적 철학과 가치관으로 평가 받아야 한다.

물론 지도자적인 리더십과 자질론 등이 충분하게 검증돼야 하지만 일부 특정단체의 주도로 형성된 '반짝인기'로 인해 선거를 하는 정치문화는 이제 사라져야 한다.

국민이 원하는 정치를 하기 위해서는 국민이 원하는 것을 들어줘야 한다. 제도도 마찬가지로 국민편의 위주로 개선돼야 한다.

우리는 잔디밭에 들어가지 말라는 작은 표지판을 가끔씩 본다. '잔디밭 출입금지'라는 표지판이다. 잔디를 보호하기 위한 메시지이기도 하다.

과거 어느 대학교 강의실 앞에 잘 가꾸어 놓은 잔디밭이 있었다. 학생들은 말끔하게 단장해 놓은 인도로 통행하지 않고 항상 잔디밭을 가로질러 다녔다. 인도로 통행하면 시간이 걸리고 잔디밭을 가로 지르면 강의실에 빨리 갈 수 있기 때문이었다.

대학측은 표지판을 설치하다 못해 말뚝에다 '잔디밭 통행금지'라는 표찰을 달아 줄을 쳐 놓고 잔디밭 통행을 막았다. 하지만 이것도 얼마를 넘기지 못했다.

학생들은 줄을 잘라 잔디밭을 그대로 통행했고, 잔디밭은 아예 작은 오솔길이 됐다.

문제는 무엇일까? 대학측이 인도를 잘못 설치했다고 볼 수 있다. 학생들이 원하도록 편리한 곳에 길을 설치하지 않고 조경과 주변환경 등 대학측의 입장에서 인도를 설치했기 때문이다. 한마디로 잘 보호돼야 할 잔디밭에 아예 오솔길이 생긴 것이다.

당초 학생들이 편리하게 다닐 수 있는 곳에 잔디밭을 만들은 학교가 잘못이다. 대학측은 결국 잔디밭을 가로지르는 오솔길에 별도의 인도를 설치했다.

이 같은 사례를 볼 때 학교측의 잘못된 판단으로 예산낭비는 물론 학생들의 불편까지 초래하게 된 것이다. 잔디밭의 비밀이 바로 여기에 있다고 볼 수 있다.

정치도 마찬가지다. 국민이 원하는 길은 정치인이 만들어 줘야 한다. 국민들이 편하고 잘 살 수 있는 길을 만들어야 정치가 바로 선 나라기 될 수 있다.

우리나라 정치는 지금까지 그렇게 하지 못했기 때문에 아직도 후진성을 벗어나지 못한다는 말을 듣고 있다.

세계 10위권의 경제대국이라고 스스로 높이 평가하는 우리나라 정치인들이 한심할 뿐이다. 부패지수와 정치는 후진성을 벗어나지 못하고 있다는 평가가 만연돼 있다.

이젠 정치도 변해야 하고, 정치인도 변해야 한다. 정치를 위한 편리한 정치보다, 국민이 편리하게 살 수 있는 정치를 하길 기대해 본다. 정치가 바로 선 나라가 선진국이기 때문이다.

정오의 햇살

정오에 비치는 햇살은 그늘진 곳도 빠짐없이 비친다. 난 정치를 시작하면서 정오에 비치는 햇살처럼 따스한 정치를 하겠다는 생각을 했다.

늘 그늘지고 소외된 이웃과 함께 하는 사람. 바로 정치인의 덕목이 아닌가 싶다.

난 시골에서 태어났다. 어린 시절 소를 몰고 골짜기에 들어가 하루 종일 풀을 먹였다. 우리는 그런 행위를 '소 먹인다' 라고 했다.

내 나이 일곱 살 때다. 지금은 상상도 할 수 없는 일이다. 시골은 일손이 모자랐기 때문에 아이들은 소를 담당하는 목동이 됐다. 우리 집 소는 송아지를 포함해 보통 다섯 마리였다.

일곱 살 어린아이가 소 다섯 마리를 몰고 산속을 다닌다는 것은 쉬운 일이 아니다. 나의 목동생활은 초등학교 졸업 때 까지 이어졌다. 게다가 초등학교에 입학해서는 땔감용 나무를 구하러 다녔다. 땔감이 부족했기 때문에 집에는 늘 나무가 필요했다.

늦가을이나 초겨울이면 동네 아이들과 어울려 리어카에 나무를 한가득 실어 나르곤 했다. 하루에 한 리어카만 해도 적은 양은 아니다. 아이들은 오전 10시쯤 삼삼오오 모여 산에 간다. 오전 내내 나무를 잘라 리어카에 실으면 점심시간이 돌아온다.

아이들은 정오의 햇살이 가득한 양지 바른 곳에 모여 앉아 도시락으로 점심을 먹는다. 반찬은 그렇게 화려하지가 않다. 대부분 김치이다. 그러나 너무나 행복한 모습들이다.

각자 리어카에 나무를 가득 실어 놓고 땀 냄새가 채 가시기도 전에 먹는 점심은 잊을 수 없는 별미다. 그렇게 점심을 먹고 아이들은 나무를 가득 실은 리어카를 끌고 신작로를 달린다.

뽀얀 먼지가 맑은 겨울 하늘을 가른다. 아이들은 각자 집에 도착해 나무를 울타리 가장 자리에 쌓아 놓고 다시 모여 놀이를 한다. 정오의 햇살은 아이들의 얼굴에 한 점 어긋남 없이 골고루 비치는 하루다.

나는 어린 시절 아이들과 어울려 그렇게 보냈다. 내가 어른이 되어 어린 시절을 기억하는 것은 좋은 추억이 많기 때문이다. 그만큼 우리는 순수했고 세상 근심이 없었다.

비록 도시인들처럼 연탄이나 기름보일러를 편하게 사용하지는 않았지만 아이들은 행복했다. 가난해서 난방을 나무에 의존 했지만 부러울 게 없었던 시절이었다.

세월이 변해 사는 것이 많이 윤택해졌다. 굳이 매운 연기로 아궁이에 불을 지피지 않아도 되는 시대다. 방안에 있는 버턴 하나면 따뜻한 겨울을 보낼 수 있게 됐다. 그러나 사람들이 사는 모습은 많이 척박해 졌다.

순수함과 따뜻한 사랑은 찾아보기 힘든 세상이 됐다. 국가와 지역 집단 개인과의 충돌로 매일 매일 험난한 세상에 우리는 살고 있다. 무엇이 우리를 이렇게 만들었는지는 모른다.

순수하게 성장하면서 얻었던 행복은 사라지고 치열한 경쟁 사회 속에 존재하는 속물이 되어 간다.

이른 새벽부터 사람들을 만나고, 온갖 시비에도 흔들림 없이 초지일관으로 밀어부쳤던 그 신선한 가슴. 오늘은 장맛비가 걷히고 모처럼 햇살이 비친다.

어제는 춘천에서 대학생 10여명이 산사태로 사망하고 서울과 경기 등 전국이 물 폭탄을 맞았다는 뉴스다. 우리 지역에도 많은 비가 내렸지만 피해는 없다. 세상이 어지럽다.

어린시절…

따뜻한 사랑과 거짓 없이 순수했던 가슴. 난 그 가슴으로 오늘 하루도 살고 싶다. 정오의 햇살처럼…

폭탄주

사회생활을 하다 보면 술자리가 많게 마련이다. 여기 저기 모임에 가면 빠지지 않는 것이 술이다.

대한민국 국민주(國民酒)라고 불리는 소주에서 조차 폭탄주가 성행한다. 폭탄주는 원래 양주에서 시작됐지만 IMF(국제통화기금) 이후 소주에다 맥주를 섞어 마시는 '소폭'이 유행하면서 온 국민의 사랑을 받고 있다.

취기가 어느 정도 오르면 어김없이 동반되는 것이 폭탄주다. 비싼 룸사롱이나 단란주점에 가지 않아도 흔히 할 수 있는 것이 소폭인 만큼 요즘은 남녀를 불문해 사랑을 받고 있다.

소주 폭탄주를 마시다가 문제를 일으킨 정치인은 아직 없다. 그러나 위스키에 맥주를 섞어 마시는 정부 고위층 인사와 정치인들은 간혹 문제를 일으킨다.

위스키가 독하기 때문에 취기도 빠르지만, 서민들이 쉽게 접할 수 없는 고급 술집을 편하게 다녀 문제도 쉽게 일어나는 것 같다.

폭탄주는 우리나라에서 시작됐다는 말이 있으나 원래는 미국에서 건너왔다. 미국 몬타나주의 아름다운 전원을 배경으로 한 영화 '흐르는 강물처럼(A River Runs Through It)'을 보면 주인공인 두 형제가 동네 마을의 바에서 폭탄주를 마시는 장면이 나온다.

실연한 형이 위스키 믹스를 주문하자 바텐더가 맥주잔에 위스키 잔을 퐁당 떨어뜨려 건네주는 장면이다. 또 다른 영화 '강철의 심장(Heart of the Steel)'에서도 제철공장의 노동자들이 노조파업과 공장 폐쇄 등의 과정을 거치면서 생활고와 시름을 달래기 위해 폭탄주를 마신다.

이러한 폭탄주가 1980년대 이후 우리나라의 정치인·법조계·경제관료·언론인·경영자 등 사회 각층의 엘리트 집단 전반에 걸쳐 광범위하게 확산되고 있다.

장관이나 국회의원 또 사회 저명인사들이 낙마하거나 망신당하는 사례가 발생하고 국무회의 석상에서 폭탄주 금지 문제가 거론되기도 했다.

내가 언론사 생활을 할 때 청와대 출입기자로 있던 한 선배로부터 폭탄주는 강원도 춘천에서 시작됐다는 말을 들었다.

우리나라에 양주가 조금씩 보급될 무렵인 1983년 쯤 춘천 지역의 검찰 경찰 언론 등 기관장들의 모임에서 폭탄주가 개발되었다는 것이다.

사실인지는 모르지만 법조계나 언론계에서 모두 인정하는 부분인 만큼 어느 정도 신뢰성이 가는 대목이다. 이러한 폭탄주가 법조계에 이어 군과 언론계에 전해진 것으로 추정된다.

폭탄주의 개발과 보급 시기는 국내산 양주가 본격적으로 등장한 1980년대 전후와 시점이 맞아 떨어진다. 경제 사정이 나아지기 시작하고 양주가 흔해지면서 맥주에 양주를 혼합해서 마시게 된 것이다.

그렇다면 왜 폭탄주라고 붙여진 것일까. 이유는 여러 가지가 있으나 우선 맥주는 폭약으로 하고, 위스키는 뇌관을 의미하기 때문이다. 모든 폭발물에 뇌관이 없는 폭탄은 없다. 바로 작은 양주잔이 뇌관 역할을 하기 때문에 폭탄주라 붙여진 것 같다.

미국 영화에서도 폭탄주를 제조해서 마셨지만 그것을 '폭탄주' 라고 부르지는 않았다. 폭탄주는 우리나라에서 처음 붙여진 이름이다.

뇌관과 폭약의 의미도 있지만 빨리 취하기 때문에 붙여졌다는 의미도 있다. 또한 폭탄주는 맥주를 가득 담은 컵에 위스키 잔을 떨어뜨려 맥주거품이 튀어 오르는 형태가 마치 히로시마에 투하된 원자폭탄과 같다고 해서 붙여졌다는 설도 있다.

폭탄주는 요즘 다양한 이름으로 확산되고 있다. 위스키와 맥주를 혼합하는 정통 폭탄주뿐만 아니라 소주와 맥주, 소주와 막걸리, 소주와 음료수, 과일즙 등 제조하는 사람의 생각에 따라 천차만별로 생겨난다. 1980년대 대학가에서는 소주에 콜라 주스 등을 섞어 마시기도 했다.

폭탄주의 기본은 맥주를 채운 잔에 양주 한 잔을 떨어뜨려 단번에 마시는 원자폭탄주가 있다. 반면에 수소 폭탄주는 원자폭탄과 반대로 맥주 컵에 양주를 따르고 작은 잔에 맥주를 넣어 섞는 방법이다.

소주에 양파를 섞어서 마시는 술도 있다. 일명 '양주'라고 불리며 강원도내 모 자치단체장이 즐겨 마시는 술이다.

테러주는 9·11 미국 뉴욕의 세계무역센터 쌍둥이 빌딩이 무너진 것처럼 폭탄주 2잔을 나란히 놓은 뒤 그 위에 탑처럼 또 다른 폭탄주 1잔을 올려 놓은 다음 떨어뜨려 섞는다.

난지도주는 모든 쓰레기가 모이는 서울 난지도에서 따온 명칭으로 테이블 위에 놓여 있는 각종 음료수와 안주 등을 섞어서 만든다.

충성주는 맥주잔에 젓가락 두개를 걸치고 그 위에 양주잔을 놓는다. 이후 테이블에 머리를 대고 '충성'을 외치면 양주잔이 떨어져 맥주와 양주가 혼합된다. 이는 신입사원 환영회에서 많이 쓰인다.

타이타닉주는 맥주를 따른 잔에 빈 소주잔을 띄워 소주잔이 가라앉을 때까지 양주를 따르는 것을 말한다.

흡혈귀주는 붉은 포도주를 맥주잔에 부은 뒤 양주를 넣어 마신다. 마시고 나면 입기에 포도주가 흘러내려 마치 흡혈귀와 같다고 해서 붙어진 것이다.

금테주는 맥주잔에 맥주를 거품 없이 일정량 따른 후 냅킨을 깔고 그 위로 양주를 붓는다. 맥주와 양주의 구별이 금테 갔다고 해서 붙여진 이름이다.

수류탄주는 맥주 캔의 앞 부분을 자른 뒤 맥주를 조금 따르고 양주를 부어 가득 채운 것을 말한다. 맥주 캔을 다 마신 후 빈 캔을 천장에 '투척'한다고 해서 '수류탄주' 라고 한다. 군 내부에서 가끔 마시는 폭탄주로 나도 한번 마셔본 적이 있다.

회오리주는 양주 한잔을 맥주컵에 따르고 나머지는 맥주로 채운 다음 휴지 몇 장을 덮고 손바닥으로 윗 부분을 막은 후 원형으로 돌리면 잔 안에서 회오리 폭풍이 솟구친다고 해서 붙여진 이름이다.

성화 봉송주는 폭탄주 제조자가 빈 맥주병을 거꾸로 뒤집어 성화처럼 폭탄주를 올려서 마실 사람에게 전달하는 것을 말한다. 순번이 된 사람이 술을 마시고 제조자에게 다시 돌아올 때까지 원래 상태를 유지해야 한다. 병에서 술잔이 떨어지면 벌칙이 따른다.

황우석주도 있다. 황우석 줄기세포 파문을 전후해 새롭게 생겨난 신생 폭탄주로 줄기세포 연구논문이 알맹이 없는 조작으로 드러난 것을 빗대 뇌관을 맥주 대신 '맹물' 로 채워 폭약에 장전시킨다.

결혼식 피로연에서 많이 등장하는 신발주는 신랑구두에 맥주 소주 양주를 넣어 제조하는 방법이고, 도시락에 양주와 소주 맥주를 섞어 마시는 도시락 폭탄주도 있다. 폭탄주는 이렇게 만드는 방법에 따라 종류도 많고 이름도 각양각색이다.

폭탄주를 제조하는 방법에도 원칙이 있다고 한다. 절대 비싼 양주로는 폭탄주를 만들면 안 된다는 것이다. 30년 된 위스키로 폭탄주를 만든다는 것은 어쩌면 아깝다는 생각이 들 것이다.

애주가들은 비싼 양주를 다른 술과 섞어 마시는 것은 그 술에 대한 모독이라고 한다. 두 번째는 마시길 원하지 않는 사람에게는 절대 권하지 말아야 한다. 애주가의 기본적인 매너이기 때문이다.

사람들은 과연 폭탄주의 도수는 얼마나 될까하고 궁금해 한다. 보통 맥주는 4~5도 정도 한다. 양주는 40~45도 정도이다. 둘을 섞으면 보통 10도 안팎이 된다고 한다.

청주와 백세주가 12~13도 정도임을 감안하면 낮은 수치다. 소주와 맥주를 섞으면 알코올 도수는 9도 정도 된다.

알코올 도수가 1.5도 되는 막걸리도 있다. 내가 근무하는 사무실의 노조 지부장이 전라도 전주에 출장을 갔다가 사 온 막걸리인데, 알코올 도수가 1.5도였다. 마셔보니 말 그대로 음료수 같았다.

폭탄주는 취하는 속도가 매우 빠르다. 맥주에 포함된 탄산가스가 위에서 높은 도수의 양주를 빠르게 흡수하도록 만들기 때문이다. 그만큼 과음의 위험성이 있다.

하지만 애주가들 사이에서는 폭탄주의 장점도 늘어놓는다. 그들은 폭탄주가 경제적이라고 말한다.

우리나라에서는 회식을 할 경우 보통 상급자나 식사에 초대한 사람이 비용을 부담하는 것이 관례처럼 굳어져 있다.

회식이 잦을 경우 누구든 비용이 부담되기는 마찬가지다. 이럴 때 폭탄주는 효과를 볼 수 있다. 폭탄주를 돌리면 술자리가 빨리 끝날 뿐 아니라 안주 비용도 절약되기 때문이다. 건강에도 좋다고 한다.

1999년 대검의 한 공안부장은 국회 청문회에서 "왜 폭탄주를 마시는가" 라는 국회의원의 질문에 "양주가 너무 독해서"라고 답했다. 실제로 알코올 도수 40도 이상의 독한 술을 그대로 마실 경우 식도를 지나치게 자극해 염증을 유발하는 경우가 적지 않은 것으로 알려져 있다. 폭탄주는 이런 위험으로부터 벗어나게 해주는 셈이다. 그리고 공평한 것도 장점이다.

보통 회식자리에서는 상급자에게 술잔이 몰리는 경우가 많다. 술을 못하는 상급자 입장에서는 여간 부담스러운 게 아니다. 적어도 이런 상급자에게는 지위 고하를 막론하고 모두에게 공평하게 돌아가는 폭탄주만큼 민주적인 것은 없다는 것이다.

폭탄주는 단합을 유도하기도 한다. 여러 사람이 모이는 회식자리는 산만해지고 소란해지기 쉽다. 이럴 때 폭탄주를 제조하면 참석자들의 시선이 집중되면서 자연스레 개인적인 대화도 줄어든다. 그리고 폭탄주를 마신 뒤 잔을 흔들어 소리를 내면 모두 박수를 치면서 모임 전체의 단합된 분위기를 유도할 수 있다.

기념의 의미도 담을 수 있다. 정부 부처 간 또는 기업 간 회합을 하거나 어떤 일을 두고 협상이 타결됐을 경우 기념 또는 축하의 의미에서 폭탄주를 마실 수 있다. 또 간혹 직장 내 인간관계 속에서 발생하는 대립과 불화를 푸는 데도 폭탄주는 유용하다는 것이다.

약자를 보호한다는 측면도 있다. 업무상 접대를 하는 사람은 약자의 처지에서 상대방보다 많은 술을 마시게 될 수밖에 없다. 이럴 때 폭탄주는 좋은 방어수단이 된다.

폭탄주는 또한 강한 이미지를 남길 수 있다. 술자리는 간혹 상대방을 테스트하는 자리가 되기도 한다. 특히 폭탄주 대결은 의지와 담력 체력 싸움이다. 우리 사회에서는 폭탄주 대결에서 이길 경우 비즈니스뿐만 아니라 대내외 관계도 잘 풀리는 경향이 있다. 강한 이미지가 인간관계에서 어느 정도 도움이 되기 때문이다. 그러나 술 대결은 반드시 자제해야 한다.

엔터테인먼트 역할도 한다. 폭탄주를 제조하는 방법은 수십 가지가 있다. 그 과정을 함께 즐기면 하나의 놀이이자 오락이 된다. 그리고 분위기 메이커도 된다는 것이다.

회식자리라도 가끔 썰렁할 때가 있다. 주고받을 만한 마땅한 대화 주제가 없는 경우나 서로 불편한 관계에 있는 사람끼리 동석했을 때 자주 나타나는 현상이다. 이럴 때 폭탄주는 대단한 효력을 발휘한다. 폭탄주는 썰렁한 분위기를 살리기 위해 객쩍은 소리도 할 필요 없이 자연스레 분위기를 살려준다. 특히 진밀감을 높이는 데 폭탄주만한 수단을 찾기 힘들다.

폭탄주가 우리에게 좋고 나쁘다는 것은 판단하기 어렵다. 다만 과음은 백해무익 하다는 사실을 누구나 알 것이다. 폭탄주도 한 두 잔정도 친목도모와 분위기 상승을 위해 필요하겠지만 지나친 음주는 자제해야 한다.

또한 한 시대를 풍자하고 사회현상을 반영하는 제조방법도 좋지만 서민들이 쉽게 갈 수 없는 고급 술집에서 벌어지는 요란한 술자리는 자제하는 것이 좋을 듯 하다.

특히 고위 관료와 정치인이라면 더더욱 그렇다. 술은 우리사회에서 필요악이다. 수위를 넘지 않으면 좋은 약이 될 수 있지만, 도를 넘으면 인간관계는 물론 개인의 건강에 치명적인 상처로 다가오기 때문이다.

건강한 음주문화가 정책되길 기대해 본다.

한복과 비키니

　도의원 당시 난 중국 북경에서 디너쇼를 관람할 기회가 있었다. 세계 각국의 의상을 착용한 중국 여인들의 모습은 아름다움 그 자체였다. 그 중에서도 단연 돋보이고 관심을 끄는 부분은 한복을 곱게 입은 중국 여성이다.

　한국 관광객을 위해 한복을 선보였겠지만 디너쇼 무대 중앙에 있는 모습은 한국인의 자긍심을 주기엔 충분했다. 더욱이 중국의 정치 경제 사회 문화의 중심지인 북경 한복판에서 한복을 입은 여성을 본다는 것은 흥미를 떠나 감동이었다.

　수많은 여성들이 세계 각국의 전통의상을 입은 채 피날레를 장식하고 있었지만 한복의 아름다움과는 비교가 되지 않았다. 순수함을 상징하는 하얀 바탕에 곱디고운 형형색색의 화려함은 은은하면서도 단연 눈에 띄었다.

　비키니를 입은 여성에게는 단순히 충동적으로 눈길이 가겠지만 한복과 비교할 수 없는 것이다. 한복의 아름다움이 바로 내면에 있다는 것을 충분히 느낄 수 있었다.

한복의 역사는 삼국시대부터 시작됐다. 한복의 흔적을 발견한 것은 고구려시대 왕과 귀족들의 무덤 속에 그려진 벽화에서이다. 고구려는 중국 당나라시대의 의상과 불교의 영향을 받았다. 그 후 한국의 왕과 몽골족 공주의 혼사로 중국 용안시대의 옷이 한국에 들어왔고 그것이 한복의 시초가 된 것으로 역사학자들은 보고 있다.

한복은 시대에 따라 저고리 길이, 소매통 넓이, 치마폭이 약간씩 달라질 뿐 큰 변화는 없었다. 한복은 둥글고 조용해 한국의 얼을 담고 있다. 실크나 면 모시로 주로 만들어졌으며 고름의 색상이나 소매통 색상이 과거 여자들의 신분을 나타냈다.

한복의 특징은 우리나라의 아한대성 기후로 삼한사온이 계속되는 자연조건과 북방유목민 계통의 문화요소가 결합되어 있다. 그래서 속옷부터 겉옷인 두루마기에 이르기까지 몸을 싸는 형식이다. 또 저고리와 바지가 떨어져 있고 앞이 트여 있는 활동적인 옷이다.

과거의 한복은 나이, 사회적 지위, 계절에 따라 색상에 변화를 줬지만, 요즘 옷의 모양은 산골의 아낙이나 대통령부인 모두 똑같다.

얼마 전 박근혜 대통령이 미국과 중국을 방문해 한복을 입었다. 그 모습을 본 많은 사람들은 참 아름답다는 생각을 했을 것이다.

우리나라 한복 제작업체는 전국적으로 5만개를 넘는다고 한다. 그만큼 한복은 우리에게 편리하게, 때로는 예의를 갖춘 우리 고유의 의상임에는 틀림없다.

그렇다면 비키니는 어떨까. 비키니의 역사는 불과 70여년에 불과하다. 1946년 프랑스의 디자이너가 초소형 수영복을 개발해 '아톰'이라고 불렀다. 이에 라이벌 디자이너가 개발한 것이 바로 '비키니' 수영복이다.

수영복 개발 경쟁에서 태동한 비키니는 결국 여성의 알몸을 90%까지 노출시키는 상황에 이르게 된다. 비키니 수영복이 나오기 전까지 유럽이나 미국에서의 수영복은 발목까지 가리는 치마였다고 한다. 다리를 노출시킨다는 것은 외설이었다.

영국의 경우 피아노의 다리마저도 양말을 신겼으며 숙녀 앞에 닭다리를 내놓는 것도 큰 실례였다. 하지만 1946년 7월 5일. 파리 모리토르 수영장에서 열린 수영복 대회는 완전히 파격적이었다.

모델이 남자 손수건 절반만한 크기의 천으로 가슴과 아래를 가리고 나온 것이다. 아무리 수영복이라도 배꼽과 허벅지가 나온다는 것은 상상할 수 없는 일이었다.

그러나 이 같은 파격 의상에도 불구하고 당시에는 아무도 비키니 수영복을 입으려 하지 않았다. 심지어 모델들도 꺼려했다고 한다. 로마의 바티칸은 '부도덕'하다고 비난했고 이탈리아 스페인 포르투갈은 법으로 비키니를 입는 것을 금지시켰다.

소련은 '퇴폐적 자본주의의 또 다른 샘플'이라고 매도했다. 하지만 비키

 이장님 아들

니를 만든 레아드는 곧 상표로 등록했다. 등록 초기에는 별 재미를 보지 못했다고 한다. 극소수 육체파 여배우를 제외하면 입으려는 여자가 거의 없었기 때문이다.

이후 영국 여배우 다이애나 도어스가 1955년 베니스 영화제에 밍크로 만든 비키니를 입고 나타났고, 프랑스 여배우 브리지트 바르도가 '신은 여자를 창조했다'에서 비키니를 입고 나와 화제가 될 정도였다.

그러나 분위기는 1960년대 들어 바뀌기 시작했다. 1960년 브라이언 헤이랜드가 비키니를 주제로 부른 노래가 히트 치며 히피문화가 젊은이들 사이에 퍼져 비키니 수영복 또한 대중화되기 시작했다.

일부 패션 저널리스트들은 비키니를 가르켜 '여성 해방의 상징'이라 주장했다. 비키니의 인기와 여성의 노출은 시간이 지날수록 대담해 지면서 이제는 보편화 됐다.

우리나라에는 1961년에 (주)한국샤크라인의 전신인 백화사가 상어표 수영복이란 브랜드로 수영복 시장을 열었다.

한복과 비키니는 분명 문화적 치이기 있다. 화려하먼서노 내면이 아름다운 한복은 한국인 고유의 혼이 담겨져 있다.

정치도 마찬가지다. 내면이 아름다워야 화려함의 가치를 인정받을 수 있기 때문이다. 비키니는 단순히 충동적이며 외형적인 아름다움에 치중한다고 볼 수 있다.

얼마나 많이 노출시키느냐, 각선미가 얼마나 많이 아름답냐에 따라서 비키니의 가치는 높게 평가된다. 좀 더 솔직하게 표현하면 비키니의 가치는 수영복이 아니라 사람을 평가하는 것이다.

하지만 한복은 다르다. 외형적인 화려함도 중요하지만 내면에 나타나는 은은함과 부드러움은 진실함 그 자체이다. 사람들은 남들에게 잘 보이기 위해 달콤한 말들을 많이 하고 있다. 내면의 아름다움은 뒤로 한 채 오로지 인기에만 치중하는 행태는 이제 사라져야 한다.

비키니와 같은 외형적 아름다움 보다 한복에서 나타나는 내면의 아름다움을 가진 사람이 진정으로 존경받는 사람일 것이다. 그래야 아름다운 사람들이 사는 행복한 대한민국이 될 것이기 때문이다.

이렇게
아름

3장 Culture & Human

18번 곡

노래방은 우리나라 서민들의 대표적인 놀이공간이다. 성인은 물론 초등학생들도 노래방을 즐겨 찾는다.

노래방에서는 사람들의 성격을 알 수 있다고 한다. 고스톱을 쳐 보면 성격을 알 수 있듯이 노래방에서도 성격을 알 수 있다는 것이다. 어떤 이는 노래욕심이 많아 주변 사람 신경 쓰지 않고 혼자서 마이크를 독차지 한다. 또 어떤 사람은 부끄러워서 아예 노래를 하기 싫어한다.

반면에 남을 배려하는 사람은 한 사람이 한곡씩 부를 수 있도록 적절하게 시간을 조정한다.

특히 어떤 사람은 자신의 노래도 부족해 동료들의 노래에 끼어들어 남의 노래를 망치는 경우가 있다. 때문에 노래방 마이크는 한개만 있어야 된다는 웃지 못 할 얘기도 있다.

노래방에서 성격을 알 수 있다는 말이 바로 마이크 잡는 시간에 비례하는 것이 아닐까 싶다.

노래방 마이크는 무선 마이크와 유선 마이크가 있다. 시설이 좀 좋은 곳에는 무선 마이크를 사용한다. 마이크 가격이 몇 만원 대에서 몇 백만원 대까지 있지만 무선마이크가 훨씬 편리한 것은 사실이다. 하지만 무선 마이크나 유선 마이크나 자기 목소리를 들을 수 있다는 것은 똑 같다.

노래방은 스피커를 마주하고 있기 때문에 자기가 자기 목소리를 들을 수 있지만 무대에서 마이크를 잡으면 자기 목소리를 들을 수 없다.

무대에 설치된 스피커는 등지고 있기 때문에 박자와 감정들이 이상해질 수 있다. 그래서 노래방에서 노래를 하는 사람들의 경우 약간은 음정이 틀릴 수 있지만 그래도 끝까지 잘 소화한다. 스크린에서 나오는 노래 가사도 한 몫 하기 때문이다.

우리나라에 노래방이 들어온 것은 아마도 1980년대인 것 같다. 내 기억으로는 대학 때 처음 노래방을 간 기억이 난다. 학교 주변에 노래방이라는 간판이 걸려 있었지만 쉽게 가보지 못했다. 그러다가 친구의 친척들과 함께 노래방이라는 곳을 처음 가 봤다.

노래방은 일본에서 가라오케라고 하는 신종산업에서 변질된 것이다. 한국에서는 부산에 상륙해 전국으로 번졌으며 현재는 일본보다 시설이 더 발달되어 있다.

일본 관광객들이 한국에 오면 노래방을 찾고, 얼마 전 TV에서 미국 중심가인 뉴욕의 맨하탄에서도 한국의 노래방이 유행이라고 했다. 최근에는 중국에서도 노래방 문화가 퍼지고 있는데, 아마도 한국식 노래방 문화가 세계화 되어 가는 느낌이라 기분이 나쁘진 않다.

노래방 기계는 1976년 일본 오사카의 한 주점에서 발명됐다. 당시 어느 음식점 사장의 노래 반주를 녹음해 준 것이 노래방 기계의 원조이다. 처음에는 반주 테입을 하나하나 갈아 줘야 했는데 지금은 기술이 발달되어 기계에 많은 곡들을 입력해 놓고 번호만 누르면 된다.

노래방에 가면 반드시 18번곡이 있다. 일명 애창곡이라고 하는데 사람들은 18번곡이라고 한다. 그러나 18번곡이 왜 생겨났는지는 거의 모른다. 1번도 아니고 왜 하필이면 18번이라고 하는지 이해할 수 없는 일이다. 그러나 자세히 살펴보면 18번도 일본에서 시작된 말이다.

일본에는 대중 연극인 가부키의 인기가 대단하다. 과거 일본에서는 여러 개의 장(場)으로 구성되어 있는 가부키 중에서 우수한 가부키 18개를 모아서 특별 공연했다. 워낙 많은 장으로 구성돼 있어서 보는 사람들이 피곤할 정도였기에 우수한 작품을 추려낸 것이다.

18가지 작품 중에 18번째 가부키가 가장 재미있었다고 해서 18번이라는 말이 생겨났다.

우리나라에서는 가장 좋아하는 애창곡으로 쓰이고 있다. 노래방에서는 일본말이 아직도 성행하는 경우가 있다. 술을 마시고 예의 없이 노래하는 것을 곤조라고 한다. 곤조는 일본말로 좋지 않은 성격이나 마음 근성 등을 가리킨다.

난 가끔씩 노래방을 간다. 노래방은 대부분 2차로 간다. 처음부터 노래방에 가는 사람은 학생들을 제외하고 거의 없다. 도의원 시절에는 가끔 가는 편이었으나, 지금은 1년에 한 두 번 정도 찾는다.

1차로 저녁식사와 함께 술을 한잔씩 하고 노래방을 찾는다. 어떤 노래방은 맥주도 판다. 식품위생법에 대해 잘은 모르지만 술을 팔 수 있는 허가를 받고 영업은 노래방을 하는 것 같다.

서민들의 입장에서는 술도 싸게 마실 수 있고 노래도 할 수 있어 큰 부담이 없어서 좋다. 그런 노래방에 가다보면 맥주를 한 두잔씩 한다. 취기가 오르면 마이크 잡는 사람이 점점 많아진다.

스크린 위에는 노래제목을 찾아 입력한 숫자들로 가득하다. 시간이 지나면 지쳐서 숫자가 줄어들지만 취기가 오르면 주체할 수 없을 정도다.

노래방 마이크는 쉼 없이 돌아간다. 마이크 줄이 꼬이고 떨어지고 난리다. 그래도 흥은 끝나지 않는다. 바로 마이크가 우리에게 주는 또 하나의 선물인 것이다.

그러나 그 선물을 과하게 욕심을 내서는 안 된다. 마이크도 남에게 배려하면서 함께 공유하는 것이 필요하다. 노래방 뿐 만 아니라 사회생활에서도 마찬가지다. 특별한 사람을 위해 존재하는 마이크가 아니라 서민들이 함께 웃고 이용할 수 있는 대중의 마이크가 돼야 한다. 노래방 마이크에서 찾을 수 있는 또 하나의 교훈이다.

나이야 가라

술과 관련된 추억은 누구나 간직하고 있을 것이다. 몇 년 전 국회 본회의장에서 열린 대정부 질문에서 국회의원과 국무총리가 재미난 대화를 나누었다.

당시 한나라당 소속 한 국회의원이 우리나라 중소기업의 현실을 지적하며 국무총리에게 "9988이 무슨 뜻인지 아느냐."고 물었다. 총리는 "99세까지 팔팔하게 살자는 뜻이 아니냐."고 답했고, 이어 "8899가 되어서는 안 된다."고 했다. "88세까지 구질구질하게 살아서는 안 된다는 의미"라고 덧붙였다.

하지만 국회의원이 질문하는 9988은 다른 의미였다. 우리나라 제조업 가운데 중소기업이 차지하는 비중이 99%이고, 근로자 가운데 중소기업에 종사하는 사람이 88%라는 것이었다.

총리의 답변은 본회의장을 웃음바다로 만들었지만 고령화 시대를 대변하는 사회적 현상을 반영했다고 볼 수 있다.

술은 인류 역사와 함께 해 왔다. 나는 13년 넘게 언론인의 길을 걸으면서 많은 술자리에 참석했다. 특히 정치에 입문한 이후 도의원 시장 등을 하면서 술자리도 많아져 독특한 음주문화를 보고 들을 기회가 있었다. 그중에 건배제의는 어느 자리에 가도 빠지지 않는다.

최근 퇴직 공무원 모임에 참석해 재미난 건배제의를 볼 수 있었다. 모임 회장이 건배를 제의하면서 "나이야"를 선창하니 참석자들은 모두 "가라"를 외쳤다. 한마디로 "나이야 가라"이다. 나이에 상관하지 않고 건강하게 오랫동안 잘 살자는 의미가 담긴 것이다.

건배제의와 관련해서는 여러 가지가 많다. 진하고 달콤한 내일을 위하여 라는 뜻으로 "진달래"가 있다. 구구팔팔(9988)은 나이가 들더라도 건강하게 활기차게 살아가자는 의미의 건배제의다. 당신과 나의 귀한 만남을 위하여 라는 의미로 "당나귀"를 사용하기도 한다. 나라를 위하여, 가정을 위하여, 자신을 위하여 라는 뜻으로 "나가자"를 사용한다.

군대와 조직사회에서는 계(개)급장 떼고, 나이는 잊고, Relax & Refresh 하자는 뜻으로 "개나리"라는 건배제의도 있다.

과거에 가장 많이 쓰인 건배의 말은 위하여 이다. 때로는 브라보도 사용했지만 시대가 변하면서 쨍, 곤드레, 뭉치자, 원샷 등은 술자리에서 흔히 들을 수 있었다.

내가 대학에 다닐 때인 1980년대에는 말 그대로 군사정권 시절이었다.

운동권 학생들에게는 특수한 의미지만 "시발조통"을 외쳤다. 시국의 발전과 조국통일을 위하여 라는 말을 줄인 것이다. 일부에서는 조국의 통일과 세계평화를 위한 의미로 "조통세평"을 외치기도 했다. 좀 비속한 어감을 주기도 하지만 개인과 나라의 발전을 위하여 라는 의미로 "개나발"을 사용하기도 했다.

술자리에서 건배 구호를 외치는 것은 어느 나라나 마찬가지이다. 북한은 점점 살기가 어려워서인지 "축배"가 건배용어로 자리 잡았다가 요즘엔 잔을 비우자는 뜻으로 "쭉~~"이 쓰인다고 한다.

미국이나 영국에서는 치어스를 쓰고 일본에서는 간빠이를 외친다. 중국은 칸페이를 쓰고, 프랑스에서는 아보뜨르쌍떼, 캐나다는 토스트, 러시아는 스하로쇼네를 써서 술좌석의 흥을 달군다.

술과 관련해 독특한 법을 적용하는 나라도 많다. 아프리카의 잔지바르라는 나라에서는 1977년부터 음주허가증이 없으면 술을 마실 수 없다. 음주허가증이 있어야 술을 마실 수 있다.

또한 허가증의 등급에 따라 음주량을 제한하고 있으며 허가증의 유효기간도 1년으로 정해져 있다.

나도 얼마 전 술자리에서 '소맥 자격증' 소지자를 직접 봤다. 국내 한 주류회사가 홍보용으로 발행한 자격증은 민간차원이지만 독특하게 제작돼 술자리에서 또 다른 웃음과 신비함을 선사했다.

유럽의 아일랜드는 만취자를 감금했다가 이튿날 1파운드를 벌금으로 징수한다. 스웨덴은 거리에서 취하면 깰 때가지 구류이고 벌금은 10달러 이상 낸다. 러시아는 취한 채 걸으면 특별보호소에 끌려가고 행패를 부리면 유치장에 집어넣는다.

인도는 음주운전자로 적발이 되면 집에서 5~6시간 걸리는 곳에 혼자 떨궈 놓고 집까지 걸어가는지 아닌지 경찰이 감시 한다.

미국의 음주문화는 함께 어울려 술을 마시더라도 서로 잔을 권하거나 2차를 가는 일이 거의 없다. 술값도 특정인이 사겠다고 선언하지 않는 한 각자 계산한다.

우리 국민들이 한 해 동안 마시는 술은 어느 정도나 될까. 국내 주류 소비량은 대표적인 주종만 봐도 소주가 9,305만 상자가 팔렸다.

맥주는 2억 400만 상자, 위스키는 353만 8,000 상자에 달했다. 병으로 환산하면 소주는 27억 9,150만병, 맥주 40억8,000만병, 위스키 6,369만병에 이르는 천문학적 규모다.

이를 만15세부터 64세까지 생산인구로 나눠보면 국민 1인당 연간 주류 소비량은 대략 소주 82병, 맥주 120병, 위스키 1.9병 정도이다. 전체 인구를 기준으로 해도 1인당 음주량은 소주 59병, 맥주 86병, 위스키 1.3병꼴로 나타나 세계 최고의 수준임을 알 수 있다.

여기에다 3조 4,000억원 규모로 추정되는 국내 주류 시장에서 10%가량을 점유한 약주, 매실주, 와인 등 기타 주류 소비량을 감안하면 우리 국민들의 음주 실태는 훨씬 심각한 상태이다.

의학계에서는 간의 알코올 분해 능력 등을 감안할 때 음주 후 다시 술을 마시기까지 최소한 3일의 회복기간을 갖도록 권고하고 있다. 이 권고대로 하려면 연간 술을 마실 수 있는 건강 음주일은 91일에 불과하다.

99세까지 88하게 살고, 나이야 가라를 외치지 말고 적당한 음주문화가 정착되도록 노력하는 것이 중요하다고 본다.

너와집

강원도 산골에 가면 너와집을 볼 수 있다. 사람이 거의 살지 않지만 우리나라 전통 가옥의 형태로 보존돼 있다.

최근에는 너와집을 이용해 민박을 운영하는 등 농촌지역 관광 상품으로 많은 인기를 끌고 있다. 너와집은 질 좋은 소나무를 널빤지로 만들어 지붕을 이은 집이다. 방안에서 하늘의 별을 바라볼 수 있을 만큼 널빤지 사이사이 틈이 많이 떠 있다.

나도 너와집에서 태어나 어린 시절 성장했기 때문에 너와집에 대해 너무나 잘 알고 있다. 너와집은 신기하게도 빗물이 거의 새지 않는다.

건조한 날에는 나무판이 말라 휘어지면서 공간이 생기지만 비가 오면 나무판이 축축해지면서 서로 달라붙기 때문이다. 너와집은 밭농사를 많이 하는 화전민들이 경상도와 호남지방처럼 짚을 구하기 어렵기에 근처의 산림에서 쉽게 구할 수 있는 적송과 전나무 등을 사용했다. 너와집의 내부공간은 방과 함께 부엌 마루 등으로 이뤄져 있다. 천장이 삿갓이기 때문에 굴뚝이나 구멍으로 미쳐 빠져나가지 못한 연기는 휩싸여서 나름대로의 독특한 경관을 이루게 된다.

너와집의 특징은 환기와 배연이 잘 되고 단열 효과도 커서 여름에는 자연히 집안이 시원하다. 겨울의 적설기에는 지붕에 눈이 덮이면 내부 온기가 밖으로 빠져나가지 못해 보온 효과도 크다.따라서 너와는 한서의 차가 심한 산지 기후에 알맞고 그 주변에서 손쉽게 얻을 수 있던 지붕 재료였다. 너와집은 개마고원을 중심으로 한 함경도와 평안도의 산간지역과 태백산맥을 중심으로 한 강원도 등 화전민이 많이 지었다. 우리나라 산간지역 화전민들의 가옥이 너와집이라고 보면 된다.

너와란 소나무 널빤지를 기와처럼 잘라 지붕을 얹은 것인데 크기는 약간 차이가 나지만 거의 비슷하다.너와를 기와처럼 지붕에 얹어 바람에 날아가지 못하도록 무거운 돌이나 통나무로 눌러놓기도 한다. 너와의 수명은 10~20년인데 이은 지 오래 되면 2~3년마다 낡은 너와를 새 것으로 갈아야 한다.특히 너와집은 방 부엌 외에 외양간이 내부에 있는 폐쇄구조가 특징이다.

산짐승으로부터 가축을 보호하고 긴 겨울에도 보온을 극대화할 수 있다. 이러한 폐쇄구조 속에서도 안방과 사랑방으로 내외공간을 마련하고 있으며, 마루 쪽에도 문을 내어 샛방처럼 침실구실도 겸하고 있다.

나는 어린 시절 샛방에서 생활했다. 아주 어려서는 할아버지가 거처하는 사랑방에서 생활했지만 성장하면서 샛방을 나와 동생의 공간으로 만들었다. 정지와 봉당 사이의 널벽에 구멍을 크게 내어 코클을 만들어 놓은 경우도 있다. 조명등 역할을 하는 코클은 각 방의 외벽과 부엌쪽 벽이 만나는 구석에 꾸며져 있다.

너와집은 방바닥에 누우면 하늘이 엿보이고, 불을 때면 연기가 펄펄 새나가는 틈새가 많아 우스워 보이지만 보온과 시원함이 과학적으로 잘 돼 있다.

너와를 만들 때는 반드시 톱이 아닌 도끼를 사용해야 한다. 톱을 사용하면 나무의 섬유질이 파괴돼 빗물이 새고 빗물길이 원활하지 않다고 한다.

우리나라 가옥의 형태를 보면 너와집 외에 굴피집 초가집 기와집 청석집 등이 있다. 굴피집은 너와집에서 파생된 것이다.

조선시대 말엽 관청에서 너와를 만들 소나무의 벌채를 금하자 너와 대신 굴피로 지붕을 잇게 됐다. 주로 떡갈나무에서 굴피를 만드는데 지붕을 이을 때는 너와지붕과 마찬가지 방법을 사용한다. 너와집이나 굴피집 모두 산간지역의 지형적 영향으로 인해 입구에서 보면 오른쪽으로 기울어지게 만는 것이 녹특하다. 즉 부엌과 외양간 화장실을 비스듬하게 해 오물이 화장실을 거쳐 거름더미로 빠져나가게 한 것이다.

그리고 초가집은 말 그대로 볏짚이나 밀짚 혹은 억센 줄기를 가진 풀을 사용해 덮은 집이다. 볏짚이 외부와의 온도 흐름을 차단하는 역할을 하기 때문에 지붕을 통해서는 외부의 어떠한 온도 변화에도 영향을 받지 않는다.

부의 상징으로 불리는 기와집은 양반가옥으로 통했다. 기와집은 왕궁이나 사찰에 있는 단청이 금지됐기 때문에 집 전체가 흰색과 회색 등 무채색에 가깝다. 청석집은 청석이라는 점판암으로 지붕을 이은 집이다. 점판암이라는 납작한 돌을 이용해 지붕을 이었기 때문에 일부에서는 돌기와집이라고 한다.

이밖에 귀틀집 등 지붕의 형태에 따라 여러 가지 유형의 집을 만들었으나 여름철 최고의 휴가는 아무래도 강원도에 분포돼 있는 너와집이 아닌가 싶다.

햇볕을 차단해 주는 너와지붕 아래 황토벽으로 만든 집에서 하루를 보내면 모든 근심이 사라지는 느낌이다. 여기에 강원도 산골에서 나는 감자와 옥수수 등을 곁들이면 최고의 여름 별미를 찾을 수 있다.

매년 여름이면 너와집을 찾는 사람들이 점점 늘어나고 있다. 이젠 가족과 함께 시원한 여름을 강원도 너와집에서 보내는 것도 또 다른 여름 추억이 될 것이다.

아버지

사람은 누구나 아버지에 대한 추억이 있다. 아버지는 시대에 따라 많은 문화적 변화를 가져왔다. 한 시대를 풍미했던 아버지상은 자식들에겐 좋은 추억으로 남아 있다.

과거 주막거리에서 술을 드시고, 노름판에서 며칠 동안 외박으로 해도 알게 모르게 용서되는 게 과거 우리시대의 아버지다.

어떤 아버지는 며칠 동안 밖에서 술을 드시고 집에 들어와 자식들을 때리고 가계 도구를 부수는 일도 있었다.

가전제품이 없었던 시대라서 주로 놋그릇을 밖으로 집어 던지는 게 가정폭력의 대부분이었다. 아버지의 술주정을 피해 여럿 아이들은 이웃집으로 피신하기도 했다.

그러나 아버지라는 이름으로 모두 용서됐다. 좋은 아버지라는 의미보다

가장이라는 자체가 권위였기 때문이다. 과거의 아버지들이 모두 그랬던 것은 아니다. 지금보다 더 인자하고 자상하신 아버지도 많았다.

난 아버지에 대한 추억이 그리 많지는 않다. 대학 1학년 때 돌아가셨기 때문이다. 아버지는 전기도 안 들어오는 산골에서 태어나셨다. 물론 나도 아버지가 태어난 곳에서 태어났으며 태어날 당시에 전기가 없었다.

아버지 세대들은 대부분 초등학교를 졸업하고 농삿일을 하거나 광산에 들어가 광부가 됐다. 하지만 아버지는 할머니의 열성적인 교육열 때문에 고등학교를 서울에서 다녔다. 탄광촌에서 중학교를 졸업하고 서울로 유학을 간 것이다.

할머니의 욕심은 아버지를 판·검사를 만드는데 있었다고 한다. 아버지는 고등학교 졸업 후 서울대 법대에 입학시험을 쳤으나 고배를 마셨다. 자식사랑이 남달랐던 할머니는 아버지를 다른 대학에 보내지 않고 오로지 서울대 법대에 보내기 위해 재수를 시켰다. 당시 옥수수와 감사농사를 짓던 산골에서 재수를 시킨다는 것은 쉬운 일이 아니었던 것 같다.

1년 동안 재수 끝에 아버지는 서울대 법대가 아니라 성균관대 경제학과로 진로를 바꿨다. 자동차를 타려면 30리나 되는 산길을 걸어야 했던 아버지는 그렇게 서울생활을 하신 것이다.

내가 태어날 무렵에는 신작로가 개설돼 미니버스가 다녔다. 또 가끔씩은 '제무시'라는 산판차도 다녔다. 산판차 운전사는 가끔씩 시골동네 처녀 누나들을 채어갔다. 동네 누나들이 산판차 운전기사 아저씨와 결혼했다는 애기를 간혹 들었다. 그만큼 당시의 운전기사는 시골처녀들에겐 선망의 대상이었다. 그리고 일부 동네 청년들은 운전을 배우기 위해 산판차 조수로 따라다녔다.

아버지는 고향으로 낙향해 평생 농사를 지었다. 마을 이장도 하고 새마을지도자에 농협일도 하셨다. 가끔씩 서울에서 기자생활을 하는 아버지 친구들은 우리 마을에 내려와 나를 대상으로 취재를 해 신문과 잡지에 내 주기도 했다. 주제는 산골소년이었다.

아버지는 동네사람 누구에게나 관대했다. 자식에 대한 사랑도 표현은 없었지만 자상했던 것 같다. 한번은 중학교 2학년 때 교복을 사 달라고 졸랐는데 결국 사주지 않았다. 사춘기라서 키가 부쩍 커 교복바지 끝자락이 노출돼 발목이 보일 정도로 짧아졌지만 아버지는 결국 교복을 사주지 않았던 것이다.

교복을 펴서 입어도 된다는 게 아버지 생각이었다. 대신 자전거를 사 주셨던 기억이 난다. 자전거는 우리 반에서도 몇 명 안 되는 귀중품이었다. 한 반에 70여명씩 공부하던 세대였지만 자전거는 겨우 5, 6명만 타고 다녔다.

아버지의 사랑은 한마디로 표현 없는 것이었다. 난 성장기를 거치는 동안 아버지한데 맞은 기억이 없다. 가끔씩 동화책과 어린이잡지를 사 주셨지만 중간에서 엄마가 대신 전달해 주셨다. 표현 없이 하는 아버지의 자식 사랑은 어른이 되서 알게 되었다.

내가 생각하는 우리시대의 아버지는 말없는 사랑이었다. 지금과 같이 자식들을 애지중지하며 품속에서 보살피는 아버지는 아니었던 것 같다.

요즘은 아버지를 아빠라 부른다. 40대가 되어가는 후배들도 아버지를 아빠라 부르는 것을 보면 좀 생소하게 느껴진다. 우리 아들들 시대에는 아버지라는 말이 없어진 것 같다.

근엄하면서도 가장의 권위를 말없이 보여줬던 아버지와는 전혀 다른 아빠의 모습에서 우리는 생활한다.

이젠 표현 없으면 자식사랑이 없다. 아이들이 학원에서 끝나는 밤늦은 시간에도 아빠는 아이들을 태우러 가야 한다. 물론 학원차가 있지만 학원에서 도서관으로 움직이는 아들을 태우는 것도 아빠의 생활이 됐다.

옛날 산길을 걸으면서 학교를 다녀야 했던 아버지 세대는 자식들을 위해 또다시 고생해야 한다. 그런 변화를 아들들은 알고 있을까.

대학 졸업 후에도 직장을 얻지 못해 아버지의 퇴직금으로 가게를 차리는 자식들을 간혹 본다. 그러나 결과는 성공보다 실패가 많다. 광산에서 피땀으로 고생한 아버지의 퇴직금까지 날린 아들들을 볼 때 어떤 생각이 들까.

자식이 필요 없다는 말이 여기서 나오는 것일까. 그렇지만 아버지는 당신의 퇴직금을 날린 아들을 원망하지 않는다. 오히려 13평 사택에서 생활하지만 항상 아들이 걱정이다. 올바른 직장을 잡아서 열심히 살아야 할 텐데… 결혼은 해야 할 텐데…

평생 자식들을 위해 헌신하고 퇴직금까지 아들에게 투자한다. 어떻게 보면 모든 것을 빼앗겼지만 그래도 자식에 대한 사랑은 변함이 없다.

아버지의 모습이 그리워진다. 지금은 땅 속에 계시는 아버지를 한번쯤 불러보고 싶다. 내가 이렇게 성장하고 이렇게 변한 모습을 한번쯤 보셨더

라면 얼마나 좋을까. 효도 한번 제대로 받지 못하고 돌아가신 아버지를 가
끔씩 떠 올리며 남몰래 불러본다. 아버지에 대한 사랑과 존경심은 어른이
되면서 더 깊어가는 것 같다.

야행성 인간

얼마 전 서점에 들러 오래전에 유행했던 책 한권을 샀다. 몇 년 전 TV프로그램에서 소개돼 유행을 탔던 '아침형 인간' 이라는 책이다. 당시 읽어보지 못했기 때문에 한번 읽어 볼 생각에 구입을 했다.

더 솔직히 말하면 요즘 봄철이라 몸도 나른하고, 술을 마시는 일도 많아져시 내 몸을 번회시키기 위한 목적이 더 강했던 것 같다.

간혹 아침에 일찍 일어나 상쾌한 공기를 마시면 그렇게 좋았던 기억이 있다. 그래서 아침형 인간을 읽어보고 나도 아침에 일찍 일어나는 습관을 길러야겠다는 욕심이 강했다. 그렇게 때문에 몇 년이나 지난 책을 아낌없이 구입할 수 있었다.

'아침형 인간' 은 한마디로 부지런 하라는 것이다. 제목이 좋아서 책을 샀지만 내용은 뻔 한 것이 아닐까 라는 생각이 든다. 아침형 인간은 제목만 봐도 부지런 하라는 메시지를 담고 있을 게 분명하기 때문이다. 책을 막상 구입해 놓고 매일 반복되는 술자리 때문에 쉽게 펼치지를 못했다.

며칠 전 책을 펼치면서 느낀 것은 기분이 썩 좋지 않았다. 저자가 일본 사람이었기 때문이다. 일본과 나는 특별한 감정이 없지만, 일본 사람과 일본은 왠지 거부감이 생기는 게 솔직한 나의 심정이다.

내가 독립군도 아니고, 그렇게 애국자도 아닌데 일본사람은 왠지 싫었다. 게다가 아침형 인간이라는 책을 쓴 사람도 사이쇼 히로시라는 일본인이었기 때문에 약간은 거부감이 갔다.

아침형 인간의 의미를 뻔히 알고 있는데, 무엇 때문에 글로서 표현했을까 하는 생각이 들었다.

한국과 일본이 축구 야구에 이어 피겨스케이팅에서 경쟁할 때 난 한국 팀과 김연아 선수를 열심히 응원했고, 일본팀과 일본사람에게만은 무조건 이겨야 한다는 생각을 가지고 있었다.

특히 야구를 좋아하는 나는 월드베이스볼클래식에서 한국 야구팀이 일본과 몇 차례 싸우는 경기를 단 한번도 놓치지 않고 시청했다. 일본은 무조건 이겨야 한다는 '극일주의자' 처럼 야구 경기에서는 이겨야 한다는 것이 나의 소신이다. 스포츠에선 무조건 일본을 이겨야 한다는 생각이 앞서고, 혹시 지더라도 한국이 못해서 진 게 아니라 심판 판정이 잘못돼서 졌다고 스스로 자평하는 게 나다.

이런 확고한 내 생각 앞에 일본 사람이 쓴 '아침형 인간' 이라는 책을 두고 읽을까 말까 하는 고민이 생기는 것은 당연한 일이다.

그러나 어떡하면 좋을까. 돈을 주고 산 책이니 읽을 수 밖에 없다. 아니 돈 보다는 내 체형의 변화를 위해 아침에 일찍 일어나는 비법이라도 찾기 위해 책을 펼치기 시작했다. 책을 열고 첫 페이지부터 읽어 나가면서 점점 흥미로움이 더해졌다.

인간은 원래 일출과 동시에 일어나고 일몰과 동시에 잠자리에 드는 생활을 해왔다. 그러나 지난 100년간 문명이 발달하여 밤 시간을 활용할 수 있게 됨에 따라 신체의 리듬이 깨졌다고 한다.

아침형 인간은 자연의 리듬에 따라 생활하게 되는 사람이다. 아침의 1시간은 낮의 3시간과 맞먹는다고 한다. 아침형 인간이 되기 위해 수면시간은 오후 11시부터 오전 5시로 정하는 게 좋다.

그리고 저녁에 할 일과 아침에 할 일을 구분해서 하는 것이 좋다. 아침 식사는 반드시 하라고 권장한다. 그러기 위해서는 야근이나 저녁 술자리를 가급적 피해야 한다. 일순간에 아침형 인간이 되려고 노력하기보다는 서서히 기상시간을 앞당기면서 아침햇빛을 많이 쪼이면 큰 무리 없이 생체리듬을 바꿀 수 있다.

특히 아침에는 집중력과 창의력이 높아져 적은 시간으로도 큰 효과를 얻을 수 있다.

그러나 자신의 절제나 큰 결심 없이 생체리듬을 바꾼다는 것은 쉽지 않다. 아침에 일찍 일어남으로 인해 잠자는 시간이 줄어든다면 오히려 건강을 해치는 요인으로 작용할 수 있다.

성공은 아침에 좌우되며 남보다 일찍 일어나 먼저 하루를 시작하는 사람들이 성공한다는 것은 경험적으로 학습된 부분이다.

기업 고위임원의 대부분은 아침형 인간이다. 건강하게 장수하는 사람일수록 기상시간이 빠르고 규칙적이다. 또한 미국에서는 좋은 승용차를 타는 사람일수록 출근이 빠르다는 통계가 보고되기도 했다.

이렇듯 일찍 깨어나 아침 시간을 잘 활용하면 원하는 것을 이룰 수 있다는 명제는 당연하고 평범한 것이지만 대부분의 현대인들은 실천에 옮기지 못한다.

가장 큰 이유는 야행성에 젖어 있기 때문이다. 야행성 생활은 인간의 자연스러운 생체 리듬을 거스른다. 인간의 신체는 지나간 수백만 년 동안 해가 지면 자고, 해가 뜨면 일어나는 것에 맞춰져있다. 현대 문명은 인류에게 밤을 선물한 것은 틀림없다. 그렇다고 인간의 신체 리듬이 밤을 극복한 것은 아니다. 그래서 야행성 생활은 사람의 정신과 육체를 황폐화시키고 아침을 빼앗아갔다.

지난해 국내 한 일간신문에서 인구대비 술 판매량과 소비량이 가장 많은 지역을 조사했다. 결과는 강원도 태백시가 단연 1위였다. 아직도 광부가 존재하고 광산촌의 흔적이 남아 있기 때문에 술 문화도 많이 발달돼 있다.

광산촌에 살고 있는 나 자신도 밤늦게 술을 마시는 경우가 많다. 지금은 거의 1차만 하고 집에 들어가는 편이지만, 도의원 시절엔 시간적 여유가 있어서 주민들과 종종 노래방에도 갔다. 때문에 아침형 인간과는 거리가 멀었다. 몽롱한 정신과 피로가 가시지 않은 몸으로 허둥대는 생활이 반복되는 경우가 많았다.

요즘은 6시쯤 일어나 3종류의 신문을 보고, TV 뉴스를 틀어 놓고 아침을 맞는다. 시장에 취임한 지 3년이 넘으면서 나 자신도 이젠 완전한 아침형 인간으로 변해 가는 것 같다.

"당신이 잠든 사이에 세상은 벌써 깨어 거침없이 달리고 있다."라는 말이 있다. 아침 해 먼저 받는 태백산에서, 나 자신부터 아침 해 먼저 받으며 하루하루를 맞이하고 싶다.

어머니

아이들은 울 때 엄마를 찾는다. 울면서 부르는 이름이 엄마다. "아빠"라면서 우는 아이는 거의 없다. 우리는 어렵고 위기상황에 몰렸을 때 엄마를 찾는다.

자신이 믿는 종교와 상관없이 하느님을 찾는 이유와 같다고 보면 될 것이다. 엄마의 존재가 그만큼 크다는 의미다. 그러나 우리는 어머니의 존재에 대해 가끔 잊고 산다. 어머니는 늘 우리 곁에 있고, 같이 숨쉬고, 가장 가까운 곳에서 생활하고 있기 때문이다.

우리는 옷을 입고, 밥을 먹고, 학교에 가고, 신발을 신고 사는 것을 잊고 산다. 바로 당연한 것이기 때문이다. 마찬가지로 어머니에 대한 존재도 당연하게 느끼면서 생활하고 있는 것이다.

아버지의 사랑이 보이지 않은 것이라면, 어머니의 사랑은 보이지 않으면서도 가장 가까이서 느낄 수 있는 것으로 생각된다.

노래 가사에도 '어머니 은혜'는 있지만 아버지 은혜는 없다. 어머니에 대한 사랑을 노래로 표현한 것이 어버이날 공식 노래가 됐다. 흔히 여자는 약해도 어머니는 강하다는 말이 있다. 모성애라는 말은 많이 사용하지만 부성애라는 말은 잘 안 쓴다.

옛날부터 우리나라는 남자의 경우 밖에서 돈을 벌고 여자는 안에서 살림을 하는 게 일반화 됐다.

불과 몇 십 년 전만해도 그렇게 하는 것이 당연했다. 그 당시 어머니는 아이들과 더 많이 같이 있고, 더 많이 챙겨줘야 가정에 평화가 온다고 생각했다. 여자는 살림을 해야 하고, 직장을 다녀도 결혼을 하면 회사를 그만두는 사례가 사회적 환경이었다.

그러나 세월이 지난 요즘의 어머니는 어떤가. 물론 자식사랑에 대한 숭고한 어머니의 마음은 그대로 가지고 있다. 하지만 일부에서는 자식에 대한 사랑보다 자신에 대한 사랑이 앞서고 있다는 것을 언론을 통해 종종 접한다.

어머니와 여자에 대한 관념적인 사고방식에서 벗어나 독특한 자기 캐릭터로 생활하는 사람들이 늘어나고 있다. 여성들의 출산 나이도 점차 많아지고, 자녀에 대한 사랑의 깊이도 점점 낮아진다는 것을 알 수 있다.

물질 만능주의가 빚어낸 또 하나의 산물이다. 돈이면 모두 해결할 수 있다는 얄팍한 계산이 자녀는 물론 우리사회를 멍들게 하고 있다.

난 어린 시절 어머니에 대한 사랑이 무엇인지 모르고 생활했다. 적어도 대학에 입학해서 군대를 다녀오기 전만 해도 어머니가 해 주시는 사랑은 당연한 것처럼 여겼다.

아버지가 대학 1학년 때 돌아가시고 어머니 혼자 농삿일을 하면서 비싼 등록금을 마련해 주시고, 남들보다 많은 용돈을 보내주시는 것에 대한 고마움은 늘 잊고 살았다.

한여름 햇볕이 따가운 곳에서 혼자 김을 매며 땀을 흘리던 어머니는 억척스럽게도 자식을 위해 힘든 농삿일을 소화해낸 것이다. 남들은 여름철 가족들과 함께 계곡으로 산으로 바다로 휴가를 떠나지만 어머니는 휴가를 모른 채 그렇게 밭에서 자신의 젊음을 불태운 것이다.

누구를 위해서가 아니라 바로 자식을 위해 그렇게 희생했다는 것을 군대에 다녀와서 느낄 수 있었다.

어머니는 지금도 변함없이 농삿일을 하신다. 내가 시장이 됐다고 어머니 생활이 달라진 것은 아무도 없다. 칠순이 넘었지만 여전히 새벽이면 밭에 나가 예전과 같이 일을 하신다. 평생을 그렇게 살아오신 어머니의 모습이다.

군 제대 후 대학에 복학하기 전까지 몇 달 동안 농삿일을 할 수 있는 기회가 있었다. 그때 어머니의 깊은 마음을 비로소 느낄 수 있었던 것이다. 새벽에 일어나 밭에 나가시고, 해가 떨어지고 어둠이 밀려와야 집에 들어오셨다. 하루 8시간 일하는 도시 근로자와는 달리 하루 24시간이 모자라는

강철 어머니였다. 오랜 세월이 흘러 어머니의 젊음도 그렇게 흘러갔고, 이제는 펴지지 않는 주름이 얼굴에 가득한 할머니가 됐다.

가끔 어머니를 찾아뵙고 얼굴을 보면 옛날 생각이 난다. 누구를 위해서 그렇게 희생하셨단 말인가. 자신도 모르는 사이에 세월이 흘러 이젠 돌이킬 수 없는 젊음을 추억으로만 안고 사시게 됐다.

평생을 그렇게 살아오신 어머니는 칠순이 넘은 요즘도 변함없이 한결같은 생활을 하신다.

도시생활에 익숙해진 손자들은 휴일이면 늦잠을 자지만 어머니는 어느새 새벽부터 밭 몇 고랑을 매시고 집에 들어와 아침밥을 차린다. 그렇게 희생하신 어머니를 위해 내가 할 수 있는 보은은 별로 없는 것 같았다. 그저 잘해서 기쁘게 해 드려야겠다는 생각 밖에는…

내가 느낀 어머니의 모습이다.

세월이 변하면서 어머니의 모습도 많이 변해간다. 자기희생보다는 자기 삶과 함께 가족 사랑을 동반하는 경우가 많다. 시대변화에 따른 당연한 결과일 수 있다.

하지만 많은 사람들은 아직도 과거의 어머니상을 좋아한다. 한국인의 정서에 남아 있는 어머니는 애절하면서도 숭고한 사랑이다. 섬세하고 부드럽고 가장 가까운 곳에서 느낄 수 있는 사랑이 바로 어머니의 사랑이다.

나라가 어렵고 경제가 어렵다 보니 강한 남성보다는 부드러운 여성 지도자가 인기를 끌고 있다. 바로 어머니와 같은 모성애를 느낄 수 있기 때문일 것이다. 아이들이 배고프고 아플 때 "엄마"를 외치며 우는 것처럼 여성

특유의 섬세한 지도력이 지치고 힘든 국민들에게 작은 안식처가 될 수 있다. 강력한 리더십보다는 국민을 포용하고 함께 갈 수 있는 어머니의 부드러운 카리스마가 지금 우리시대에 필요한 것 같다.

예안교회

강원도 태백시.

국내에서 인구가 가장 작은 시(市) 중의 하나이다. 시 전체인구가 2010년 말을 기준으로 5만명을 갖 넘는 작은 도시다.

태백시내에서 동남쪽으로 10여분 가면 통리라는 작은 마을이 있다. 그곳에 가면 태백에서 제일 작은 교회가 산허리에 포근하게 자리 잡고 있다. 바로 예안교회다. 전체 신도는 30여 명.

2010년 12월 24일.

내가 시장이 되고 나서 처음 맞는 크리스마스이브이다. 난 태어나서 처음 크리스마스이브에 교회를 찾았고, 그것도 신도가 많지 않은 작은 교회를 택했다.

내가 시장으로서 특별한 대접을 받고 싶지 않아서다. 물론 시장에 취임한 이후 큰 교회를 찾아 예배를 보기도 했지만, 크리스마스 만큼은 조용한 곳에서 아기 예수의 탄생을 축복하고 싶었다.

하지만 나는 그 작은 교회에서 너무나 큰 감동을 받았다. 크리스마스이브를 맞아 신도 대부분이 교회를 찾았지만 눈에 띄는 신도들은 20여 명이 전부다. 그것도 대부분이 학생이고 성인은 얼마 되지 않았다.

상당수 교회에서 성가대를 운영하고 있지만, 이 교회는 성가대 대신 중창단을 운영하고 있었다. 그렇지만 찬송가 소리는 예배당 전체가 모자랄 정도로 우렁찼다.

신도 하나하나가 너무나 씩씩한 모습으로 찬송가를 불렀다. 나는 그들의 눈빛과 목소리에서 아기예수 탄생을 축하하는 진심어린 마음을 읽을 수 있었다.

목사님의 설교가 끝나고 학생들이 마련한 연극이 선 보였다. 소품은 책상 두 개와 손전등이 전부다. 책상은 아이들이 앉아서 대화를 하는 소품으로 사용됐고, 손전등은 스포트라이트를 대신했다.

얼핏 보기에는 초라하기 짝이 없다. 그러나 내가 그 작은 교회에서 본 연극은 너무나 화려하고 감동적이었다. 비록 손전등으로 무대에 선 인물을 비췄지만, 그 어느 시설보다 훌륭했다. 학생들이 직접 쓴 시나리오도 너무나 감동적이었다.

난 다른 일정이 있어 자리를 떠나야 했지만 떠날 수 없었다. 끝 까지 연극을 지켜봤고 연극이 끝난 후 다른 신도들과 함께 기념촬영까지 했다. 그렇게 화려하지 않은 사람들이 꾸민 무대는 너무나 소박했고 감동적이었다. 더불어 43년 만에 크리스마스이브를 찾은 나에게 너무나 큰 선물을 주었다. 난 그 감동을 잊지 못해 지금도 크리스마스이브가 다가오면 예안교회를 찾고 있다.

교회를 나서는 순간 난 그들에게 순수함을 느낄 수 있었다. 시내 한 가운데 하늘 가까울 정도로 높은 건물을 올리고 수 천명, 수 만명의 신도를 자랑하는 그 어떤 교회보다 예안교회가 더 아름답다는 것을 마음속으로 생각했다.

2010년의 크리스마스이브. 나에겐 너무나 감동적이고 멋진 추억이었다. '목사님 신도님 그리고 이 세상에 살고 있는 모든 사람들에게 하나님의 은총이 가득하시길…'

속으로 그렇게 외치고 교회를 나왔다.

외로운 부킹녀

얼마 전 대학 동창모임에서 재미난 일이 있었다. 주말을 맞아 서울에서 저녁을 먹고 우리는 2차로 막걸리 집에 갔다.

허름한 막걸리 집은 우리 일행이 25년 전 자주 다니던 학교 앞 막걸리 집 분위기와 다르지 않아 참 좋았다. 그런데 특이한 점은 막걸리 집 벽에 작은 현수막으로 '부킹 가능 힙니다' 라는 문구가 몇 개 붙어 있었다.

단연 화제는 부킹(booking)으로 집중됐다. 가끔 나이트클럽 전단지에서 나 볼 수 있는 '부킹' 이라는 단어가 허름한 막걸리 집에서 볼 수 있다는 것이 신기했다.

가게 안은 10여 명의 우리 일행과 남녀노소 등 다양한 사람들이 시끄럽게 대화를 나누며 막걸리를 마시고 있었다. 우리 일행도 여자 동창생이 몇 명 있었지만 다들 오랜만에 만나서 큰 소리로 대화가 오갔다.

그 중 한 친구의 얘기가 재미있었다. 얼마 전 그는 회사 동료들과 함께 나이트클럽을 갔다. 그는 나이트클럽에서 인생의 또 다른 진리를 깨달았다고 농담 섞인 경험담을 털어놨다.

다들 귀를 기울이면서 듣고 있는데, 내용은 부킹녀에 관한 것이었다. 그는 테이블에 앉아서 술을 마시고 있는데, 유독 눈에 띄는 한 여성이 있었다고 했다.

그 여성은 미모가 뛰어난 것도 아니고, 요즘 말하는 '엄친아' 도 아닌 평범했지만 의상만큼은 화려했다는 것이다.

중요한 것은 그 여성이 웨이터의 손에 이끌려 클럽 안에 있는 거의 모든 테이블을 돌아 다녔다는 것이다. 우연히 이런 광경을 목격한 그는 좋은 짝을 만나고 싶은 마음은 이해하지만 '저렇게까지 해야 하는가' 라는 동정심이 생겼다고 했다. 아울러 참 이상한 사람이라는 생각을 했다고 덧붙였다.

그 부킹녀는 몇 시간을 그렇게 다니다가 결국은 지쳐 자신의 테이블에 외롭게 혼자 앉아 있었다고 했다. 반면 그녀와 함께 온 것으로 보이는 친구는 한 테이블에서 오랫동안 머물며 즐거운 시간을 보내는 모습과 비교하면 너무나 대조적이었다고 했다.

좋은 이성을 만나고 싶은 마음은 누구나 똑 같을 것이다. 그러나 클럽에서 만난 사람이 내 마음에 들지 않더라도 잠시나마 일상을 잊고 함께 즐거운 시간을 보내는 것이 더 중요하다는 게 그의 주장이었다.

인생도 이곳저곳 떠돌아다니는 것 보다 한 곳에 머물며 자기 일을 열심히 하는 사람이 아름답다는 것으로 그의 얘기는 마무리 됐다.

우리는 친구의 얘기를 듣고 논쟁을 벌이기 시작했다. 부킹이라는 말은 원래 좌석을 미리 예약하거나, 배우가 출연 계약을 하는 것을 말한다. 그러나 요즘은 이성을 소개받는 것으로 해석되고 있다.

한 친구는 그렇게 자유롭게 돌아다니는 부킹녀도 나름 행복할 것이라며, 비판의 대상은 아니라고 주장했다. 누구나 자신의 가치관에 따라 삶을 살기 때문에 주관화 시키는 것은 모순이라는 것이었다. 그렇게 목소리가 높아지면서 시끄러워질 때 난 공지영의 소설 '고등어' 가 생각났다.

소설가 공지영은 그녀의 작품 '고등어' 를 통해 푸르른 자유를 표현했다. 책 표지에 넉넉한 바다를 떠올리게 만들며, 그것은 등이 푸른 자유로 해석했다.

처음엔 그저 그런 남자와 한 여자의 사랑 얘기처럼 보였다. 그것도 이혼남과 유부녀의 고달픈 사랑이야기다. 이런 불륜의 사랑을 이해할 만큼 우리 사회는 너그럽지 못히다. 소설외 이야기는 사랑을 주제로 하고 있지만 단순하지 않다.

고등어는 저질스러운 사랑 얘기가 아닌 1980년대에 대학시절을 보낸 사람들의 이야기다. 주인공은 옛 사랑을 못 잊은 채 같이 공장에서 일하던 여자와 결혼을 했지만 이혼을 한다. 그는 작가로 전락하여 혼자 오피스텔에서 살아가는 상태이다. 여주인공 또한 이혼한 상태는 아니지만 유부녀의 신분으로 신랑과 불행한 삶을 살아간다.

남자 주인공은 옛 사랑을 만나지만 그녀는 결국 폐결핵을 앓고 죽음만
을 기다리는 상황이 된다. 그녀는 끝내 진정으로 사랑했던 주인공 옆에서
죽음을 맞는다.

소설가 공지영은 고등어를 파란 자유로 표현했다. 자유를 색에 비유한
다면 파란 색일 것이다. 등이 푸른 자유를 가진 고등어는 여주인공처럼 자
신의 속박에서 벗어나려 했다.

그녀는 결국 시장바닥에서 누워 있는 간 고등어처럼 죽어 간다. 사랑이
란 걸 알면서도 또 다른 사랑을 찾아 넓은 바다를 헤엄쳐 간 것은 바로 등
이 푸른 자유일 것이다.

자유를 찾았지만 완전하지 못한 자유를 찾은 사람이 많다. 아마 그 부킹
녀도 진정한 자유를 찾지 못했기 때문에 자신만의 행복을 위해 이곳저곳
찾아다녔을 것이다. 물론 웨이터의 손에 이끌려…

등 푸른 고등어가 자유를 즐기다가 죽어 가듯이 사람도 마찬가지일 것
이다. 그렇지만 자유의 의미는 제각각 틀릴 수 있다. 그것 또한 자신의 철
학과 비례될 수 있기 때문이다.

고등어를 일본말로 표현하면 사바이다. 사바사바라는 말은 우리사회에
서 비속어로 사용된다. 사바사바를 대체적으로 풀이하면 떳떳하지 못한 수
단으로 일을 조작하는 짓으로 사용되고 있다. 악의에 가든 찬 어조로 '자기

네들끼리 사바사바 하라지.' 등과 같은 투로 쓰인다.

1990년대 유명 댄스그룹의 노래가사 중에 '천사를 찾아…사바사바…' 라는 후렴구 비슷한 구절이 있었다. 물론 당시의 사바사바가 이런 의미였는지 확실치 않으나 그만큼 대중적으로 널리 알려져 있다는 것을 보여주는 사례다.

등 푸른 고등어가 시장바닥에 누워있는 것도 자유다. 부킹녀가 좋은 사람을 만나기 위해 이곳저곳 돌아다니는 것도 자유다. 결국 진정한 자유는 자신에게 있는 것이다.

그러나 우리사회 많은 사람들이 자유와 행복을 느끼면서 자신이 해야 할 일들을 잊고 사는 경우가 많다.

그것은 배려와 사랑이다. 남을 짓밟고 찾는 자유와 행복은 오래가지 못한다. 최소한 나만의 행복과 자유를 위해, 내가 해야 할 일들을 잊어버리는 일은 없어야 하겠다.

작은 옥수수, 못 생긴 배추

옥수수가 한창 무르익는 8월.

주말을 맞아 어머니가 살고 있는 시골에 갔다. 다른 지방은 옥수수가 6월 말부터 출하가 되지만 어머니가 살고 있는 시골은 고랭지라서 8월초가 돼야 옥수수를 먹을 수 있다.

어머니는 옥수수 큰 것들을 따서 한 접에 5개를 더 얹혀서 4만원에 판매한다. 한 접은 100개다. 다시 말하면 105개를 4만원에 판매하는 것이다.

옥수수를 따는 것은 정말 힘들다. 옥수수 밭을 지날 때면 칼날 같이 거친 잎이 살결을 할퀸다. 땀방울은 얼굴을 닦을 시간조차 없이 흘러내린다.

옥수수 밭을 가 본 사람이면 알 수 있다. 옥수수를 따는 것이 얼마나 힘이 드는지는 경험을 해 봐야 알 수 있다. 어머니는 그렇게 옥수수를 따서 크고 보기 좋은 것들을 105개씩 골라 자루에 넣는다.

사람들이 크고 보기 좋은 것들을 찾기 때문에 맛 보다는 보기 좋은 것들을 상품으로 우선 사용한다. 작고 못생긴 옥수수는 상품취급을 받지 못한 채 우리들 밥상에 올라온다. 하지만 작은 옥수수는 알도 야무지게 꽉 차 있다. 크고 보기 좋은 옥수수보다 몇 배는 더 맛있다.

나도 어머니의 일을 도와 옥수수 밭을 가끔 찾는다. 수확시기가 돌아오면 주말에 가끔 가서 어머니 일을 돕는다. 그러나 옥수수를 따는 것은 정말 힘들고 어렵다.

온 몸을 보호하기 위해 아무리 보호막을 하고 가도 팔과 얼굴에 옥수수 잎들이 할퀴고 간 상처가 남아있다. 굵은 땀방울이 온몸을 가득 적시고, 그렇게 수확한 옥수수를 팔려고 하면 소비자들은 깎아 달라고 한다. 그들이 농민들의 땀방울을 보면 그렇게 할까 하는 생각이 들었다.

참 힘든 것이 농삿일이다.

더운 여름 어느 한날. 그 날 어머니 집에 민박을 하러 온 서울 사람들은 크고 보기 좋은 옥수수를 먹고 있었다. 서울에서 강원도로 내려오다 어느 동네 길 가에서 샀다고 한다.

난 어머니가 상품성이 없다는 작고 못생긴 옥수수를 먹어 보라고 권유했다. 서울사람들은 그들이 사 온 옥수수를 내 버리듯 팽개치고 어머니가 삶은 작은 옥수수를 먹기 시작했다. 감탄사를 연호하면서 말이다.

아마도 시간이 지나 서울 사람들이 사 온 보기 좋고 큰 옥수수는 쉰내를 풍기며 쓰레기통으로 버려졌을 것이다.

얼마 전 농림부 장관님이 강원도를 방문했다. 고랭지 배추 작황을 보기 위해서다. 작년에도 오시고 올해 또 오시고, 현장 중심의 정책을 펼치는 장관님께 존경을 표하며 배추밭을 함께 찾았다.

수백만평의 태백 매봉산 고랭지 배추밭은 장관을 이루고, 더욱이 풍력단지가 들어서 관광객들의 발길이 끊이지 않았다. 장관님과 함께 현지 농민들을 만나 애로사항을 청취하면서 배추 작황을 점검했다.

그 와중에 농민 한 분께서 했던 말이 기억 속에 떠나지 않았다. "사람들은 대부분 크고 보기 좋은 배추를 원합니다. 맛은 뒷전입니다. 상품도 일단은 맛 보다 보기 좋고 큰 배추라야 출하가 가능합니다. 우리는 맛 좋은 배추를 권유하고 싶은데 소비자들은 맛보다 잘 생기고 보기 좋은 배추를 원합니다."

현지 농민의 말은 참으로 의미심장했다. 바로 최고를 좋아하는 '최고 지상주의' 에 젖어 있는 우리의 현실을 말하는 것이다.

우리는 언제부터인가 최고와 최초를 좋아한다. 공부도 집도 차도 옷도 가방도 최고를 좋아한다. 한국 최고, 동양 최고, 세계 최고, 세계 최초 등 최고라는 수식어가 붙으면 뭔가 틀려 보여서 그런 것 같다.

내용보다는 남에게 보이기 위한 겉치레를 좋아한다. 빈말로 자신을 포장하고, 주민을 달콤한 말로 속여 자신의 영달을 꾀하는 비열한 행동은 오래가지 못한다.

겉모습만 화려한 인격자는 언젠간 사람들의 관심 밖으로 밀려 쓰레기통에 버려지는 옥수수와 같은 삶이 될 것이다.

큰 것만 좋아하지 말고, 높은 곳만 쳐다보지 말아야 한다. 큰 관광지를 만들어 빚더미에 앉는 것 보다 작은 연못과 작은 숲을 만들어 사람들이 편하게 생활할 수 있는 지혜를 발휘해야 한다.

자꾸만 높은 곳에 올라가려 하지 말고 현재 위치에서 진솔하게 옆을 보면서 생활한다면 높은 곳은 자연스럽게 올라갈 것이다. 그것이 우리가 살아가야 할 길인 것 같다. 작은 옥수수와 못생긴 배추가 더 맛있는 것처럼 말이다.

점

점은 동서양을 막론하고 세계인들이 즐기고 있다. 우리나라는 미신이라고 해서 배척하기도 하지만, 아직까지 사라지지 않고 있는 것이 점집이다.

오히려 요즘처럼 불경기가 계속되면 점집은 호황을 맞는다. 점을 개인적으로 좋아하는 사람도 있지만, 대부분 불확실한 미래를 조금이나마 먼저 일기 위해 짐을 본다.

거꾸로 생각하면 현재의 생활이 불만족스럽기 때문에 점집을 찾는 게 아닌가 싶다.

특히 대학 입시를 앞두고 점집을 찾는 학부모들이 많다. 심지어 일부 기독교인들도 점집을 찾는 모습을 주변에서 간혹 본다. 우리나라 주요 관광지나 사람들이 많이 모이는 공원 역전 등에서는 항상 자리를 깔고 점을 봐 주는 사람들이 눈에 띈다.

난 개인적으로 점을 한 번도 보지 않았지만, 나 스스로도 미신을 조금 믿는 게 아닌가 싶다. 징크스 때문인지 몰라도 개고기만큼은 철저하게 먹지 않고 있다.

몇 년 전 결혼을 앞둔 후배가 자신의 여자 친구와 헤어지게 된 계기를 말해 놀란 적이 있다.

착실하게 종교생활을 하던 후배의 여자 친구는 어느 날 친구들과 점집에 들러 남자친구와의 미래에 대해 물었다고 한다. 두 사람 모두 미혼인 관계로 당연히 미래에 대한 궁금증이 있었지만, 점쟁이는 남자친구가 자신을 배신할 것이라며 은연중 헤어지라는 의미의 메시지를 던졌다.

당황한 여자 친구는 며칠을 고민한 끝에 후배에게 헤어지자고 통보했고, 후배는 영문도 모른 채 한동안 가슴앓이를 했다고 한다. 두 사람의 관계는 멀어지고, 후배는 헤어져야 할 이유를 여자 친구에게 물었더니 점쟁이의 말을 알려주며 미래가 겁나기 때문에 헤어져야 한다고 했다.

두 사람은 결국 헤어졌지만, 그 후배는 종교인인 여자 친구가 점쟁이의 말을 듣고 어떻게 이별을 선택했는지 이해할 수 없다고 했다. 그 후배는 아울러 점쟁이 말을 듣고 주식을 샀다가 패가망신한 사람도 있다며, 점쟁이를 고발할 방법이 없냐고 묻기도 했다. 이런 어처구니 없는 일들이 우리사회 주변에서 간혹 볼 수 있다.

한국 사람들은 점을 유난히 좋아한다는 말이 있다. 그것은 점을 보고 난 후 그 내용에 대한 믿음이 크다는 데 있기 때문이다.

최근 문화가 다원화되고 사회가 복잡해지면서 생존경쟁은 더욱 치열해지고 있다. 개인이 적응해야 할 상황은 복잡해졌지만 변함없이 믿고 의지할 수 있는 권위는 사라졌다. 원칙이 통하지 않고 변화가 잦은 우리사회의 현실을 살펴보면 왜 한국인들이 점보는 것을 좋아하는지 이해가 된다.

정치는 언제나 불안하고 사회변동도 경제규모가 비슷한 다른 나라보다 폭이 크다. 오랜 정치적 혼란에 따른 사회적 격동으로 비리와 편법을 동원해야만 성공할 수 있다는 생각도 다양한 계층에 퍼져 있다.

대통령의 측근과 형제자매들이 사법처리 당하는 사건만 봐도 우리사회는 아직 병들어 있다.

우리나라처럼 전통적 유교윤리와 다양한 서양의 사상이 혼재하면서도 아슬아슬하게 조화를 이루고 있는 사회도 드물다. 그런 사회 속에서 살고 있는 구성원이 불안감을 느끼는 것도 어찌 보면 당연한 결과다.

정년이 보장된 공무원보다 정치·사회적 영향을 많이 받는 사업가가 점을 많이 본다. 농부보다는 위험한 바다에서 일하는 어촌사람이 점을 더 많이 보는 이유도 마찬가지다.

결국 점을 보는 사람은 자신의 앞날에 대해 확신이나 자신이 없는 상태라고 볼 수 있다. 한 마디로 한국인이 점을 좋아하는 이유는 지금이 불안하기 때문이다.

세계적으로도 많은 사람들이 미신을 믿고 있다. 미국에는 13일의 금요

일을 저주받은 날이라고 생각한다. 인도에서는 트럭운전사들 때문에 에이즈가 확산되고 있지만, 그들은 더운 날에 몸을 시원하게 유지하려면 성관계를 가질 필요가 있다고 믿는다.

일본의 경우 터널에서 일하는 근로자들은 터널이 완공되기 전에 여자가 터널에 들어오면 액운이 닥친다고 믿는다. 우리나라도 탄광이나 위험한 일을 하는 곳에 여자들이 들어오면 액운이 낀다는 미신이 있다. 때문에 선거운동 당시 탄광지역이 많은 태백에서는 아침부터 여성 운동원들이 탄광 근로자를 상대로 운동을 하는 게 망설여진다.

나도 선거를 치르면서 미신의 유혹을 많이 받았다. 100만원을 들여 산신제를 지내라는 전화도 받아보고, 여성의 붉은색 속옷을 몸에 지니고 다니라는 권유도 받았다.

일부에서는 선거를 얼마 앞둔 지점에서 고사를 지내지 않으면 당선이 어렵다며 고사를 지내라는 협박성 전화도 있었다. 하지만 고사를 지내던, 산신제를 지내던 공통점은 돈이 들어간다는 것이다. 선거 때 돈을 바라는 브로커도 많지만 고사를 명목으로 돈을 바라는 사람도 있다는 생각이 들었다.

난 이러한 제의를 단 한 번도 들어주지 않았다. 이유는 자신의 미래를 미리 예측하고 예방하기 위해 점을 보는 것도 생활의 한 방편이겠지만, 중요한 것은 주어진 일에 최선을 다하는 모습이 아름답지 않을까 하는 생각이 들기 때문이다.

참나무

늘거나 젊거나

참나무 같은 삶을 가져라

싱싱한 푸른 빛으로 봄에 빛나고

여름에 무성하지반

가을이 찾아오면

더 고운 금빛이 된다

그리고 겨울이 되어도

끝없이 자란다.

영국시인 테니슨의 시(詩) '참나무' 의 구절이다.

얼마 전 알고 지내던 서울의 한 대학 교수가 테니슨이 지은 시를 소개하면서 인생은 참나무와 같다고 했다.

10대~20대에는 젊음의 활화산처럼 푸르름이 가득하지만, 30대~40대에는 한창 일할 나이로 인생의 성취감을 느끼게 한다.

50대~60대는 직장생활 등 경제활동을 마감하는 의미에서 황금빛 고운 삶을 느끼고, 70대~80대에는 사계절 중 겨울에 해당되지만 추운 겨울 속에서도 땅 밑으로 뿌리를 내리는 참나무와 같은 것이 삶이라는 것이다.

아주 단순한 의미로 보여 지지만 어쩌면 참나무와 같이 살아야 하는 게 우리의 인생이 아닌가 싶다.

나는 어린 시절 아궁이에 불을 지펴 밥을 하는 시골에 살았다. 지금과 같이 연탄과 가스가 대중화되지 않았던 시절이기에 식생활과 난방으로 사용하는 유일한 에너지는 나무였다.

어린 시절 동네 어느 집을 가도 지게가 3~5개 있었다. 할아버지와 아버지 그리고 아이들도 지게를 지는 나무꾼이었기에 보통 몇 개씩은 가지고 있었다. 나무를 나르는 유일한 운반 수단이 지게였던 것이다.

가을에 거둬들이는 곡식들도 모두 지게로 운반했다. 지금처럼 트럭이나 경운기는 상상도 할 수 없었다.

그리고 늦가을이나 초겨울이 오면 나무를 졌다. 집 주변에 있는 오솔길을 따라 하루에도 나무 몇 짐을 운반했다. 겨울을 나기 위해 반드시 필요한 나무였기에 할아버지 아버지 그리고 동생들까지 지게를 지고 나무를 운반해 앞마당에 가득 쌓아두었던 기억이 난다.

겨울철 땔나무로는 장작이 최고였지만 무거웠던 관계로 갓 자란 나무를 많이 쌓아놓고 겨울을 지냈다. 그러다가 어느 순간 우리 집에는 리어카가 1대 있었다.

겨울방학이면 친구들과 함께 리어카를 끌고 신작로를 따라 3~4Km 떨어진 곳에 나무를 하러 갔다. 그때부터 내 눈에 들어오는 나무가 바로 참나무였다.

참나무는 화력도 좋아 잘 타기도 했지만, 잘 쪼개져서 도끼로 장작을 만드는 데는 최고였다. 굵은 참나무를 리어카에 가득 싣고 집 앞 마당에 쌓아두면 아버지는 톱으로 잘라 장작을 만들었다. 참나무로 만든 장작은 소여물을 만드는 가마솥에 연료로 들어가기도 하고, 무쇠 솥에 밥을 짓는 연료로도 사용됐다. 또 식구들이 따뜻하게 겨울을 보낼 수 있도록 난방용 에너지 역할도 했다.

그러다가 어느 순간 시골에도 연탄보일러가 보급되면서 참나무는 자취를 감췄다.

참나무에 대한 또 다른 기억은 무성한 여름철 잎을 이용해 모자를 만들어 썼던 추억이 있다. 여름방학이면 소를 몰고 골짜기에 들어가 소를 풀어놓은 채 참나무 잎을 엮어 모자를 만들어서 놀았다.

넓은 참나무 잎은 뜨거운 태양을 가리는데 안성맞춤 이었기에 아이들에겐 좋은 모자용구로 사용됐다. 나무는 장작으로 사용되고 잎은 그늘을 만들어주는 좋은 나무였다는 사실도 있지만, 무엇보다 소중한 것은 참나무에 대한 추억이 가끔씩 미소를 띠게 한다는 것이다.

세월이 지나면서 참나무는 땔감용에서 숯의 용도로 변했다. 요즘 어느 가정에도 참나무 숯 한 두개는 가지고 있을 것이다.

참나무 숯을 만드는 곳이 도시주변 곳곳에서 생겨났다. 가마솥에 참나무를 가득 넣고 온도를 높이면 열에 의해 참나무의 물성분이 날아가고 거의 탄소만 남게 된다. 특히 나무의 섬유질 결합이 끊어지면서 많은 틈이 생기게 된다. 바로 이 틈 때문에 악취나 더러운 것을 흡착할 수 있는 신비함이 참나무 숯에서 나온다는 것이다.

지금은 물과 공기를 정화시킬 때와 냉장고 탈취는 물론 갈아서 약으로도 사용한다. 그리고 요즘에는 풍란이나 식물을 기를 때도 참나무 숯을 사용한다. 세월이 변하면서 연료용으로 사용되던 참나무가 이제는 사람이 생활하는 실내에서 같이 지내는 것이다.

내가 생활하는 작은 공간에도 참나무 숯이 있다. 참나무 두개를 예쁘게 잘라 받침대에 올려놓고, 시골 냇가에서 이끼도 가져와 참나무 숯 주변에 깔아 놓았다. 가끔씩 이끼에 물을 주면서 옛 생각을 떠 올리게 된다.

리어카를 끌고 나무하러 갔던 생각, 소 먹이러 가서 참나무 잎으로 모자를 만들어 썼던 생각.

늙거나 젊거나 참나무 같은 삶을 가지라는 영국시인 테니슨의 표현처럼 참나무는 이제 우리생활과 함께하는 존재가 됐다.

첫사랑

첫사랑은 참 순수하다. 순수한 것은 좋은 것이다. 세상에는 그만큼 가짜와 거짓말이 많기 때문에 순수함은 더더욱 소중한 가치를 인정받는다.

맑고 깨끗한 의미로 사용되는 Pure는 조선시대 정숙한 여인과도 같다. 학문적으로는 감각이나 경험에 의하지 않는 순수 이론적인 것이라고 하지만, 가끔은 현실적 가치를 잃어버리는 경우가 있나.

사랑도 정치도 순수한 게 좋다. 그러나 요즘 같은 경쟁사회에서는 남을 이기기 위해 순수함은 뒷전으로 밀리고 있다.

거짓과 비방으로 얼룩진 정치세계에서는 순수성을 상실한지 오래다. 인간사를 함께 하는 사랑도 빛을 잃어간다. 그나마 순수성을 잃지 않기 위해 노력하는 정치인들은 현실정치에 동떨어진 처사라며 매도당하는 경우도 있다.

정치적 의리는 사라지고 배신과 권력에 눈 먼 해바라기들이 판치는 곳이 요즘의 정치판이다. 서로에게 진실 되게, 국민에게 순수하게 다가서는 사람들이 그립다.

나도 2006년 정치에 뛰어들어 만 7년이 넘었지만 아직까지는 순수성을 잃지 않고 싶다. 시작할 때의 마음을 잊는다면 나중에 돌아갈 곳이 없다는 말이 있다. 항상 초심과 같은 생각으로 내 마음속의 정치세계를 그리고 싶다.

마치 첫사랑의 순수함처럼…

얼마 전 라디오에서 우리나라 여자 가수가 부르는 pure love라는 노래를 들었다. 가사내용이 좋아 한번 옮겨 본다.

소리 내어 부르고 싶어/

그대 가까이 있고 싶어/

바람이 내게 전해온 너의 향기 조심스레 날 깨우네/

지난밤 꿈에 우리 얘기/

너무도 아름다웠어/

나만의 상상이지만 이런 느낌은, 이런 행복은 없을 거야/

흐르는 음악 속에 가만히 눈을 감으며 그대 곁에 있는 것 같아/

그대 맘에 들고 싶어, 내 사랑 모두 다 줄 수 있게/

우연처럼 만났지만 꿈꿔왔던 내 사랑이야/

눈물이 내게 전해온 너의 모습 다정하게 날 반기네/

노래가사에서도 알 수 있듯이 애틋한 사랑의 표현이다. 사랑을 노래로 만든 것이지만 돌이켜 보면 권력과 국민에 대한 사랑을 떠올리게 한다.

대통령이 국가와 국민을 사랑하는 순수한 마음. 자치단체장이 주민을 사랑하는 순수한 마음. 첫 사랑의 연인처럼 순수함이 있다면 지역과 국가의 미래는 밝을 수 밖에 없다.

그렇다면 무엇이 이런 마음을 사라지게 만들까. 바로 욕심이다. 욕심이 우리사회를 병들게 만든다. 돈과 권력을 위해서는 부모자식도 없고 정치적 신의와 사랑도 필요 없는 게 요즘 우리들이 살고 있는 세상이다.

대통령은 다음 정권에 자신의 후계자를 당선시키려 하고, 자치단체장은 재선을 위해 지역발전 보다는 표심에 따른 정책을 펼친다. 사랑하는 연인들도 시간이 지나면 서로를 속이고 변심해 결국은 파국으로 치닫는 경우가 많다.

정치도 순수성이 사라지고 개인의 욕심 때문에 후진성에서 벗어나지 못하고 있다. 노래가사를 통해 애절한 사랑을 표현했듯이 국민과 주민을 위한 순수한 사랑만 있다면 우리의 앞날은 희망적일 수 밖에 없다.

조선시대에는 신분을 넘는 사랑이 많았다. 양반여자들은 천민이나 노비들과 사랑을 할 수 없었다. 이들의 사랑은 신분의 벽을 깨는 것으로 양반부녀자와 사랑을 나눈 노비와 천민들은 법에 의해 강력히 다스려져 사형을 당했다.

특히 양반의 유부녀들은 삼종지도가 법규처럼 지켜졌다. 어려서는 아버지를 따르고, 결혼해서는 남편을 따르고, 늙어서는 아들을 따르라는 것이 삼종지도이다. 남존여비 사상이 얼마나 심했는지 알 수 있다. 무조건 남자를 따라야 한다는 얘기다.
따라서 유부녀는 남편이외에 어떤 남자와도 사랑을 나눌 수 없었다. 남편이 죽으면 정절하며 아들의 뜻을 따라야 했다.

하지만 양반 남자는 상대적으로 관대했다. 남자 양반은 양반가문의 아녀자와 결혼을 하지만 축첩제가 인정돼 첩으로 양반이 아닌 계급의 어떤 여자와도 사랑을 나누고 첩을 둘 수 있었다.
이러한 제도가 성행해 조선 후기에는 서자들이 많이 나타났다. 그리고 조선시대에는 동성동본간의 사랑 역시 법으로 금지됐다. 이는 혈통과 가문을 중시 여겼기 때문이다.

고려시대도 근친혼을 금지했으나 동성혼은 막지 않았다. 고려 정종 때인 1046년에 근친혼을 금지하기 시작해 조선조에 이르러 동성동본간의 결혼을 완전히 금지했다.

평범한 양민들도 제약을 받았다. 양민은 역적의 자손과 결혼 할 수 없었다. 역적의 후손 계급은 대부분 노비로 전락된다. 양민들에게 과거시험이 허용되기 때문에 역적과의 결혼을 막았던 것이다.

이렇게 볼 때 조선시대의 여자는 사랑도 엄격하게 제약을 받았으나 남자는 관대했다. 조선시대의 유교사상이 아직도 남아 있는 요즘시대에는 정신적으로 제약을 받지만 현실은 많이 다른 느낌이다.

결혼을 해도 이성을 만나고, 결혼 전에는 말할 것도 없다. 쉽게 만나고 쉽게 이별하는 것이 요즘 추세다. 과거 우리시대 마음속에 고이 간직했던 순수하고 은은한 사랑은 이제 구시대의 사랑법이 됐다.

한마디로 '짝퉁사랑' 이 기승을 부리기 때문이다. 짝퉁은 진짜와 거의 똑같이 만든 가짜 상품이다.

1990년대 후반 청소년들 사이에서 은어로 사용되던 짝퉁은 2001년 국립국어연구원의 신조어 목록에 등재돼 있다. 그러나 사전에 실렸다고 해서 짝퉁이 표준어는 아니다. 하지만 대학 신입생을 뜻하는 '새내기' 처럼 앞으로 표준어가 될 가능성은 높다.

언어란 살아 움직이는 생물과 같기 때문에 많은 사람들이 일정 기간 이상 사용하면 표준어가 될 수 있다. 그렇다고 우리의 정치와 사랑이 짝퉁으로 변해서는 안 된다.

요즘 사회를 보면 모순과 모순의 연속이다. 그런 사회에 적응하면서 살아야 하는지, 아니면 순수함을 잃지 않고 살아야 하는지 혼란스러울 때가 많다. 그러나 적어도 정신만큼은 첫사랑의 순수함처럼 변하지 말아야 한다는 것이 내 지론이다.

너무 착하고 선하면 이용당하기 쉽다는 것이 요즘 세상이라고 한다. 그만큼 사회가 척박해 졌다는 얘기다.

취임초기 21권으로 되어 있는 박경리 선생의 소설 '토지'를 선물 받고 난 그 책을 쉬지 않고 다 읽었다.

주인공 서희는 먼 친척 조준구로부터 경남 하동의 평사리에 있는 토지를 빼앗기고 간도로 떠난다. 서희는 용정 일대에서 그의 남편 길상과 함께 재기에 성공해 큰돈을 벌어 다시 고향을 찾았으나 길상은 그대로 남겠다고 한다.

서희는 아들과 함께 기차를 타고 부산으로 향한다. 기차 안에서 누 손을 고이 모으고 잠을 자고 있는 서희의 모습을 맞은편 의자에서 바라본 큰 아들 환국은 어머니의 아름다움에 스스로 놀란다.

박경리 선생은 '곱디고운 서희의 손등은 너무나 새 하얗고 예뻐서 파란 핏줄기가 살짝 보일 정도로 맑았다.' 라고 표현했다.

얼마나 아름다웠으면 이런 섬세함까지 표현했을까 하는 생각이 들었다.

　누구나 간직하고 있는 첫사랑. 손 한번 잡아 보지 못하고 좋은 추억으로 간직하고 있는 첫사랑의 상대는, 아마 소설 '토지' 속에 나오는 주인공 최서희의 아름다움과 별 다른 것이 없을 것이다.

　그만큼 첫사랑은 누구에게나 소중하고 아름다운 것이기 때문이다. 때 묻지 않은 순수함으로 사람과 자연이 함께 사는 첫사랑 같은 강원도 사람들이 됐으면 좋겠다.

친구

사람들에게는 누구나 친구가 있다. 친구는 한자로 친할 친(親)과 옛 구(舊)를 쓴다. 오랫동안 친하게 지내는 사람들을 일컫는 말이다.

친구는 아주 절친한 사이로 어떤 때는 부모나 형제보다도 더 가까운 경우도 있다. 가장 어려울 때 의지하고, 가장 즐거운 것을 같이 누리며, 모든 것을 주어도 아깝지 않을 정도로 가까운 사이다.

혈족 간에 가까운 것과는 아주 다르고, 이성간의 친밀함과 또 다르게 표현되는 것이 친구이다.

우리 주변에는 수많은 친구가 있다. 어려서부터 같이 자라온 고향친구 초등학교 중·고등학교 대학교 군대 사회생활 등을 하면서 많은 사람들을 사귀고 인연을 맺는다. 그 중에 가까운 사람들은 별도의 모임을 만들어 친구라는 울타리를 만든다.

나는 시골에서 태어나 초등학교 시절 한 학년 전체학생이 30명을 넘지 않았다. 그 당시에는 공부가 뭔지 몰랐고 그저 학교에서 수업하는 게 공부의 전부였다. 아이들은 수업이 끝나면 삼삼오오 모여 신작로에서 나무작대기로 그림을 그려놓고 게임을 하는 게 유일한 놀이였다. 가끔 신작로에 자동차가 지나가면 신기한 듯 한참을 바라보고, 어떤 친구들은 흙먼지를 따라 달려가는 이도 있었다. 요즘은 컴퓨터가 있어서 어린이들도 어른처럼 빠른 정보를 접할 수 있지만 그 시절에는 전기도 안 들어오는 산촌이었다.

휴일과 방학이 되면 남자 아이들은 소를 몰고 골짜기로 들어가 하루 종일 소 지키는데 시간을 보냈고, 여자 아이들은 밭에서 김 메는데 많은 시간을 보냈다.

그렇게 자라온 친구들이 중학교부터 뿔뿔이 흩어져 이제는 각자 다른 친구들을 만나며 잘 생활하고 있다. 가끔씩 초등학교 동창회란 명분으로 만나고 있지만 전국에 흩어져 있는 관계로 만남이 쉽지 않다.

초등학교 동창은 친구보다 동무라는 개념이 강하다. 아무런 이해타산 없이 옆에 없으면 찾으러 다니고, 같이 놀아주기를 좋아했던 막역한 동무다.

가끔 초등학교 동창회에 참석하면 왠지 가슴이 설레고 일상생활을 모두 잊고 그 분위기에 빠져든다는 것을 알 수 있다. 하지만 아쉬움도 많이 남는다. 마치 헤어졌던 첫사랑을 우여곡절 끝에 힘들게 찾고 나서는 한순간에 안개가 걷히듯이 신비함이 사라지는 느낌이다.

동창회가 끝나면 언제 그랬냐는 듯이 다시 일상생활로 돌아오기 때문이다. 다음 동창회는 기약도 없이 지난 세월만큼이나 훌쩍 지나간다.

중학교에 입학해서 만난 몇몇 친구는 요즘도 가끔 연락을 한다. 1년에 한두 번 정도는 만나기도 하지만 옛날처럼 친밀함이 없는 것 같다. 고등학교 친구들은 내가 지역에 살고 있어서 자주 만난다. 그렇지만 각자 열심히 일해야 할 나이라서 그런지 아직까지는 먹고 사는데 바쁘다.

고등학교 때 만난 친구들은 지리적 사회적 환경적으로 본의 아니게 헤어지 게 된다. 수학여행 사진첩을 보고 결혼할 때 같이 찍힌 친구들의 모습을 보면 추억일 것이다. 그렇게 다정했던 친구들과 결혼식장에서 누구보다도 축하를 해주었던 그 사진의 주인공들을 돌아보면 현재 연락들을 거의 주고받지 않을 것이다.

남자들은 군대생활을 하면서 끈끈한 우정을 만들어 간다. 그만큼 힘든 생활을 같이 했기 때문에 맺어지는 전우애도 강하다. 제대하면 사회에서 꼭 만나자는 약속을 철통같이 하지만 군대에서 만난 전우들은 대부분 사회에서 잊혀지는 경우가 많다.

이유는 바로 시리직으로 멀리 있기 때문이다. 결혼하기 전 혼자 지낼 내는 친구들을 많이 챙기는 여유가 있었으나, 결혼을 하면서 점점 멀어지고 심지어는 몇 십 년 동안 못 보는 친구들이 의외로 많다. 결혼을 하고 직장에 다니면서 새로운 환경 때문에 예전에 사귀던 친구들과의 관계가 새롭게 정립된다.

사회생활을 하면서 만난 친구는 아무래도 동료의 개념이 강하다. 친구는 경조사와 모임에서 잠깐 얼굴을 볼 수 있는 관계지만, 동료는 현실적인 친구인 것이다.

집안의 경조사가 있을 때 참여자의 대부분이 동료라는 사실을 비추어보면 더욱 현실적인 친구는 동료라는 말도 있다. 중요한 것은 친구는 비록 자주 보지 못하지만 변하지 않는다는 것이고, 동료는 이해타산과 사회적 환경에 따라 수없이 변화를 반복한다는 것이다.

돈 많고 성공한 사람들 주변에는 많은 동료들이 저마다 가장 친한 친구처럼 주변에 머무르지만, 반대의 경우는 인생의 고독함을 절실하게 깨닫게 해주기도 한다.

내 주변에는 각자의 위치에서 열심히 일하는 친구가 많다. 탄광에서 일하는 친구, 택시기사인 친구, 집배원 친구, 농사짓는 친구, 사업하는 친구, 공무원인 친구, 국가 기관에 있는 친구 등 사회의 한 축에서 열심히 일하는 친구가 많다. 그리고 사회적 환경에 따라 만나는 동료들도 많다.

인연은 아침햇살과 함께 사라지는 이슬과 같은 것이라고 한다. 밤새 맺어진 순수한 아름다움이 있지만, 언젠가는 인연의 끝이 있기 때문에 이런 말이 생겨난 것 같다.

우정도 사랑도 만남이 진행되는 동안 맑고 순수한 아름다움을 가져오지만, 끝이 있을 때의 슬픔은 상처로 남는다.

내 친구, 내 동료들만은 아침이슬이 걷혀도 고운햇살에 빛나는 푸르름처럼 언제나 하나 된 마음으로 영원하길 소망해 본다.

화장실과 스위트룸

우리나라 사람들은 내면 보다 외면에 많은 투자를 한다. 속은 쉽게 드러나지 않지만 밖은 사람들의 눈에 잘 보이기 때문이다.

웅장한 건물외벽과 화려한 간판, 명품으로 치장한 옷차림, 인형처럼 꾸민 색조화장, 형형색색의 헤어컬러, 날씬한 몸매 등 다른 나라 국민들보다 유독 외형적인 곳에 많은 돈을 투자한다. 그렇지만 사람들이 잘 보이지 않는 곳은 방지하는 경우가 많다.

지금은 많이 달라졌지만 몇 년 전만 해도 업소의 화장실은 그렇게 청결하지 못했다. 88서울올림픽과 2002년 월드컵을 계기로 화장실 문화가 크게 개선됐지만 아직도 시골의 일부 식당에 가면 과거와 변함없는 화장실을 볼 수 있다.

음식은 소문대로 너무나 맛있는 집이지만, 가끔씩 가는 화장실은 옛날과 다름없이 청결하지 못하다면 음식 맛이 떨어질 수 밖에 없다.

선진국일수록 화장실은 향기 나는 스위트룸으로 단장되어 있다. 우리나라도 점차 개선되고 있지만 아직도 선진국과는 거리가 먼 듯 하다.

내가 시장에 당선된 이후 화장실 문화 개선을 위해 몇 차례 회의를 소집하고 업소교육을 시행한 것도 이런 이유 때문이다. 특히나 많은 사람들이 찾는 기차역 버스대합실 등의 화장실은 그 도시의 얼굴로 표시될 정도로 깨끗해야 한다.

그렇게 하려면 철저한 관리가 필요하고, 이용하는 사람들의 의식도 중요하다.

화장실은 과거 뒷간이라고 불렀다. 뒤를 본다는 순 우리말이다. 1948년 초대국회 때 어느 한 의원이 손을 들어 발언을 신청한 뒤 "뒤 좀 보고 오겠다."는 말을 해서 시중에 오랫동안 웃음거리가 된 적이 있다.

뒷간이라는 말 이외에는 변소 칙간 정낭 통시 등도 사용됐다. 칙간은 강원도와 전라도 지방의 사투리고, 정낭은 함경도 지방의 사투리다. 통시는 경상도와 강원남부 지방에서도 사용하는데, 통숫간은 그냥 방언(方言)이라고만 사전에서는 풀이하고 있다.

나의 부친은 서울에서 고등학교를 다녔는데 경상도 친구가 "변소가 어디냐."를 서울말로 하는 것을 재미있게 들은 적이 있다고 했다.

서울 생활을 처음 한 경상도 친구는 "통시가 어디 있니."라고 물었는데,

당시 서울사람들은 통시가 무엇인지 몰랐다고 했다. 서울말을 따라 했던 경상도 친구가 당황해서 얼굴이 붉어졌다고 했다. 그 만큼 화장실은 우리나라 여러 곳에서 각기 다른 말로 사용되고 있었던 것이다.

변소는 한자로 한국을 비롯해 중국 일본 등에서 널리 사용되는 말이다. 옛말로는 해우소(解憂所)라고 해서 근심을 해결하는 곳이라고 했다. 주로 사찰에서 많이 사용했다.

화장실이라는 말은 이제 우리나라에서 쓰던 재래식 화장실이 아니라, 외국에서처럼 하나의 문화 공간으로 변해가는 추세이다. 요즘 백화점과 호텔 등의 화장실에는 음악을 틀어주고 여자화장실에는 아이의 귀저기를 갈 수 있는 곳도 있다고 한다.

화장실이라는 말이 처음 생긴 것은 영국이다. 18~19세기 영국에서는 가루를 가발에 뿌리는 것이 유행이었다. 이 때 상류층 가정의 침실에는 대개 파우더 클라젯(powder closet)이 있었다. 이곳은 가발에 가루를 뿌리기 위한 공간이다. 직역하면 '화장하는 방' 인데 가루를 뿌린 뒤 손을 씻어야 하므로 물을 비치하게 됐고, 이후 화장실이 변소를 의미하는 말로 쓰이게 됐다.

과거 조선시대 경복궁에는 화장실이 28곳이나 있었다고 한다. 프랑스 왕궁이었던 베르사유궁전에 단 한곳도 없었던 것과 비교하면 상당히 많은 수치다. 경복궁 안에 있는 화장실의 이름은 서각(西閣) 또는 혼헌(渾軒)이라고 했다.

그러나 정작 왕과 중전이 기거했던 곳에는 화장실이 없었다고 한다. 왕과 왕비는 화장실에 가지 않고 이동식 좌변기를 썼는데, 그 이름을 '매화틀'이라고 불렀다.

매화틀 그릇은 사기나 청동으로 만들었는데 밑은 서랍으로 만들어 밀어 넣고 뺄 수 있었다. 그릇 안에는 재를 가득 담아서 용변을 볼 때 소리가 나지 않게 하였을 뿐만 아니라 냄새도 나지 않게 했다. 아무래도 왕과 왕비는 귀한 몸이니 만큼 독특한 방법을 사용했던 것 같다.

우리나라 화장실이 변하고 있다. 과거와 비교하면 호텔 스위트룸 정도까지라고 해도 과언은 아니다. 스위트룸은 호텔에서 최고급 룸을 의미하는 것으로 누구나 알 것이다.

스위트룸은 하룻밤에 500만원, 800만원 등 그 가격은 알 수 없을 정도로 높다. 뉴욕의 플라자 호텔 스위트룸은 하룻밤 숙박료가 1,500만원 정도라고 한다.

시설이 어느 정도인지는 모르지만 최고급 중에 최고급이라고 하니 일반 서민들은 상상도 할 수 없다. 4일 밤을 숙박한다면 지방 중소도시의 어지간한 아파트 한 채를 살 수 있는 돈이다.

우리나라 연예인들도 결혼 후 첫날밤을 특급호텔 스위트룸에서 보낸다고 하니 부럽기보다 "왜 하룻밤 자는데 몇 백만원씩 줄까."하는 생각이 든다. 내가 아직 서민이라서 그런지 이해가 되지 않는다. 상류층 사람들은 당연시 하겠지만 내 생각은 아닌 것 같다.

최고의 쉼터는 내 몸이 편하게 쉴 수 있는 그런 공간이라고 생각한다. 단 1평에 불과할지라도 남의 간섭 없이 정말 편히 쉴 수 있는 그런 곳이라면 스위트룸이 부럽지 않다.

지금 나에게 있어 최고급 스위트룸은 우리 집이다. 강원도 태백시 외곽에 있는 작은 아파트지만 앞에는 푸른 산과 강이 보이고 가끔은 경운기 소리도 들린다.

눕고 싶으면 눕고, 자고 싶으면 잘 수 있는 곳. 진정 최고급 스위트룸은 내 몸을 쉬게 해주는 우리 집 뿐이다.

2006년 1월 이사를 온 이후 4년만에 시장에 당선되어 시내에 관사를 얻어 출근하라는 권유도 많이 받았지만 나 이 집을 고집하고 있다. 너무나 편하기 때문이다.

화장실도 마찬가지다. 편하게 쉴 수 있도록 깨끗하고 편리한 공간으로 조성돼야 한다. 특히 지방의 자치단체장들에게는 화장실 문화 개선을 적극 권장하고 싶다.

화장실은 이제 그 나라, 그 지방의 얼굴이다. 공중 화장실 뿐 만 아니라 일반 음식점과 업소 가정 등에서 사용하는 화장실도 그들만의 스위트룸이 될 수 있도록 지속적인 노력을 당부하고 싶다.

향기 있는 음악이 흐르고, 책 한권 손에 쥘 수 있는 작은 공간. 최고의 스위트룸을 우리나라 각 지방정부에서 만들길 기대한다.

햇살가득한 오후

취임한 지 얼마 되지 않은 늦여름. 오후가 되니 조금 한가하다. 하루 동안 대지를 환하게 비쳐주던 뜨거운 햇살도 오후가 되자 힘에 지친 듯 열기를 잃은 모습이다.

민원인들도 돌아가고 조금 쉬려고 할 때 한 여직원이 찾아왔다. 단아한 모습에 수줍음이 많은 직원이다. 그렇지만 또렷한 눈망울에 뭔가 꼭 해야 할 말이 있는 것 같았다.

"얼마 전 업무보고 때 황지연못 물길복원 사업 애기가 나와 드릴 말씀이 있는데요." "말씀해 보세요." 나는 그에게 설명할 수 있는 기회를 줬다.

그는 이내 결재 판에서 뭔가를 꺼내 놓더니 설명을 하기 시작했다. 한동안 그침 없이 논리를 펼쳤다. 그동안 생각했던 황지연못 물길복원 사업에 대해 그는 해박한 지식을 가지고 있었다.

듣고 보니 그럴듯한 사업이다. "그럼 시작을 한번 해 보죠. 그렇지만 사업비 확보가 문제인데 해결할 수 있는 방법을 찾아보세요." 사업계획은 좋지만 지방비가 많이 투자되는 사업은 어렵다는 판단 때문이었다.

며칠 후 여직원은 다시 찾아왔다. 여러 가지 검토한 결과 국비와 도비 지원을 80%까지 받을 수 있다는 결론이 나왔다는 것이다.

나는 상당히 고무됐다. 당시만 해도 시설사업의 국비와 도비 보조율은 많아야 50%이고, 많게는 70%를 지방자치단체가 부담해야 하는 시대였다.

총 사업비가 500억원 투자될 경우 지방비는 100억원이면 가능하다는 계산이 나왔다. 사업기간을 5년으로 한다면 1년에 20억원씩 부담하면 된다. 물론 적은 돈은 아니지만 가능한 사업이라고 생각했다. 그렇게 황지연못 물길복원 사업은 시작됐다.

사업을 추진하기 위해 간부회의를 거치고 곧 행정절차에 돌입했다. 주변 여건도 우리를 도왔다. 먼저 한국 환경공단에서 협약서를 체결하자는 연락이 왔다. 공단 이사장이 직접 태백을 방문해 체결하겠다는 내용이다.

2010년 11월 10일.

마침내 황지연못 물길복원 사업은 눈을 뜨기 시작했다. 환경공단 이사장이 태백시청을 직접 방문했다.

협약서에 사인한 후 정부와 환경공단 그리고 태백시가 최선을 다해 낙동강 발원지 물길을 복원하자고 약속을 했다. 나는 새해 들어 신년 인사에서 전담팀을 보강했다. 전담팀을 구성해 체계적으로 추진해야 할 필요성을 느꼈기 때문이다. 이후 물길복원 사업은 더욱 탄력을 받기 시작했다.

2011년 6월 10일.

1987년 6월 항쟁이 발생한지 24주년 되는 날이다. 당시 대학 2학년이었던 나에게 아주 특별한 의미가 있는 날이다.

나는 서울로 향했다. 이제는 환경부와 협약식을 체결해야 하기 때문이다. 행사는 서울 청계천 근처에 있는 여성가족부 13층 대회의실에서 진행됐다.

유영숙 환경부장관이 직접 참석하기 때문에 언론에서도 비상한 관심을 보였다. 우리지역의 신문 방송은 물론 인터넷 언론사도 현장에서 취재했다. 유영숙 환경부 장관과 협약서를 교환하고 청계천을 배경으로 기념사진도 촬영했다.

취임 후 야심차게 시작된 프로젝트는 정부와 많은 사람들의 관심 속에 순조롭게 진행됐다. 나는 같이 간 일행들과 함께 청계천을 둘러보며 희망에 부풀어 올랐다.

황지연못이 생태공원으로 바뀌고 시민들에게 편안한 휴식공간으로 탈바꿈할 수 있는 기대삼 때문이었다.

낙동강 발원지 황지.

황부잣집 전설이 서려 있는 이곳은 태백의 심장이다. 태백의 심장에 맑은 피를 공급하겠다는 생각에 가슴이 벅차오른다.

황지연못은 도심 한 복판에 샘이 솟아나 낙동강 1,300리길을 흘러간다.

얼마나 상징적인 의미가 크다고 할 수 있는가. 그렇게 큰 의미를 가지고 있으면서도 낙동강 발원지 물길은 지하에서 하늘을 보지 못하고 시작된다. 수 십 년 동안 지하에서 잠자던 물길이 이젠 하늘을 볼 수 있는 날이 얼마 남지 않았던 것이다.

이제는 정부의 투융자 심사를 받는 절차가 남아 있다. 투융자 심사는 행정안전부에서 한다. 사업 주무부서는 환경부지만 행정안전부의 심사를 통과해야 가능하다.

난 이 사업의 투융자 심사가 당연히 통과될 줄 알았다. 왜냐하면 태백시가 환경부 환경공단 등과 업무협약을 체결해 놓은 상태라서 행정안전부에서 굳이 반대할 이유가 없기 때문이다.

난 태백에 내려와서 마음을 놓고 황지연못 물길복원사업 구상에 들어갔다. 그러던 사이 또 한해의 여름은 오고 피서철도 지나갔다.

2011년 8월 중순.

나는 평상시대로 아침 7시 50분에 집을 나와 출근을 했다. 매일 아침 8시 30분에 주요 간부회의가 있기 때문에 이 시간에 출근을 해야 한다. 출근시간은 보통 15분이면 되지만 사무실에 도착해서 이것저것 검토해야 하는 시간이 필요하기 때문에 조금 일찍 출근한다.

아침에 간부회의를 하면서 담당과장이 행정안전부 투융자 심사에서 물길복원 사업이 유보됐다는 소식을 전했다. 이미 환경부와 환경공단까지 협약을 마친 상태에서 유보됐다는 것은 이해가 되지 않았다.

당연히 통과될 것으로 기대했지만 행정안전부에서는 재정난을 이유로 유보했다.

눈앞이 캄캄했다. 그러나 멈출 수는 없었다. 이후 난 자치단체장으로서는 이례적으로 행안부 투융자 심사위원들을 상대로 브리핑을 했다.

정부청사 회의실에서 열린 심사에서 난 이 사업의 당위성을 설명하고 심사위원들을 대상으로 적극적인 관심을 요청했다. 물론 정부부처 직원들과는 수차례 접촉을 하고 담당국장과 차관 등을 만나 당위성을 역설했다.

그렇게 해서 물길 복원 사업은 정부의 투융자 심사를 통과할 수 있었다. 이후 몇 차례 경남 창원에 있는 낙동강 유역청을 방문해 낙동강수계기금의 지원을 요청했고, 결국 관련 규정을 바꿔 수계기금도 지원받을 수 있었다.

지금은 사업비가 275억원으로 줄었지만, 시가 부담하는 금액은 40억원을 조금 넘고 있다. 공사기간을 4년으로 봤을 때 시비 부담은 연간 10억원이라는 계산이 나온다.

'안되면 되게 하라'는 말을 잘 알 것이다. 이 일은 여직원의 아이디어에서 시작했지만 담당과장 계장 부시장 등의 적극적인 노력이 있었고, 의회의 협조가 있있기에 가능했다.

아직 착공은 하지 않았지만 생태하천 사업으로 변경된 이 사업은 태백의 새로운 랜드마크가 될 것임이 분명하다. 언젠가 완공되는 그 날, 현장에 꼭 있었으면 하는 바람이다.

4장 Supplement

발톱을 드러낸 여자

발톱을 드러낸 여자

공지숙.

1966년 4월 6일 생.

서명대학교 영문과 4년 중퇴.

몇 달 째 원룸에서 외출을 자제하던 지숙은 아는 선배의 전화를 받고 자신의 이력을 쓴다.

서울출생이라고 적었다가 지워 버렸다.

이력서에 더 이상 쓸 내용이 없다. 대학시절 노동운동 한다고 공장에 위장 취업했던 내용을 쓸 수 없었다. 잠깐씩 일한 주간 신문사와 정당생활을 이력서에 쓸 이유도 없었다.

나이 마흔 여섯이 되도록 제대로 된 직장에서 일해보지 않았던 지숙은 선배 친구가 운영하는 서점에 취직하기 위해 약식으로 이력서를 썼다.

85학번인 지숙은 어렸을 때 부유하게 자랐지만 대학에 입학하면서 완전히 다른 사람으로 변했다. 집안이 기울어서가 아니라 동아리에 가입하면서부터 삶 자체가 180도 변했다.

음악에 취미가 있던 그녀는 대학에 입학해 여고 동창생 승숙이와 함께 클래식 기타 동아리에 가입했다. 부유한 집안 탓에 어려서부터 피아노를 배웠던 지숙은 수업을 마치고 봄 햇살을 가득 받으며 교정을 나오는 순간 동아리 회원을 모집하는 선배들의 소리에 발길을 멈췄다.

"신입생 여러분! 지성인의 소리! 클래식 기타 동아리에 초대합니다. 여러분의 멋진 대학생활을 확실하게 보장합니다."

"여학생 대환영 합니다."

선배들은 지숙과 승숙이 멈춰 서자 더더욱 큰 소리로 모집광고를 했다. 한 손에 영문학 개론과 노트를 끼고 걷던 지숙은 승숙의 팔을 잡아 당겨 동아리 모집테이블로 갔다.

이름과 학과 학번을 적은 다음 간단한 안내를 받고 둘은 정식 회원이 됐다. 얼마 후 목련꽃이 지고 캠퍼스에 벚꽃이 활짝 폈다.

지숙의 대학생활은 낭만 그 자체였다.

입학식이 끝나자 마자 핑클파마에 분홍색 머리띠를 두른 지숙은 여고생의 티를 벗기 위해 안간힘을 썼지만 어디를 봐도 새내기였다.

안경을 쓰고 앞 이빨이 튀어나왔지만 미팅도 하고 친구들과 어울려 캠퍼스를 거닐기도 했다. 입시지옥에서 얻은 완전한 자유였다.

수업이 끝나고 6시면 동아리 방에 모여 기타연습도 열심히 했다. 5월이 되면서 학교는 축제분위기로 들떠 있었다. 말이 축제지 집회와 시위를 위한 준비였다.

정문 앞 대자보엔 연일 민주주의 사수와 직선제 개헌이라는 대자보가 붙어 있었다. 학원가는 하루가 멀다하고 시위가 이어졌으며 교정은 최루탄 냄새로 뒤범벅이 됐다.

지숙이 가입한 기타 동아리는 5월 첫 주 토요일 축제를 앞두고 춘천에 있는 강촌에 MT를 가기로 했다. 지숙과 승숙은 선배들과 함께 청량리에서 춘천으로 가는 기차를 타고 모처럼 대학의 낭만이라는 것을 느꼈다.

청바지 차림에 분홍색 티셔츠를 입은 지숙은 화장도 살짝했다. 대학생활 첫 MT는 설레임도 있었지만 처음 맛보는 막걸리로 취하기까지 했다.

강촌에 도착해서 일박을 하고 다시 서울로 돌아오는 기차 안에서 지숙은 승숙의 어깨에 기대어 잠시 잠이 들었다.

승숙과 나란히 앉은 지숙은 기차가 청평역에 도착하자 차창 밖으로 승차를 기다리는 대학생들을 볼 수 있었다.

곧이어 기차가 정차하고 많은 학생들이 탔다. 지숙이 탄 기차 칸에도 학생들이 몰려들기 시작했다. 기차는 다시 청평역을 출발하고 다들 MT 때문에 피곤했는지 조용하게 있었다.

문득 지숙은 맞은편에 있는 학생들에게 눈길이 가기 시작했다. 북과 징 꽹과리 장구 등을 들고 있는 학생들은 분명 지숙이 다니고 있는 서명대학교 학생들이었다.

티셔츠에 서명대학교가 분명하게 쓰여 있었고 여학생들은 생머리에 화장기가 전혀 없었다. 지숙의 오른쪽 맞은편에 앉은 남학생은 검은 뿔테 안경에 유난히 검은 피부가 눈에 들어왔다.

그는 피곤하지도 않은 지 경상도 사투리로 어젯밤 MT에서 있었던 얘기를 동료 학생들과 시끄럽게 나누고 있었다.

그는 얘기 도중 지숙을 힐끔 힐끔 쳐다봤다. 지숙은 눈을 피했지만 그가 계속 자신을 응시하고 있다는 것을 느낄 수 있었다.

지숙은 옆자리에 앉은 승숙에게 말을 걸어보지만 신경은 그 남학생의 눈길에 가 있었다. 청평역을 출발해 청량리역에 도착하는 한 시간 동안 둘의 신경전은 소리 없이 진행됐다.

그렇게 MT를 마치고 5월 축제가 시작되던 어느 날.

지숙은 여느 때와 마찬가지로 단짝인 승숙과 함께 수업을 마치고 정문으로 나오다가 교내 민주광장에서 시끄러운 소리가 들려 발길을 돌렸다.

풍물패 동아리가 집회에 앞서 요란하게 공연을 하고 있었다. 그 중에 지숙의 눈에 띠는 남학생이 있었다. 꽹과리를 신명나게 치며 상모를 돌리는 그는 지난번 MT 때 기차 안에서 본 경상도 사내였다.

집회가 막 시작될 무렵 지숙과 승숙은 자리를 빠져 나왔지만 지숙의 머릿속에는 묘한 감정이 있었다. 시간이 얼마 지나지 않아 학생들의 노랫소리가 들려온다.

학교 집회에서 흔히 불리는 노래이기 때문에 동아리방에서 기타 연습을 하던 지숙도 흥얼거리기 시작했다.

얼마큼의 시간이 지나자 경찰의 최루탄 소리가 펑펑 하고 들려왔다. 곧이어 흩어지는 학생들 사이로 흰색 안전모를 쓴 백골단이 진입해 시위대를 검거하기 시작했다.

학생들은 흩어져 동아리 회관에 숨고 어떤 이는 잡혀가기 시작했다. 일부 학생들은 도망치면서 동아리 방에 숨기도 했다. 지숙이 있는 동아리 방에도 풍물패 학생 몇 명이 숨어 들어왔다.

바로 그때 지숙의 눈에는 낯익은 사내가 있었다. 아까 꽹과리를 두드리던 그 경상도 사내였다.

"손수건 있으면 좀 주소."

최루탄 냄새로 콧물까지 튀어나온 얼굴에 눈을 제대로 뜨지 못한 그는 지숙과 승숙을 보며 손수건을 요구했다. 지숙은 얼떨결에 손수건을 내 주며 그를 쳐다봤다.

"지난번 MT때 기타들고 있던 그 학생 아이가? 몇 학년인교?"

지숙은 멈칫하면서 말했다.

"1학년인데요."

"손수건 고맙네. 근데 시국이 어느 땐데 여기서 기타만 치고 있을라오? 지금 100만 청년 학도들이 군사정권과 맞서 싸우는데 이래도 되는교?"

"……"

지숙은 말이 없었다.

"보소. 양심 있는 학생들이 이렇게 앉아 있어서 되겠소? 그리고 손수건 고맙네요. 이따 저녁에 시간되면 막걸리 한잔 할라요? 6시에 학교 정문 앞에 있는 대방골 막걸리집으로 오소."

그렇게 말하고 그는 지숙에게 손수건을 건네며 동아리방을 빠져 나갔다. 그가 나가자 지숙은 승숙에게 물었다.

"승숙아 나가볼래?" "뭣하러 나가. 가지 말자."

"그래도 한번 가보자. 막걸리 사준다잖아." 지숙은 은근히 가고 싶은 마음이었다.

6시가 다가오자 승숙을 꼬셔 막걸리 집으로 향했다. 학교는 최루탄 냄새로 진동을 했다. 수위 아저씨가 소방호수로 물을 뿌리고 있었지만 목구멍 깊숙하게 잠겨오는 최루탄 냄새는 피해갈 수 없었다.

겨우 정문을 빠져 나와 대방골에 들어가니 경상도 사내는 혼자 앉아 있었다. 이미 막걸리를 시켜 놓고 혼자 한 잔 하고 있었다.

"얼른 오소. 막걸리 마실 줄 알겠지. 한잔 하소." 그는 퉁명스럽게 지숙과 승숙에게 한잔씩 따라주고 나서 담배를 피워 물었다.

성냥을 켜자 화약 냄새가 코 끝에 와 닿는다.

“무슨 과요? 음대 아인교?”

“영문관데요.”

승숙이 말했다.

“영문관데 기타를 치나보지? 별로 재미 없어 보이던데.”

“배워 보려고요.”

지숙이 다소곳하게 말했다.

“난 경제학과 84학번이요. 이름은 조승현. 경남 거창이 고향이요. 선배들이 조까치라고 불러요. 하하하. 들어 봤소? 거창?”

“아… 네…”

“지난번 청평 MT 갔을 때 기차 안에서 봤소. 우리학교 학생 같아서 머릿속에 남아 있었지. 그래 이름은 뭐요?”

그는 지숙을 향해 물었다.

“저는 공지숙입니다.” “옆에 있는 친구는요?”

“저는 박승숙인데요.”

“지숙이 승숙이 쌍둥이 같구만. 맨날 붙어 다니는교?”

“아니요. 여고 동창생이고 영문과도 같이 진학해서 친하게 지내요.”

지숙은 답변하면서 미소를 보였다.

그 미소 속엔 승현을 남자로 생각하고 있다는 의미도 있었다. 승현도 마찬가지다. 지숙을 여자로 생각하고 있었다. 승현은 거창에서 고등학교를 졸업하고 1984년 서울에 있는 서명대학교에 진학했다.

농부의 아들로 태어나 촌티를 벗어나지 못하고 있지만 서울에서 생활하면서도 여전히 촌티나는 모습이다.

서울생활 2년째가 되지만 늘 경상도 사투리로 말했고 가끔씩 흰 고무신을 신고 학교에 다녔다. 서울에서 태어나 부유하게만 자라온 공지숙은 오히려 승현의 촌티 나는 모습에 매력을 느꼈다.

승현도 말쑥한 지숙의 모습에 빠져 들었다. 비록 앞 이빨이 조금 튀어나오긴 했으나 하얀 피부에 깔끔한 모습을 하고 다니는 지숙은 남학생들이 적지 않은 관심을 보였다.

"내가 비록 경상도 촌놈이지만 의리 하나는 있지예. 고등학교 때는 몰랐는데 서울에 와 보니 농사짓는 우리 아버지가 얼마나 많이 고생하고 있다는 것을 알게 되었소. 맨날 새벽에 나가서 밤 늦게까지 일하는 아버지는 농민이라는 이유로 핍박받는 생활을 하고 있지요. 민중의 삶을 바로 느낀 거라예. 압구정동에 사는 또래 아이들은 부모 잘 만나서 차 타고 오토바이 타고 다니지만 나는 자전거 하나도 못 타고 다니니까 완전한 프롤레타리아 아닙니꺼. 아버지는 맨날 농협 빚에 시달리고 있지예. 올해 등록금도 농협에서 대출받아 학교에 냈다 아닙니꺼."

승현은 막걸리 한잔을 들으킨 다음 또 다시 담배를 물었다. 뽀얀 연기가 불빛을 타고 휘날린다. 지숙과 승숙은 아무 말 없이 승현의 얘기에 귀 기울인다.

"서울 아들은 마카 잘 사는 모양이데예. 신발도 좋은 것만 신고 다니고 땟깔도 좋고요. 나는 그런게 싫습니더. 그냥 있는 그대로 살지예. 그렇다고 서울 아들 미워하는 것은 아닙니더. 데모를 시작하게 된 것도 아버지를 생각해서지요. 내가 보기엔 우리 아버지는 대한민국에서 제일 열심히 일하고, 일하는 시간도 많은데 댓가는 최악이지예. 사회 구조가 잘못된 거 아닙니꺼. 열심히 많이 일하면 돈도 더 벌어야 하는데 그렇지 않으니까요. 그래서 나는 정당한 사회, 민중이 주인이 되는 사회를 만들기 위해 내 양심을 투자한 거요. 바로된 사회를 만들기 위해서요. 양심 있는 젊은 청년 학도들이 그렇게 살아야 하는 거 아닙니꺼?"

지숙은 한참을 듣다가 승현의 말에 흔들리기 시작했다. 자신은 지금까지 부족함 없이 살아 왔지만 너무나 힘들고 어렵게 생활하는 사람도 많다는 것을 승현의 입을 통해 깨달은 것이다.

셋은 두시간동안 막걸리를 마시다 대방골을 나와 나란히 걸었다. 지숙과 승숙은 대부분 듣기만 하고 거의 승현이 혼자서 얘기했다.

승현은 버스 타는 곳까지 둘을 바래다 주며 지숙에게 자신이 읽던 책을 선물했다.

'사이공의 흰옷'

지숙은 집에 와서 책을 펼쳐 보았다. 책갈피 사이에는 '경제학과 2학년 조승현. 연락처 563-76XX' 지숙은 가슴이 뛰기 시작했다.

'경상도 촌놈 조승현. 그렇게 잘 나지도 않은 사나이가 왜 이렇게 내 가슴을 흔들어 놓지?' 지숙은 자신도 모르게 빠져가는 승현에 대한 감정을 숨길 수 없었다. 지숙은 책을 읽기 시작했다.

1960년대 베트남 학생운동의 상황을 말해주는 책으로 투철한 역사관과 국가관을 가지고 있는 여자 주인공의 민주항쟁과 관련된 내용이었다.

주인공은 60년대 베트남에서 학생운동을 시작하면서 계속되는 구속과 사랑하는 사람과의 시련 등 눈물겨운 투쟁사를 이어갔다.

학생운동의 정점으로 정권이 붕괴된 이후 다시 혁명을 위해 결의를 다지는 주인공의 모습에 지숙은 마치 자신이 주인공인 것처럼 묘한 감정을 일으켰다. 밤늦게까지 책을 모두 읽은 후 다음 날 지숙은 승현에게 전화를 걸었다.

"저… 영문과 지숙인데요. 책 다 읽었어요."

"아… 빨리 읽었네예. 볼만 하던교?"

"네 재미있게 봤어요."

"이번주 토요일 뭐합니꺼? 대학로에서 연극 공연 있는데 같이 갈랑교? 우리학교 애들이랑 다른학교 애들이랑 섞어서 하는 연극인데 볼만 할 겁니더. 극예술연구회에서 주관하던데 같이 가입시더."

"아… 네…"

지숙은 말끝을 흐렸다.

"네…그럼 동숭동 입구 예맥 문화센터 앞에서 7시에 봐요."

"네."

지숙은 자기가 왜 전화를 걸었는지 몰랐다.

그냥 승현이 생각나서 수화기를 들은 것이다. 그리고 약속시간과 장소가 정해졌다.

지숙과 승현의 만남이 시작된 것이다. 둘은 토요일 연극관람을 끝낸 후 버스를 타고 광화문으로 향했다. 피맛골 골목을 지나 허름한 낚지집으로 들어갔다.

지숙은 이런 집에 처음 와 봤다. 나무합판으로 된 식탁은 온갖 낙서들로 지저분 했다. 연인들의 이름을 식탁위에 새겨 다녀간 날자 까지 적혀 있었다.

'이 사람들이 지금은 잘 만나고 있을까?'

지숙은 속으로 이렇게 생각하면서 승현을 쳐다봤다.

승현은 낚지 볶음과 소주를 시켜 놓고 담배를 입에 물었다.

"지숙씨. 낚지 좋아하는교?"

이미 시켜 놓고 물어보는 것은 무슨 이유일까. 그냥 먹으면 되는데…

지숙은 속으로 그렇게 생각하며 "네 좋아해요."라고 대답했다.

소주잔이 오가며 은근히 취기가 올랐다. 소주를 마셔보지 않은 지숙은 승현과 똑 같이 마시면서 어지럽다는 것을 느꼈다.

"지숙씨. 연애 해 봤는교?"

"아니요. 미팅은 몇 번 해 봤는데 사겨보지는 못했어요."

"사실은 나도 아직 연애 해 본 경험이 없어서 어떻게 해야 할지 잘 모르겠는데요."

승현은 또 다시 담배를 물고 자신의 시국관을 늘어놓기 시작했다. 고등학교 때까지 잘 성장했던 지숙은 승현의 말에 빠져들기 시작했다.

"지숙씨는 취미가 뭐지예?"

"취미라기 보다는 음악을 좀 좋아하는 편이에요."

"음악이면 사물놀이두 포함 되는 거 아닙니꺼. 하하하. 노래도 잘 부르겠네요?"

승현은 지숙에게 이런 저런 관심을 보이기 시작했다. 술은 어느듯 두병째 비워가고 있었다. 대부분 승현이 마셨지만 지숙도 만만치 않게 마셨다.

밤 10시가 넘어 둘은 자리에서 일어섰다. 종로3가를 돌아 명동 입구까지 걸었다.

"지숙씨는 좋은 사람 같아요. 착하고 솔직하고요."

"고맙습니다. 잘 봐주셔서. 선배님도 좋은 분 같아요."

"하하하. 그래요? 난 그저 평범한 촌놈인데…"

둘은 취기가 올라 서로 속내를 조금씩 털어놓기 시작했다. 시골 촌놈과 깔끔한 서울여자의 만남. 둘의 사랑은 이렇게 시작됐다.

명동입구에서 지숙을 보낸 승현은 버스를 타고 자취방으로 향하며 많은 생각을 했다. 시골에서 상경해 처음 두 달은 하숙을 하고 하숙비가 비싸 값싼 월셋방으로 옮겨서 생활한지 1년이 넘었다.

1학년 초 우연한 기회에 풍물패에 가입해 꽹과리를 두드리며 학교생활을 했던 그는 동아리 선배로부터 사회과학 서적을 건네받아 나름대로의 이념무장을 했다.

러시아 볼세비키혁명과 마르크스시즘 해방신학 매판자본론 식민지관 등 관련서적을 탐독하며 운동권들이 걸어가는 과정을 밟는 중에 있었다.

처음에는 아무것도 모른 채 시위대에 뛰어들어 데모를 했지만 이제는 역사관과 이념관에 따라 노선을 선택해야 할 때가 왔다.

어렸을 때 빨갱이라며 그렇게 싫어했던 주체사상이 이젠 하나의 이념으로 공부하는 그가 됐다.

민족해방 계열인 NL과 민중민주주의 계열인 PD를 놓고 고민에 빠진 승현은 쉽게 결정할 수 없었다.

서명대 총학생회는 NL계열이었다. 한국사회를 미국의 식민지로 보는 NL은 미군철수와 주체사상을 옹호하는 일부 주장 때문에 승현은 늘 혼란스러웠다.

그렇지만 한국사회를 신식민지 국가독점 자본주의로 규정한 PD는 자본가와 노동자의 계급모순을 타파하자고 주장해 승현의 생각과 일치하는 부분이 많았다.

승현의 아버지가 시골에서 농사를 짓기 때문에 국가 독점자본주의가 철폐되고 농민과 노동자가 중심이 돼 제헌의회를 소집하면 한국사회의 체계가 바로 잡힐 수 있다는 것이 승현의 생각이었다.

하지만 승현이 속해있는 풍물패는 NL계열로 주사파에 가까웠다. 친북좌파로 흘러가는 동아리에서 승현은 갈등하지 않을 수 없었다.

버스를 타고 자취방으로 향하면서 승현은 긴 한숨만 내 쉬었다. 지숙과의 만남도 어떻게 보면 이런 갈등속에서 이뤄진 것이었다. 쉽게 여자를 만나지 않았던 승현은 사회과학 서적에서 잠시 손을 떼고 이성에 눈을 돌린 것이다. 현실을 도피하기 위해서인지 모른다.

어쨌던 그는 지숙을 만났다는 것 만으로 위안이 됐다. 또한 지숙에게 자신의 이념을 전달하고 함께 투쟁할 수 있는 파트너이기를 바랬다.

지숙과 얼마 안되는 만남을 통해 그녀가 너무나 착하고 순수하다는 것을 알았지만 운동권에서 함께 일하기를 비랬던 깃도 그녀에 대한 연민이라는 것을 알았다.

승현은 복잡한 머릿속을 내릴려고 노력했지만 쉽게 가라앉지 않는다. 버스는 어느듯 동작대교를 건너고 있다. 밤 늦은 시간이지만 한강으로 흐르는 불빛이 너무나 아름답다.

'아 이렇게 아름답고 평화로운 세상에 나는 왜 이렇게 힘들게 살아 가는가?'

승현은 자신의 삶을 생각하면서 갑자기 슬프다는 것을 느낀다. 금방 헤어진 지숙이 보고 싶어진다.

'집안도 잘 산다는데 나 같은 시골 촌놈이 만나도 되는가?'

이런 저런 자괴감으로 머리는 또 아파진다.

1987년 4월 13일.

지숙은 이제 3학년이 됐다. 승현은 지난해 6개월 방위를 마치고 지숙과 같은 3학년이 됐다. 두 사람의 만남도 벌써 2년이 되어 간다.

지숙은 그동안 동아리를 옮겼다. 승현을 만난 후 한 달 있다가 기타 동아리에서 사회과학 연구회인 '터'로 옮겼다. 이제 지숙은 과거의 지숙이 아니다.

나름대로 이념서적을 들여다보면서 완전한 투사가 된 것이다. 반면 승현은 고향 거창에서 방위생활을 마치고 복학해서 취직 준비에 열을 올리는 모범생이 됐다.

2년 동안 둘의 위치가 완전히 바뀐 것이다. 그렇지만 바뀌지 않은 것이 있다면 둘의 사랑은 점점 깊어졌다는 것 뿐이다.

이날도 마찬가지로 지숙은 승현의 자취방에서 저녁을 준비하고 있었다. 아버지의 사업 실패로 성북동 저택에서 금호동 달동네로 이사한 지숙은 승현의 자취방에 자주 들려 동거 아닌 동거생활을 하게 됐다.

둘은 마치 부부인 듯 자연스럽게 행동했다. 승숙도 둘 사이를 별 다른 생각 없이 인정하는 분위기다.

대학교 3학년 여학생이 동거를 한다는 것은 아직까지 부도덕한 사회 통념이었지만 지숙은 완전히 개방된 생각을 가지고 있었다.

혼전동거와 여학생이 담배를 피우면 안 된다는 것은 봉건적인 사고라는 게 지숙의 생각이었다.

둘은 저녁식사를 마치고 담배를 피워 물었다. 지숙도 담배를 배웠다. 사회과학 연구회 동아리 활동을 하면서 피우기 시작했다. 벌써 1년이 넘었다.

저녁 9시가 되자 텔레비전에서는 뉴스가 나온다.

"전두환 대통령은 오늘 청와대에서 이번 대통령 선거는 현행법대로 치르겠다고 말했습니다." 이른바 호헌론이다.

학원가에서는 이른 봄부터 직선제 개헌을 위해 연일 시위를 했지만 전두환 대통령은 현행대로 대통령 선거인단을 구성해 체육관에서 대통령 선거를 치르겠다는 것이다.

뉴스를 지켜보던 승현과 지숙은 침통한 표정을 지었다. 아니 승현보다 지숙이 더 열 받아 대통령 발표에 온갖 가지 욕설을 섞어가며 흥분했다.

"더 이상 못 참을 것 같아. 선배 가만있을 수 없잖아."

지숙은 분을 참지 못하고 금방이라도 뛰쳐나갈 분위기였다. 그렇지만 승현은 아무 말도 하지 않았다.

다음날 아침 지숙은 아침 일찍 학교에 갔다. 동아리방에는 벌써부터 후배들이 시위준비를 하고 있었다.

'호헌철폐. 직선제 쟁취.' 풋말을 제작하고 전단지를 만들었다.

지숙은 동아리 회장과 함께 회의를 소집해 총학생회와 연대해 투쟁해야 한다고 주장했다. NL계열인 총학생회와 지숙의 동아리는 늘 함께 했지만 이번엔 차원이 달랐다.

학내 투쟁에서 벗어나 가두시위를 해야 한다는 것이 지숙의 생각이었다. 후배들에게 화염병 제작을 지시하고 지숙과 동아리회장은 총학생회를 찾아갔다. 오늘 당장 학내 투쟁을 벌이고 다른 학교랑 연대해 가두시위를 펼칠 계획이었다.

전국대학생대표자협의회(전대협) 산하 각 대학에 연락해 전국적인 시위를 준비하자는 총학생회장은 지숙보다 한층 더 큰 시위를 준비하고 있었다. 전두환 대통령의 호헌조치 이후 학원가는 연일 시위가 벌어졌고 서울 시내 곳곳에서는 가두시위가 산발적으로 펼쳐졌다.

서울대생 박종철군의 고문치사 사건으로 전국민의 민주화 열기가 점화된 이래 호헌론은 시위대가 확산되는 계기를 만들었다.

5월 들어 각 학교에서는 광주항쟁을 기념하기 위해 전국에서 시위가 벌어졌으며 서명대학교에서도 예외는 아니었다. 5월을 계기로 대학가의 시위는 점점 확산돼 갔으며 그해 6월 9일 연세대 이한열군의 최루탄 사망사건으로 시위는 최고조에 달했다.

6월 10일 박종철군 고문살인 은폐조작 규탄 및 민주헌법쟁취 범국민대회를 준비하면서 민주화 열기는 뜨겁게 달아 올랐다. 지숙은 광화문 광장에 나가서 4.13 호헌철폐, 직전제 쟁취, 독재타도 등을 외치며 시위를 계속했디.

6월 10일 광화문 집회는 지숙 뿐만 아니라 취업준비를 하던 승현과 승숙이도 참가했다. 승현과 승숙은 도서관에서 취업준비에 열을 올렸지만 6월항쟁이 뜨겁게 달아 올라 공부만 할 수 없었다.

광화문 광장에 모인 수십만의 군중속에 지숙은 화염병을 핸드백 속에 숨긴 채 시위대 앞에 서 있었다. 승현과 승숙은 비록 시위대 전방은 아니지만 군중속을 파고 들어 독재타도를 외치며 시가행진을 벌였다. 그날 밤 11시쯤 지숙은 승현의 자취방으로 돌아왔다. 최루탄 냄새와 화염병에 담긴 석유냄새가 진동했다.

지숙은 승현 앞에 부끄러움도 없이 옷을 훌훌 벗어던지고 알몸인 채로 부엌으로 향했다. 샤워시설이 없어 부엌에 있는 수돗물로 몸을 씻었다.

"선배. 나 수건하고 속옷 좀 줘. 저기 서랍 안에 있어."

2년 전만 해도 그렇게 수줍음을 탔던 지숙은 이제 승현 앞에 실오라기 하나 걸치지 않아도 부끄러움이 없는 여자가 됐다. 그녀는 샴푸 냄새가 나는 젖은 머리를 뒤로 한 채 수건을 받아들고 몸을 닦기 시작했다.

속옷을 챙겨 입고 승현을 마주 했다.

"선배. 오늘 시위 대단했어. 아마도 얼마 안 있으면 독재정권이 무너질 것 같아."

"응 그런 것 같아. 오늘 광화문에 승숙이랑 갔었는데 사람들이 무척 많아서 군사정권도 오래 못 갈 것 같은 예감이 들었어."

"응 선배도 갔었구나. 근데 시골 아버지는 아직도 아프셔? 선배 데모 하는 것 보고 쓰러지셨잖아. 선배가 시위현장에 나가는 걸 아버지가 알면 어떡 할려고 그래?"

"그래서 잠깐만 갔다 온거야."

승현이 아버지는 지난해 봄 승현이가 경찰서에 잡혀 있다는 연락을 받고 급히 상경했다. 집시법 위반으로 구류를 받은 승현을 보고 아버지는 경찰서에서 쓰러져 곧바로 병원에 실려 갔다.

승현은 그 이후로 데모를 중단하고 꽹과리 치는 것도 멈췄다.

아버지가 병원에서 퇴원한 이후 그는 신체검사를 받고 곧바로 방위병으로 입대했다. 시력이 워낙 좋지 않아 현역 판정을 받지 못하고 운 좋게 6개월 방위 소집을 받은 것이다.

방위근무를 마치고 그는 취직을 해서 돈을 벌어야 한다는 생각으로 올해 초부터 도서관에 파 묻히며 살았다.

다행이 승숙이가 승현의 동무가 되어 열심히 공부하는 중이었다. 지숙은 샤워를 마치고 시원하다는 듯 천장을 보고 누웠다. 두 다리를 뻗고 담배를 물었다. 담배 연기가 형광등 속으로 빨려 들어간다.

"선배. 원래 선배가 집회를 주도해야 하는데 어쩌다가 내가 하게 됐지? 우리 아버지는 딸 걱정도 안 하시나봐. 집에 안 들어가도 뭐라하지 않고. 그냥 친구네 자취방에서 지낸다고 했어. 엄마는 지금 내가 열심히 공부 하는 줄 알아. 선배처럼 말이지. 내년에 4학년이 되면 좋은 곳에 취직해서 집안에 도움이 되는 줄만 알고 있어. 근데 난 편하게 살고 싶지 않아. 민중들과 함께 민중의 편에서 살고 싶어."

"그래…"

승현은 긴 말을 하지 않았다.

"선배. 근데 말이야 우리 졸업하면 뭐하면서 지낼까? 아마 신배는 좋은 곳에 취직 하겠지? 승숙이도 공무원이 될 것 같아. 그 기집애는 7급 공무원 준비 한다면서? 공무원이 그렇게 좋나?"

지숙은 담배연기를 길게 내 뿜으며 한숨을 쉬었다. 승현도 더 이상 책 보는 것을 포기하고 지숙 옆에 누웠다.

"지숙아. 운동도 중요하지만 먹고 사는 문제도 한번 생각해야 되는 것 아니야? 졸업만 하면 어떻게 해? 좀 걱정이 된다.”

“선배는 시골에 계시는 아버지 때문에 취직을 해야 하잖아. 이젠 농사도 못 하시니까 선배가 먹여 살려야지. 그치만 난 아니야. 난 혼자잖아. 그리고 아직 해야 할 일들이 너무 많아.”

“알았어. 고마 자자.”

형광등이 꺼지고 87년 6월 10일의 밤은 시위대와 경찰이 밀고 밀리듯이 승현과 지숙도 엉켜서 지나갔다.

그해 6월 29일 노태우 민주정의당 대통령 후보는 긴급 담화를 통해 대통령 직선제를 약속했고 전국은 민주주의의 승리라며 축제 분위기였다.

방학에 시작되고 대학가의 시위도 점차 줄어들기 시작했다. 그 무렵 지숙은 노동운동에 뛰어 들어 동대문에 있는 작은 방직공장에 취직했다.

학원가의 운동권들은 이제 노동자를 앞세워 노동권을 쟁취해야 한다며 위장취업에 열을 올리기 시작했다.

지숙도 자원해서 위장 취업을 한 것이다. 공장 기숙사에서 여 직공들과 생활하던 지숙은 시골에서 상경한 여 직공들을 대상으로 노동운동의 필요성과 사상교육을 시켰으나 크게 먹혀들지는 않았다.

공장 노동자 생활에 별 흥미를 못 느낀 지숙은 석 달 만에 다시 승현의 집으로 돌아왔다. 뒤늦게 2학기 추가등록을 마치고 학교에 나간 지숙은 다소 안정을 되찾은 학교 분위기 탓으로 대학생활에 점차 염증을 느끼기 시작했다.

4학년 2학기가 시작되자 승현은 은행시험에 합격해 수습사원으로 출근하기 시작했다.

처음 입어 보는 양복에 넥타이까지 한 승현은 비록 까무잡잡한 피부지만 이젠 제법 서울사람 티가 나는 모습이다.

승숙이도 4학년이 되자마자 그해 3월에 치른 외무행정직 7급 공무원 시험에 합격해 외무부로 출근했다. 영문과를 다닌 관계로 외무행정직 7급에 당당히 합격해 외교관을 꿈꾸는 그녀였다.

반면 지숙은 4학년 2학기가 시작되면서 승현이 집에서 뒹굴뒹굴 그리며 시간을 보내고 있는 중이었다. 승현이가 출근하면 운동권 후배들을 불러 모아 낮술을 마시기도 했다.

그렇지만 그런 생활도 오래 할 수는 없었다. 지숙은 어느 날 편지 한 장을 남겨두고 승현의 집을 떠났다.

'선배 그동안 고마웠어. 그리고 사랑했고. 난 노동자로 살기로 했어. 우리가 언제 다시 만날지 모르지만 선배는 멋진 사람이 될 거야. 돈도 많이 벌어서 시골에 계시는 아버지한데 잘 해주길 바래. 참 우리 아이는 오늘 산부인과 다녀오면서 지웠어. 많이 생각해 봤는데 선배를 위하고 나를 위해서도 아직은 아닌 것 같아. 너무 신경 쓰지 말고 건강하게 잘 지내.'

승현은 퇴근 후 편지를 보고 눈앞이 캄캄했다.

며칠 전 지숙이 임신했다는 말을 듣고 이제는 취식했으니 돈도 벌어 큰 집으로 옮기고 아이도 낳아 잘 기르자고 했는데 왠 날벼락인가 싶었다. 지숙과 함께 한 1년 반의 동거생활은 이미 부부나 다름 없는 관계였지만 이렇게 떠날 줄은 상상도 못했다.

승현은 곧바로 승숙이한데 전화를 걸었다.

"승숙아. 지숙이가 나갔다. 편지 한 장 남겨놓고 나갔어. 어디를 갔는지 모르겠어. 어떡하지?”

“선배 그게 정말이에요? 말도 안돼…”

“미안하지만 시간 되면 잠깐 볼래?”

“네…내가 그리로 갈게요.”

승숙은 곧바로 승현의 동네로 달려왔다. 둘은 다방에 들어가 지숙이의 행방을 찾는데 주력했다.

“선배. 어떡하죠? 아마 지숙이 동아리 친구들 수소문 하면 어디로 갔는지 알 수 있을 것 같은데요.” “응 안 그래도 몇 사람한데 부탁을 해 놨어. 근데 승숙아. 이 말을 어떻게 해야 할지…”

“뭔데요? 말해 보세요.”

“사실은 지숙이가 오늘 산부인과에 다녀왔어. 나도 그렇게까지는 생각하지 못했는데 낙태수술을 하고 집을 나갔어. 너무 마음이 아프다. 아무리 강한 아이지만 마음은 너무 여리잖아.”

승현은 있는 사실 그대로 승숙에게 털어 났다.

“선배. 그런 일이 있었어요?”

승숙은 너무 놀라 더 이상 말을 하지 않았다.

“어쨌든 너도 수소문 해봐. 나도 다른 곳을 통해 지숙이가 어디를 갔는지 알아 볼테니.”

“네.”

“참 외무부는 출근 할 만 하니?”

“네 괜찮아요. 조금 있다가 뉴질랜드나 영국에 지원 근무 하려고 해요. 아마도 런던에 가면 공부도 계속 할 수 있을 것 같아 해외공관 지원근무를 신청할 생각이에요. 선배는 할만 해요? 우리나라 최고의 은행인데 월급도 최고 수준이라고 하던데요? 나보다 두 배는 더 받을 것 같아. 하하하.”

승숙은 지숙이 생각을 잠시 잊은 듯 갓 입사한 회사 얘기로 화제를 돌렸다. 승현과 승숙은 이 후 지숙이를 찾기 위해 몇 차례 만났지만 더 이상 지숙을 찾기란 어렵다는 것을 알았다.

지숙은 아마도 봉제공장에 취직해 조용히 일 할 것이라는 추측밖에 할 수 없었다.

지숙은 그해 승현의 집을 나와 부천으로 갔다. 원미동의 한 공장에서 여공으로 일했다. 대학생활에 흥미를 느끼지 못하고 결국은 한 학기를 남긴 채 중도 하차한 것이다.

그녀는 학생운동을 언제까지 할 수 없다는 판단으로 노동운동에 투신하기로 하고 부천을 찾은 것이다. 많은 선배들이 학생운동을 했지만 대부분은 승현과 마찬가지로 군 제대 후 취업준비에 몰두했다.

지숙은 그런 선배들의 모습이 싫었다. 한번 마음을 먹었으면 변절하지 말고 끝까지 민중과 함께 해야 한다는 것이 지숙의 확고한 이념이었다.

그래서 은행에 취직한 승현의 곁에 더더욱 있을 수 없었다. 지숙은 승현의 집을 나오면서 다시 한번 각오를 다졌다.

‘난 진정한 투사가 될 거야. 매판 독점 자본주의가 판치는 세상에서 부르조아로 살 수는 없어. 난 노동자와 농민을 해방시킬 거야. 내 삶은 이미 정해져 있어.’

지숙은 무슨 일이 있어도 자본주의 세상에서 적당히 타협하며 살아가지 않겠다는 각오를 다졌다. 승현의 집을 나온 지숙은 89년 이후 노동운동이 한창일 때 인천과 구로를 오가며 시위에 참가했다.

부천에서 생활하던 지숙은 노동운동과 야학을 하면서 같은 회사에 근무하는 창성을 만났다. 창성은 전라도 정읍에서 고등학교를 졸업하고 서울 천호동에서 일하다가 몇 년 전 부천으로 회사를 옮긴 친구다.

깡 마른 체구에 전라도 사투리를 섞어가며 지숙과 함께 노동운동 현장에 뛰어나니며 친해지기 시작했다.

지숙보다 4살이나 많아 지숙은 그를 오빠라 불렀다. 창성은 말이 많은 친구였다. 지숙의 첫 남자 승현은 경상도 출신에 말이 없는 편이었다면, 창성은 전라도 출신에다 말도 많아 완전히 구별되는 남자였다.

창성은 모든 일에 늘 적극적이었으며 나름대로의 리더십도 있었다. 지숙은 이 공장에 들어와서 처음 1년간은 기숙사 생활을 했지만 창성과 가까워 지면서 창성의 자취방으로 거처를 옮겼다.

노동자들의 권익을 대변하겠다는 일념으로 방직공장에 취직했지만 생활은 더더욱 어려워 졌다.

적은 월급으로 노동운동을 한다는 것은 쉽지 않았다. 노조에서 회비를 모았지만 늘 부족해 지숙은 최소의 생활비만 남겨두고 모두 회비로 냈다. 하지만 노동운동이 소강상태를 보이고 97년 겨울 IMF가 터지자 지숙이 다니던 공장도 문을 닫을 위기에 왔다.

그렇지 않아도 방직 업계가 사양길로 접어들어 어렵게 공장을 가동해 왔으나 IMF가 터지면서 계속되는 임금 체불로 직원들은 회사를 떠나기 시작했다.

지숙은 노동운동은 고사하고 당장 생계문제에 직면하게 됐다. 지숙의 나이 벌써 31세. 창성과 동거생활을 하면서 아이도 한명 나았다. 아직 결혼식을 올리지는 않았지만 그들은 부부로 살아가고 있었다.

이제 갓 두 돌을 넘긴 지숙의 아들은 창성을 많이 닮았다. 지숙과 창성은 다니던 회사에서 벌써 5개월 째 임금을 받지 못하면서 힘든 생활을 하고 있었다. 회사도 공장 가동을 중단해 출근할 수 있는 상황이 아니었다.

가끔 정읍에서 보내주는 쌀로 끼니는 걱정하지 않았지만 아이 우유 값 때문에 어려움이 날로 더했다.

창성도 의욕을 잃고 아침에 집을 나가 저녁 늦게 돌아오기 일쑤였다. 매일 술에 취해 들어오는 창성과 지숙은 말다툼의 횟수가 점점 늘어났다. 대학 시절 학생운동과 노동운동에 집념하면서 10년 넘게 살아온 세월들.

지숙의 몸도 많이 지쳤고 삶의 회의를 느끼기 시작했다. 지숙과 창성은 그해 12월 헤어졌다. 법적으로 혼인한 관계가 아니어서 법원에 갈 이유는 없었다.

아이는 창성의 고향집인 전라도 정읍으로 보내졌다. 지숙은 또 다시 집을 나와야 했다. 부천을 떠날 수 없어 공장에 다닐 때 친했던 후배의 자취방으로 거처를 옮겼다.

아이에 대한 미련도 창성에 대한 미련도 전혀 없이 앞으로 홀로만의 삶을 살아가야 했다. 새해가 들어서면서 서민경제는 더더욱 어려워졌다. 취직하기도 싶지 않은 상황이었다.

후배 자취방에서 생활하던 지숙도 시간이 지나면서 부담이 되었다. 나이 30이 넘어 잘 곳 없어 어쩔 수 없이 머물러야 하는 인생. 아무리 생각해도 막막할 뿐이다. 사람들은 대부분 자본주의에 적당히 순응하면서 살고 있었다.

IMF로 50대 관리자들이 직장을 그만두는 구조조정이 진행되면서 노동자들의 임금도 조금씩 인상되기 시작했다.

과거에는 상상도 못하던 노사 협의가 곳곳에서 진행되고 노조의 위치도 점점 상승하기 시작했다. 그러나 노동자가 주인되는 세상을 바라는 지숙은 만족할 수 없었다.

지숙은 방황하게 된다. 다시 대학에 복학해서 졸업 후 취직을 하느냐, 아니면 끝까지 소외받는 이들을 위해 함께 투쟁해야 하는가.

답은 쉽게 나오지 않았다. 그렇다고 학교에 돌아갈 수 없었다. 벌써 30을 넘겼고, 아이까지 낳은 아줌마로서 학원으로 돌아간다는 것은 쉽지 않았다.

며칠을 고민하던 지숙은 노동자로 남아 노동자의 제도권 진출을 추진하기로 마음 먹었다. 그러기 위해서는 다시 공장에 취직해야 하는데 망설여졌다.

공장생활이 너무나 힘들고 노조활동도 예전같이 않았기 때문이다. 벌써 언론에서는 일부 노조 간부들이 '배부른 돼지'로 전락하고 있다는 비판을 쏟아 냈다.

사실 노동자와 함께 진정성을 가지고 노동운동을 해야 할 노조 집행부는 사측과 적당히 타협해 갖가지 비리를 저지르는 경우도 있었다. 그들은 독점 자본주의 체제하에서 부르조아나 다름 없었다.

지숙은 후배 자취방을 나와 여기 저기 수소문 끝에 노동자 관련 주간신문사에 취직을 하게 됐다. 하지만 거기서도 오래가지 못했다.

적은 급여는 고사하고 제 때 지급되지 않은 임금 때문에 생활이 안정되지 않았다. 회사 사정을 뻔히 알고 있기 때문에 체불임금 문제로 회사와 싸울 수는 없었다.

그렇게 몇 년을 보내던 지숙은 정치판에 손을 뻗기 시작했다. 대학시절 동아리 선배를 우연히 만나 진보신당이 창당돼 제도권 진출을 기획하고 있다는 내용을 들었다.

새천년이 시작되는 2000년 4월.

총선을 앞두고 새로 창당된 조선민중당은 80년대 학생운동권이 주축을 이룬 진보정당이었다. 정당의 노선도 자연스럽게 NL계열이었다.

광주 민주항쟁과 서울의 봄 시절 시위대의 주축을 이뤘던 멤버들이 당 지도부에 선출되고 지숙은 부천시 지구당의 선전부장을 맡았다. 아직 진보정당이 익숙하지 않은 국민들은 신당의 출범을 크게 반기는 모습이 아니었다.

정치자금과 조직력 등 모든 부문에서 열세를 보인 조선민중당은 그해 총선 서울과 부천 울산 인천 등 9곳에서 후보를 냈지만 모두 패했다.

기성 정당에 밀려 후보자의 득표율은 모두가 10% 미만이었다. 지숙이 일한 부천에서도 후보지의 득표율은 5%로 생각보다 낮았다. 그렇지만 가능성이 있다며 애써 위안하는 수준이 전부였다.

2004년, 2008년 선거에서도 지숙은 진보정당에서 활동했지만 결과는 별 다른 바 없었다. 지숙은 선거가 끝나고 식당서빙과 옷가게에서 점원으로 일해 조금은 돈을 모았다.

작은 전세방 하나는 얻을 수 있는 여유가 생겼다. 하지만 생활은 여전히 어려웠다.

승현은 은행에 입사해 IMF가 터진 직후 구조조정으로 선배들이 쓰나미처럼 퇴직하자 덕분에 과장으로 진급했다.

대학시절 지숙이 떠난 후 한 동안 찾아 헤맸으나 이젠 아예 지숙을 잊고 살게 됐다. 그도 과장으로 승진하던 98년 33세로 결혼할 나이가 지났지만 아직 미혼이었다.

몇 차례 선을 봤지만 결혼까지 연결되지는 못했다. 그러던 중 승현은 은행으로부터 영국 출장을 가라는 통보를 받았다.

은행권에 불어 닥친 금융위기를 돌파하기 위해 한국보다 먼저 IMF를 겪었던 영국의 위기돌파 경험을 분석해 오라는 지시였다. 승현은 일행과 함께 김포공항에서 런던으로 향하는 비행기에 몸을 실었다.

12시간 만에 도착한 영국은 비가 내리고 있었다. 승현은 영국중앙은행(BOE)에 들러 미팅을 마친 후 은행에서 40여분 떨어진 첼시호텔에 숙소를 잡았다.

저녁은 대사관에 있는 선배와 약속을 했다. 템즈강 주변 레스토랑에서 식사를 하던 승현은 문득 승숙이 생각났다. 언젠가 영국에서 공부를 하고 싶다던 승숙이는 어디에 있을까.

대사관에 근무하던 선배에게 승숙의 안부를 물었다. 모두 서명대학교 출신이라 알고 있는 상황이었다.

"선배님. 승숙이 알죠? 그 친구 외교부에 근무하는데 일 잘 하나요?"

“응. 승숙이 잘 알지. 영문과 출신 맞지? 승숙이는 지금 국비장학생으로 선발돼 지금 옥스퍼드 대학교에서 공부하고 있는 중이야. 런던에서 70마일 쯤 되니까 두 시간 정도 걸릴거야.”

“언제 왔어요?”

“작년에 왔으니까 아마 올해 귀국할 걸.”

“승숙이 연락처 가지고 계세요? 온 김에 전화나 한통 해보고 가죠.”

마침 저녁이라 선배는 승숙에게 전화를 걸어 승현을 바꿔 주었다. 승숙은 저녁식사를 마치고 기숙사에 들어와 있다며 전화를 받았다.

“승현선배 언제 왔어? 내가 여기 있는 줄 어떻게 알았지? 반갑네. 잘 지냈어요? 언제가요?”

승숙은 대답할 틈도 안 주고 이것 저것 물었다.

“내일 영국 국립경제사회연구소를 둘러보고 일요일 비행기로 출발할거야. 영국에서 공부하고 싶어 하더니 결국은 영국에 왔네.”

“응 잘 됐다. 그럼 토요일 런던에 갈 일이 있는데 봐요. 이게 몇 년 만이야. 토요일 시간 되나요?”

“응. 시내 관광계획이 잡혀 있어.”

“그럼 11시 버킹검 궁 앞에서 봐요. 숙소가 첼시면 거기서 얼마 안 걸릴 거야. 혹시 모르니까 내 전화번호 불러줄테니 적어봐요.”

승숙은 너무 반갑다는 마음으로 승현을 보자고 했다.

다음날 승현은 영국 국립경제사회연구소(NIESR)에 들러 국제통화기금 체계하에서 정상화 될 수 있는 방안을 들었다. 국제경제학의 권위자 코넬 박사는 시종일관 정부와 국민의 의지가 중요하다고 설명했다.

정부의 과감한 정책과 국민들의 동참만이 가능하다며 민간 은행에서는 금리를 인상하기 보다 오히려 시중금리를 인하해 인플레이션을 막는 역할을 해야 한다고 강조했다.

승현은 혼자 말도 안 되는 소리라며 지금 상황에서 금리를 인하한다는 것은 은행을 망하라는 소리밖에 안 들린다고 속으로 말했다. 몇 시간동안 회의가 계속되면서 일행은 다소 피곤한 상태였다.

오후 늦은 시간이 되자 승현은 지친 몸을 이끌고 저녁을 먹은 후 빅벤과 타워브리지 국회의사당 등을 간단하게 둘러보고 숙소에 돌아와 잠을 청했다. 낯선 곳에서 아는 사람을 만난다는 것은 쉽지 않은 일이었다.

토요일 아침 승현은 일찍 일어나 혼자 아침을 먹고 버킹검 궁으로 향했다. 다른 일행들은 시내 쇼핑과 관광을 한다며 별도 행동했다.

버킹검 궁 앞에 도착한 승현은 승숙이 오기를 기다렸다. 엘리자베스 여왕이 살고 있다는 버킹검 궁은 수학여행을 온 일본 학생들이 줄을 서서 입장을 기다리고 있었다.

여기 저기 시끄러운 소리는 중국사람들 같았다. 하나같이 허리에 백을 찬 채로 큰 소리를 내는 중국인들은 귀가 따가울 정도였다.

조금 일찍 도착한 승현은 입구에서 이리 저리 사람들 구경을 하다 보니 하얀 모자를 쓴 여자가 나타났다.

"혹시 승현선배?"

"응. 승숙이?"

둘은 너무나 반가웠지만 깊은 포옹은 하지 못했다.

그들도 한국사람이기 때문이다.

"선배. 정말 반가워요. 많이 변했네. 이젠 아저씨 같은데?"

"하하하. 너는 여전한 것 같아. 그래 영국생활은 할만 해?"

"응 재미 있어요. 그래도 한국이 좋아. 하하하."

"어디로 가지? 우리 시내로 나갈까?"

승현이 승숙을 보면서 말했다.

"참 몇시지? 11시30분이면 근위병 교대식이 있는데. 이것만 보고 가요. 나도 한번 밖에 못 봤는데. 괜찮죠?" "응. 그래."

둘은 버킹검 궁 안으로 들어갔다. 조금 있다 보니 붉은 색 재킷에 부드러운 털로 만든 모자를 쓴 병사들이 음악에 맞춰 행진하는 모습이 나타났다. 승현은 영화나 텔레비전에서만 보던 모습을 직접 보게 된 것이다.

"볼만 해요?"

승숙은 승현의 팔장을 끼며 물었다.

승현은 조금 머쓱 했지만 싫지 않은 기분이었다.

둘은 버킹검 궁을 빠져나와 시내로 향했다.

"선배 어디로 모실까요? 빅벤으로 국회의사당으로 갈까요?"

"아니 어제 봤어. 시간이 좀 남아서. 그러지 말고 한국사람들이 잘 안 가는 곳에 한번 가보고 싶어."

"음… 그러면 어디로 가지? 참 윈저궁으로 가면 되겠다. 그긴 동양사람들이 거의 안 가요. 한번 가봐요. 여기서 40분 정도 걸려요."

"그래. 그럼 거기로 가자."

유창한 영어실력을 자랑하는 승숙의 안내를 받으며 둘은 버스를 타고 런던 시내를 빠져 나갔다.

　　다소 안정적이고 평온한 모습을 보이는 농촌마을을 지나 작은 도시에 윈저궁이 자리잡고 있었다.

　　승현과 승숙은 버스에서 내려 10여분 걸어 윈저궁으로 들어갔다.

　　"선배. 여기가 단순한 궁전 아닌 거 알죠?"

　　"모르겠는데.""에이. 알면서도. 영국 국왕 에드워드 8세가 왕위를 버리고 평범한 여인인 심슨부인을 만나 세기의 사랑을 나눈 곳으로 유명하잖아요. 마라톤 거리도 런던 올림픽 스타디움에서 윈저궁까지 거리를 환산해서 지금 사용하고 있다는데…"

　　"아. 그런 깊은 사연이 있었구나."승현과 승숙은 윈저궁에 들어가 성곽을 오르면서 지나간 일들에 대해 대화를 나누었다.

　　"지숙이 연락은 돼요?"

　　"모르겠어. 어떻게 지내고 있는지. 부천에 있다는 얘기는 들은 것 같은데. 결혼했다는 얘기도 있고. 그렇지만 자세한 것은 모르겠어.""나하고도 통 연락이 안돼요. 가끔 생각나서 연락을 해보고 싶지만 연락처를 알 수 없어서요."

　　"참 근데 선배는 결혼했겠죠? 아이는요?"

　　"하하하. 내가 아저씨로 보이는 구나. 아직 미혼인데.""승숙이도 미혼이라면서. 사무관으로 승진도 하고. 결혼해야 되지 않니?"

　　"어떻게 알았지? 아 참. 어제 만난 대사관 선배가 말했구나. 남자가 있어야 결혼하지요. 하하하."

　　"아직 만나는 남자도 없어?"

　　"바쁘게 살다보니 그렇게 됐네요. 집에서는 자꾸 결혼하라고 난리인데… 나도 결혼은 해야겠고…”

둘은 한동안 말이 없었다.

마음속에 남자와 여자로 생각하고 있는 것일까.

“한국엔 언제 가니?”“6월 쯤 귀국할거에요. 7월부터 출근이거든요. 아마도 6월 중순에는 들어갈 생각인데. 근데 선배도 여자친구 없어요?”

“응. 아직은 없어.”

“은행 과장이면 연봉도 만만치 않을텐데, 선배 눈이 너무 높은 거 아냐. 우리 공무원 보다 월급이 두 배는 되겠는 걸.”

“그렇지 않아. IMF 때문에 은행도 구조조정 한다며 난리야. 빨리 이 위기가 극복돼야 할텐데.” 윈저궁 관광을 마친 두 사람은 다시 버스를 타고 템즈강이 바라 보이는 시내 레스토랑에 도착했다.

벌써 어둠이 밀려와 템즈강으로 불빛이 몰려 유난히 아름다웠다. 승숙은 유람선을 탈 생각이었으나 조용한 곳에서 식사를 하자며 식당으로 이끄는 승현의 말에 따라 발길을 옮긴 것이다.

스테이크를 시키고 프랑스 산 끌로데 빠뻬 포도주를 주문한 승숙은 이런 곳에 꽤나 많이 들어와본 것처럼 보였다.

둘은 식사를 하면서 한동안 조용했다.

“선배.”

“응.”

“왜 말이 없어요? 지숙이 생각나서 그래요?”

“아니. 그냥 야경이 너무 좋아서 구경하느라…”

“선배.”

"응. 나 사실 대학 때 선배 좋아 했었는데. 선배는 지숙이를 좋아 했잖아. 난 아무 말도 못하고 그냥 지냈지. 근데 런던에서 선배를 만날 줄이야 생각이나 했겠어? 참 신기해. 선배는 아직 결혼도 안하고. 나도 미혼이지만."

"그러네. 근데 너는 조건도 좋고 미모도 따라 주는데 왜 결혼을 안하고 있어? 오히려 내가 궁금한데…"

"아마도 한국에 가면 선을 볼 것 같아. 부모님이 벌써 몇 곳을 예약해 놓았는가봐. 하하하. 나보다 부모님이 극성이야. 결혼도 하겠지…"

"그렇구나."

"선배처럼 좋은 사람 만나야 하는데. 하하하. 지금 생각해 보면 선배가 그때 계속 운동했다면 아마 지금쯤 뭘 하고 있을까? 운동권 학생들은 선배 보고 변절했다고 비난했지만 그 때 내가 보기엔 선배가 정말 현명한 판단을 했던 것 같아. 역사는 변하고 사회도 변하고 있어. 변화하는 사회에 적응하지 못하면 도퇴되는 것 잘 알잖아."

승현은 놀랐다.

지금까지 승숙의 입에서 이런 말이 나오리라는 것은 상상도 못했기 때문이다. 그저 평범한 학생으로 공부만 했던 승숙이로 기억하고 있었다.

"선배. 생각해 보세요. 이념과 현실은 분명 달라요. 동구 공산권이 붕괴되고 러시아와 중국이 시장경제를 도입하고 있잖아요. 자본주의는 끊임없이 진화하고 있어요. 망할 것이라는 논리는 맞지 않아요. 단지 변화하고 진화할 뿐인걸요. 학교 때는 잘 몰랐지만 지금은 현실이 증명 하잖아요. 우리나라가 겪고 있는 IMF도 곳 해결될 것이라고 생각해요. 그게 바로 자본주의의 힘이거든요."

"그래. 맞는 말이야."

승현과 승숙은 한참동안 얘기하다 서울에서 다시 만날 것을 약속하고 헤어졌다. 다음날 승현은 일행과 런던 발 비행기를 타고 김포공항을 통해 서울에 도착했다.

모스크바 상공에서 기내식을 먹고 잠이 들었는데 잠깐 하는 사이에 김포공항에 도착한 것이다. 이 후 시간이 흘러 승숙도 귀국해 외무부 청사로 다시 출근하는 중이었다.

승현과 승숙은 서울에서도 잦은 만남으로 무척 가까워지기 시작했다. 과거 승숙의 친구 지숙이가 승현의 아이를 가졌던 것도 승숙의 머릿속에서 점점 사라지기 시작했다.

그해 가을비가 내리는 토요일 여느 때와 마찬가지로 승숙과 승현은 평소 잘 가던 인사동 카페에서 만났다. 차를 시켜 놓고 창 밖으로 사람들이 지나가는 모습을 한참 지켜보던 승숙은 승현을 불렀다.

"선배."

"응."

"우리 결혼할까? 과거는 과거일 뿐이잖아. 이런 밀 남자가 먼서 해야 하는 거 아니야?" 승현은 그다지 놀란 모습이 아니다.

이미 마음속 한 구석엔 승숙과 결혼을 생각하고 있었기 때문이다.

"하하하. 내가 먼저 말 하려고 했는데. 그래 우리 결혼하자. 올 가을에 당장 하자."

"하하하. 선배도 그렇게 생각했구나. 나도 많이 생각해 봤는데 선배가 배우자로 좋을 것 같아. 하하하. 내가 너무 주책인가? 하하하.”

“나도 그렇게 생각했어. 우리 오늘 술 마실까?”

“그래 한잔 하러 가자. 소주 마시자. 하하하.”

승숙은 사람들이 북적이는 인사동 골목길에서 승현의 팔짱을 꼭 끼고 싱글벙글 거리며 소주방으로 향했다.

둘은 취할 정도로 마시고 2차로 노래방까지 갔다.

그날 밤 승숙은 친구집에 잔다고 부모님께 전화를 하고 승현의 작은 오피스텔에서 함께 보냈다.

역사는 밤에 이루어진다고 했던가. 승현과 승숙은 하나되는 모습으로 인생의 새로운 출발을 하게 된 것이다.

곧바로 결혼식이 치러지고 둘 사이에는 아이가 생겼다. 한남동 작은 빌라에 신혼집을 마련한 승현과 승숙은 그렇게 평범한 보통 시민으로 생활을 시작한 것이다.

2012년 4월 11일.

지숙의 나이 46살. 승현은 은행의 부장으로 승진해 47세가 됐다. 두 아이의 엄마가 된 승숙은 3년간 영국대사관 근무를 마치고 두 달 전 귀국해 외교통상부 유럽연합을 총괄하는 EU담당기획관으로 근무하고 있었다. 승숙도 벌써 46세가 됐다.

선배의 도움으로 한달 전 부터 인사동의 작은 서점에서 일하기 시작한 지숙은 아침 일찍 일어나 라면으로 아침을 때우고 청바지에 갈색 코트를 입고 10시쯤 출근했다.

오늘이 선거일이라 투표를 마친 사람들이 아무래도 시내로 많이 나올 것 같아 일찍 출근한 것이다.

옛날 같으면 선거철을 맞아 사방팔방 뛰어다닐 지숙이었지만 이번 선거만큼은 아예 관심도 없고 투표도 하지 않았다. 평상시처럼 서점 문을 열어 놓고 혼자서 일회용 커피를 타서 마셨다.

승현과 승숙은 그동안 반포로 이사해 중산층으로 다소 여유 있는 삶을 살아가고 있었다. 둘은 오전에 투표를 마치고 양수리로 차를 몰았으나 비가 와서 드라이브를 포기하고 인사동에서 점심을 먹기로 했다.

평소에 잘 가던 감자 옹심이 집에서 점심을 먹고 아이들 생각이 난 승숙은 책을 몇 권 사겠다며 서점으로 들어갔다. 승현도 뒤따라 들어가면서 서점 이곳 저곳을 둘러봤다.

10평 남짓한 작은 서점에는 대부분 잡지책이 주류를 이루고 있었다. 중학생인 아들과 이제 초등학교 5학년 딸을 둔 승숙은 드라마에 나오는 고구려와 관련한 책을 사려 했으나 포기하고 나오려는 순간 잡지코너에 눈이 갔다.

주간지 표지에는 현란한 말들이 쓰여 있어 승숙의 손길을 혼란스럽게 했다. 그녀는 '한미 FTA, 이제는 유럽이다' 라고 쓰여 있는 깅세 주산시를 손에 들고 계산대에 갔다.

지숙은 승숙의 카드를 받아 체크기에 갔다 대면서 "3,000원인데 현금 없나요?" 하며 퉁명스럽게 물었다.

승숙은 지숙을 쳐다보면서 "현금을 안 가져 왔는데요. 잠깐만 기다려 보세요. 민수 아빠 3,000원 있어요?"라고 승현을 불렀다.

승현이 지갑에서 1만원권 지폐를 꺼내 지숙 앞에 내 밀었다. 지숙이 잔돈 7,000원을 돌려주면서 시선 한번 주지 않고 볼 일 다 봤으면 나가라는 식으로 무뚝뚝하게 앉아 있었다.

잔돈을 지갑에 넣던 승현은 1,000원짜리 두 장을 발 아래로 떨어뜨려 다시 줍는 순간 지숙의 발가락을 보게 됐다. 슬리퍼를 신고 있는 지숙의 발에는 양말에 구멍이 나 엄지발톱이 길게 뻗어 나왔다.

발톱을 드러낸 여자.

지숙이었다.

그러나 승현과 승숙은 지숙을 알아보지 못하고 그냥 서점 문을 열고 나왔다. 서점을 나온 승숙은 뭔가 고개를 갸우뚱 하면서 걸었으나 이내 발길을 돌렸다.

"여보 아까 그 서점주인 말이야. 지숙이 같은데 다시한번 가보자."

"에이 설마 지숙이겠어. 비슷한 사람이겠지."

승현은 엄지발톱이 양말 사이로 삐쳐 나와 보기 흉할 정도로 앉아 있던 여자가 지숙이라는 생각조차 하지 못했다.

"아니야. 비슷한 거 같았어. 한번 다시 가보자."

둘은 다시 서점에 들어갔다.

지숙은 청바지에 다리를 꼬고 양말 사이로 튀어나온 엄지발가락을 손톱으로 만지고 있었다.

승현과 지숙이 들어가자 대수롭지 않다는 듯 다리를 내리고 무슨 일이 있느냐는 듯 쳐다 봤다.

"무슨 일이죠? 잔금 다 드린 것 같은데."

 이장님 아들

지숙은 승숙과 승현을 보면서 불쾌하다는 모습으로 쳐다봤다.

"혹시 공지숙씨 아니세요?"

승숙이 조심스럽게 물었다.

"아니 내 이름을 어떻게… 누구신지요?"

지숙은 안경테를 바로하고 승숙과 승현을 번갈아가며 쳐다봤다.

"공지숙 맞지? 나 박승숙. 서명대 영문과 85학번 박승숙이야. 몰라?"

"아 박승숙. 알지. 승숙이구나. 그래 어떻게 여기까지 왔어?"

"지숙아. 우리가 너를 얼마나 찾았다고… 너도 많이 늙었구나. 이렇게 가까운 곳에서 서점을 하고 있었구나. 얼마나 보고 싶었다고."

"응. 그래 보기 좋구나. 그래 남편이니?"

"응 남편이야. 승현이 선배. 몰라?"

순간 지숙은 아무 말도 하지 못했다.

첫 사랑을 가져 간 승현. 까무잡잡한 피부에 뿔테 안경을 쓰고 촌티 나던 승현. 그런 승현이 이젠 하얀 얼굴에 멋진 중년의 남자로 변해 있었던 것이다. 그것도 여고시절과 대학시절 가장 친했던 내 친구의 남편이라니. 한 때 내가 사랑하고 그 남자의 아이까지 가졌던 과거. 그 남자가 승숙의 남편이라니…

지숙은 어떻게 받아들여야 할지 순간 혼수상태에 빠져드는 느낌이었다.

"아 그래. 그러고 보니 맞는 것 같구나. 승현선배. 둘이 결혼 한거야?"

"응…"

승현과 승숙은 나지막하게 대답했다.

"그랬구나. 몰라보겠다. 잘 됐네."

지숙은 애써 태연한 척 하면서 눈을 아래로 떨구었다.

"지숙아. 건강하지? 정말 많이 찾았는데. 그래 결혼은 한 거니? 남편은 뭐해?"

"응 혼자 살아. 혼자사는 게 좋아서."

지숙은 다른 말을 하지 않았다.

승숙도 23년 만에 만나는 지숙에게 더 이상 할 말이 없었다. 승현도 창밖으로 시선을 보낼 뿐 다른 아무말도 하지 않았다.

그때 배가 볼록하게 튀어 나온 50대 중년 남성이 서점 안으로 들어왔다.

"지숙씨. 비가 올 것 같은데 밖에 있는 잡지 걸이 안에 좀 들여놔요."

뚱보 남자는 그렇게 말하고 승현과 승숙을 쳐다봤다.

"지숙아 담에 또 올게. 그때는 얘기도 많이 하자. 저녁도 같이 먹고. 내가 꼭 전화할게."

"그래 담에 또 보자."

승현과 승숙은 인사동 골목길을 빠져나와 주차장으로 향하면서 아무 말도 하지 않았다. 둘은 차를 타고 남산터널과 한남대교를 건너면서까지 말이 없었다.

참으로 묘한 인연이다.

어떻게 23년 만에 인사동에서 지숙을 만날 수 있을까. 승숙은 새누리당이 과반수 의석을 차지했다는 12일 투표결과 발표를 보면서 퇴근 후 인사동으로 향했다. 광화문 정부청사를 빠져나와 인사동까지 걸었다.

바람이 불어 약간 쌀쌀 했지만 걷고 싶었다. 그렇다고 택시를 타고 가야 할 만큼 먼 거리는 아니었다.

승숙은 어제 지숙이가 근무했던 그 서점에 들어서니 뚱보 아저씨가 카운터에 앉아 있었다.

"안녕하세요. 지숙이 친군데. 어디 갔나봐요?"

"아. 그래요? 오늘 그만 뒀어요. 아침에 그만두겠다는 전화가 왔어요."

"네… 그렇군요."

승숙은 서점을 빠져 나왔다.

어떻게 된 일인지 도대체 이해가 가지 않는다. 택시를 타고 반포동 집으로 온 승숙은 저녁을 먹고 TV를 보는 승현을 물끄러미 쳐다봤다.

'저 사람이 지숙의 인생을 저렇게 바꿔 놓았는 거 아닌가?'

혼자 생각하며 집안 청소를 마친 승숙은 먼저 침대에 누웠다.

승현도 여느때와 마찬가지로 11시가 넘어 침대에 누웠다.

"여보. 지숙이 말이에요."

승숙이 승현한데 말했다.

"안 잤어?"

"네."

"아까 퇴근하고 지숙이 서점에 갔었는데 오늘 그만 뒀다네요."

"왜 갔어? 지숙이기 좋이 하겠이?"

승현은 승숙한데 이렇게 말하고 돌아누웠다.

승숙은 천장을 쳐다보며 눈만 말똥말똥 굴리고 있었다. 승현은 도무지 잠이 오지 않았다. 거실로 나온 승현은 발렌타인 21년산 위스키 한 병을 땄다. 뚜껑을 열고 세 잔을 연거푸 마시며 한강을 바라보았다.

멀리 서울타워 아래로 흐르는 불빛은 서울의 밤을 정말 평화롭고 아름답게 비쳐줬다. 올림픽대로와 강변북로를 달리는 자동차 불빛은 서울이 살아 움직이고 있다는 것을 반증했다. 승현의 머릿속은 현기증이 난다.

공지숙.

대학 2학년 때 MT를 다녀오면서 청평 기차 안에서 처음 본 여자. 그렇게 청순한 여자가 나를 만나 동거생활을 했고 운동권에 뛰어들어 대학까지 포기했다. 나 때문에 담배를 배웠고 내 아이를 가졌던 그녀.

공장에 취직해 노동운동에 헌신하겠다는 그녀는 어느새 노동자가 아닌 초라한 여성으로 변해 있었다.

학생 운동을 같이 했던 동기들은 취직도 하고 정계에 진출해 여의도에 입성하기도 했다.

그런데 지숙은 왜 이렇게 초라하게 변했을까.

왜 자신의 앞길을 개척하지 못했을까.

승현은 런던에서 승숙이 했던 말이 생각났다.

세상은 변하고 자본주의는 진화하고 있다.

그렇다 변화하는 세상에 적응하며 사는 것이 현명한 우리들의 삶이다.

'그래 지숙이도 아직 젊으니까 지숙이가 원하는 삶을 살 수 있을거야.'

다음날 아침 신문 사회면 구석에 1단 기사가 났다.

'반포대교에 투신해 자살을 시도했던 공모(46. 여)씨가 결국은 시체로 발견됐다.' 라고.

투신자살
(46. 여)

아마도 그녀는 구멍 난 양말에 발톱을 드러낸 채로 죽어 있을 것이다.

학창시절 운동권에 뛰어들고 한 남자를 사랑했던 공지숙.

사회에 진출해 노동운동을 하면서 현실에 적응하지 못했지만 그녀는 늘 자신만의 세계에서 자유를 누렸을 것이다. 승현과 승숙이 짜여진 틀 안에서 누리지 못한 자유를 지숙은 맘껏 누리다가 눈을 감았을 것이다.

그러나 승현과 승숙은 그 신문기사를 보지 못했다. (끝)

(이 소설은 2012년 월간 '한맥문학'을 통해 등단한 작품이다.

예전에 써 놓았던 글을 현 시대에 맞게 각색을 했다.

후배들에게 교훈적인 의미를 부여하고 싶은 마음에서 이 글을 실었다.)

Photo
Gallery

삶...
변화 진화 그리고 창조는 계속 됩니다.

◀ 3살 때 동생 사촌동생과 함께
(가운데)

▶ 3살 때 할아버지 아버지 동생
어머니 고모와 함께(앞 줄)

◀ 5살 때 동네 아이들과 함께
(가운데)

◀ 초등학교 6학년 때 아버지
어머니 동생들과 함께 동해안
해수욕(가운데)

▶ 6학년 때 아버지 막내 동생과
함께(왼쪽)

◀ 5학년 때 농생들과 함께
(오른쪽)

중학생

◀ 중학교 입학식 때 어머니와
함께(오른쪽)

▶ 중학교 2학년 봄 소풍(왼쪽)

▲ 고등학교 1학년

▲ 고등학교 3학년 소풍

▲ 고등학교 3학년 위령탑 앞(오른쪽)

◀ 대학 졸업식(왼쪽)

▶ 대학교 2학년 자취방(왼쪽)

◀ 대학 졸업식 동기들과
함께(오른쪽)

◀ 육군 백골부대 입대 후 휴가
(위령탑에서)

▶ 육군 백골부대 병장시절

◀ 내무반에서 전우들과 함께
(뒷줄 왼쪽)

◀ 만 24세에 기자생활을 시작해
13년 4개월 동안 언론인의
한 길을 걸어 왔다.

▶ 정치부 기자시절 동료들과
함께 태백산 등반
(오른쪽 두 번째)

◀ 동료 기자들과 함께 해외취재
(오른쪽)

◀ 만 38세에 도의원에 당선돼 예산결산특별위원장을 역임 하는 등 폭 넓은 정치활동을 했다.

▶ 박근혜 대통령 후보시절 여러 차례 만나 정치적 의견을 함께 했다.

◀ 김진선 전 도지사와 강원도 현안 해결을 위해 함께 노력했다.

◀ 강원도내 최초로 혜민 스님을
초청해 시민 무료강연을 실시
(오른쪽)

▶ 청소년 대훈장을 받고 기념
촬영(왼쪽)

◀ 평창 동계스페셜 올림픽
시상식 참석 후 직원들과
함께(중간)

◀ 핀란드 로바니에미시 시장
일행을 접견하고 양 지역
교류방안을 협의(오른쪽)

▶ 새마을단체 임원 회원들과
함께 사랑의 김치 담그기
행사(왼쪽 세 번째)

◀ 새내기 공직자들과 함께
막걸리 파티(앞줄 가운데)

바람이 몹시 분다.

일기예보에는 비가 온다고 했는데 아직 비는 내리지 않는다.

참 세월이 빠르다. 하루가 어떻게 지나갔는지 모를 정도다.

월요일이 어제 같은데 벌써 금요일.

매번 반복되지만 일주일이 하루처럼 느껴질 때가 많다.

그렇게 한 달이 흐르고 1년이 지나고… 이제 50을 바라보는 나이다.

이러다가 병들고 더 나이 먹으면 흙으로 돌아가겠지…

허무하다.

며칠 전 지인이 보내 온 좋은 글이 생각난다.

내가 할 수 있을 때 인생을 즐겨라.

걷지도 못 할 때까지 기다리다가 인생을 슬퍼하거나 후회하지 말고,

몸이 허락 하는 한 가 보고 싶은 곳에 여행을 하라.

질병은 기쁨으로 대하라.

가난하거나 부자이거나, 권력이 있거나 없거나 모든 사람은 생로병사의
길을 갈 수 밖에 없다.

기회 있을 때 마다 옛 동창들, 옛 동료들, 옛 친구들과 만나라.

그 모임의 관심은 단지 모여서 먹는데 있는 것이 아니라, 인생의 남은
날이 얼마 되지 않는데 있다.

돈!

은행에 있는 돈은 실제 나의 것이 아닐 수 있다.

돈을 써야 할 때는 바로 쓰라.

늙어가면서 무엇보다 중요한 것은 스스로 자신을 잘 대접하는 것이다.

사고 싶은 것 있으면 꼭 사고, 즐거워하라. 즐거운 것 보다 더 중요한
것은 없다.

어느 누구도 예외는 없다. 그것이 인생이니까.

병이 들면 겁을 먹거나 걱정하지 마라.

그래야 언제든지 후회 없이 이 세상을 떠날 수 있다.

몸은 의사에게 맡기고, 목숨은 하늘에 맡기고,

마음은 스스로 책임져야 한다.

자식에 관한 일들은 눈으로 보고, 귀로 듣기만 하고, 입은 다물고,

뒤에서 조용히 기도하며 이런 원칙을 세워보는 것이다.

참 좋은 말이다.

그렇다고 막 사는 것은 아니다. 욕심을 버리고 적당히 여유를 가지고 살아야 한다는 것은 나의 철학과 똑 같다.

지금도 난 조용하게 소리 없이 살고 싶은 생각이 많다. 탐욕과 시기 질투 비방이 없는 그런 곳에서, 그저 내 인생을 즐기며 좋은 사람과 같이 아름다운 삶을 살고 싶은 마음이 간절하다.

곧 비가 올 것 같다.

이번에 내리는 비가 삶의 탐욕을 씻어 내리는 촉촉한 청량제였으면 얼마나 좋을까.